I do recall that some time in the 70's, the revolutionary Yippie Abbie Hofman said to me over a drink: „Tomorrow isn't promised!"; reminding me that if we move one grain of sand, the earth is no longer excactly the same.

- David Bowie

CHRISTOPHER STEIGERWALD

DIE ERKENNTNISSE DES PROFESSOR JEDERMANN

Bibliografische Information der Deutschen Nationalbibliothek:
Die Deutsche Nationalbibliothek verzeichnet diese Publikation in der Deutschen Nationalbibliografie; detaillierte bibliografische Daten sind im Internet über http://dnb.dnb.de abrufbar.

© 2014 Christopher Steigerwald

Illustration: Lena Maurer

Herstellung und Verlag: BoD – Books on Demand, Norderstedt

ISBN: 978-3-7347-4185-2

I

1

Es ist gar nicht mal so, dass ich mein Leben nicht leiden kann. Vielmehr ist es d a s Leben, als solches, als Konstrukt. Ich fühle mich einfach nicht wohl darin. Das hat nichts mit meiner individuellen Existenz zu tun. Dieser Organismus Menschheit, der sich parasitär, wie ein Pilz, oder eine Flechte über den ganzen Planeten walzt und alles unter sich begräbt, unter einem Teppich aus Beton, irgendwie ist er mir fremd. Niemand scheint Herr seiner Geschicke, alle scheinen nur kafkaeske Rädchen zu sein, die auf unerklärliche Weise ineinander greifen und dem ganzen Organismus auf dem Weg zu seinem unheilvollen Zenit zuarbeiten.
Ich bin mir aber noch nicht sicher, ob das nun eine Erkenntnis ist, oder bloß eine Theorie.
Vielleicht ist es auch nur ein Versuch das eigene Scheitern zu verarbeiten, sich davon freizusprechen.

Als mir meine Frau sagte, dass sie, wie ich auch, auf Frauen stehe und mich deshalb verlassen müsse, hatte ich mich gefragt, ob das wirklich ein Grund sei. Geschlafen hatten wir ohnehin schon eine Ewigkeit nicht mehr miteinander. Aber vielleicht ja deshalb. Andererseits ist das ja auch in Ehen, in denen die Frau nicht lesbisch ist, nicht ungewöhnlich. Es gibt ja auch andere Gründe nicht miteinander zu schlafen. Deshalb trennt man sich doch nicht gleich!

Ich weiß noch, dass ich sie gefragt habe, seit wann sie lesbisch sei. Sie hat mir geantwortet, dass sie es nie nicht gewesen sei. Wieso sie mich dann geheiratet habe, wollte ich wissen. Sie wollte Kinder haben und ich wäre ein guter Kerl gewesen. Sie fand mich nett. Auf eine seltsame Art und Weise fand ich das einleuchtend.

Sie war ja eine kluge Frau, Ärztin. Dass sie Ärztin war, spielte eigentlich keine Rolle. Und sie war auch ein guter Kerl.

Das mit den Kindern sei ja nun ohnehin vorbei, meinte sie. Wir würden ja nun wirklich keine weiteren bekommen wollen.

Unsere Tochter habe sie bereits informiert. Sie sei überrascht gewesen.

Ob ich keine Fragen an sie hätte?

Ich überlegte kurz, stellte dann aber fest, dass ich keine hatte.

Dann fragte ich sie doch, warum sie mich denn deshalb gleich verlassen müsse. Wie ich mir das denn vorstelle, wollte sie von mir wissen. Wahrscheinlich erwartete sie nicht wirklich eine Antwort darauf. Ich gab ihr keine.

Ich habe mir schon lange nichts mehr vorgestellt. Ich habe es verlernt. Sich etwas vorstellen heißt, sich etwas auszudenken, wie es sein könnte. Man malt sich die eigene Zukunft in den buntesten Farben an und baut ein Schloss neben dem anderen.

Ich habe nie einen Sinn darin gesehen. Ich sehe, was ist. Alles was ist, hat es irgendwie geschafft zu sein. Unumstößlich, nicht mehr rückgängig zu machen. Es wird für immer gewesen sein. Ich respektiere das, es ist beachtlich. Ich denke nicht an Dinge, die noch nicht so weit sind, zu sein. Was wenn sie gar nicht werden? Ich finde das müßig.

Wie ich mir das vorstelle?
Ich sagte ihr wie immer.
Wie immer?
Wie immer.

Sie schüttelte den Kopf und ging. Sie nehme den Honda, rief sie mir noch zu, bevor sie die Tür von außen ins Schloss zog.

2

Auf dem Weg zur Universität hielt ich bei einem Bäcker. Er hatte einen Drive-In-Schalter. Ich nutzte ihn nicht. Nicht wegen Entschleunigung, oder so einem Quatsch. Wovon sollte ich noch entschleunigen? Ich fühlte mich nicht gehetzt oder getrieben von meinem Alltag. Eher im Gegenteil. Was auch immer das war.

Ich aß ein Stück Kuchen, das zu meiner Überraschung hervorragend schmeckte. Ich aß ein zweites. Der Mann, der mir den Kuchen brachte, bemerkte nicht, dass meine Frau lesbisch war. Wie auch? Man sieht es einem Mann nicht an, wenn seine Frau lesbisch ist. Ich überlegte, wie vielen anderen Männern wohl das gleiche passiert war. Ob es Gemeinsamkeiten gab?

Ich bezahlte und fuhr weiter. Mein Telefon klingelte. Es war Elisabeth, meine Tochter. Sie wollte wissen, wie es mir gehe. Ich sagte ihr, wie immer. Ob ich sie nicht besuchen kommen wolle? Am Wochenende? Ich erfand Gründe, weshalb ich nicht kommen könne. Ich sagte ihr, dass ich auflegen müsse, und, dass ich sie bald anrufen würde. Sie seufzte noch ein „Papa" in den Hörer und legte auf.

Ich benutze häufig dehnbare Begriffe wie bald, demnächst, oder vermutlich. Oder mit hoher Wahrscheinlichkeit. Ich bin kein Freund von Definitivem. Die Menschen sind immer so sicher, was passieren wird, was sie machen werden. Dass sie am nächsten Morgen aufstehen und zur Arbeit gehen. Ich denke mir dann immer, dass man das doch noch gar nicht wisse. Sie wollen immer alles kontrollieren. Vor allem sich selbst. Nichts kontrollieren sie und tief verschüttet in ihnen drin, wissen sie das auch.

So wie meine Frau, die lesbisch ist. Das wollte sie ja auch nicht. Oder vielleicht wollte sie es sogar, das weiß ich nicht. Aber sie hat es nicht zu verantworten, sie hat es nicht bestimmt.

Ich parkte den Wagen, wo ich ihn immer parkte. Ich ging in mein Büro. Ich bin Professor für Geschichte, aber das ist nicht wichtig. Stellen sie sich mich gar nicht erst vor. Ich sehe aus wie sie wollen, es spielt keine Rolle.

Ich erledigte, was zu erledigen war. Ich hielt eine Vorlesung vor leeren Gesichtern und beschloss dabei, dass ich meine Tochter besuchen würde. Nicht, dass es mich zu ihr zog, aber es sprach auch nichts dagegen. Ich mochte sie gut leiden und sie wollte es so.

3

Als ich zu Hause ankam, leerte ich den Briefkasten, überflog die Briefe, deren Bedeutungslosigkeit ich bereits an den jeweiligen Absendern erkannte, und legte sie ungeöffnet beiseite. Die ganze Arbeit, die hinter diesem Papierkrieg steckt. Irrsinn! Einer, der sich alles ausdenkt, einer, der es druckt, einer, der es verpackt, einer, der es zustellt – und wofür – dass ich es in den Papierkorb werfe.

Ich nahm ein Bad. Ich weiß nicht mehr, warum ich das tat. Ich badete nie. Aber wie ich so durch das leere Haus schlenderte, nichts mit mir anzufangen wusste, dachte ich mir, dass baden auch nicht schlechter sei, als schlendern.
Das Wasser war heiß. Es dampfte. Meine Frau hatte sämtliche Duschwässerchen und Cremes mitgenommen. Alle bis auf eines. Es stank fürchterlich. Ich würde einkaufen gehen müssen.

Nach meinem Bad durchsuchte ich das Haus akribisch. Ich schrieb eine Liste, auf der ich vermerkte, welche Dinge mit meiner Frau gegangen waren, die ich ersetzen wollte. Es war ein perfider Rundgang. Andererseits auch ein sehr pragmatischer.
Ich fragte mich, ob es wohl schwerer zu akzeptieren wäre, wäre meine Frau nicht lesbisch geworden und hätte sie mich aus einem anderen Grund verlassen.

Wegen mir. So brauchte ich mir immerhin keine Vorwürfe zu machen. Oder geloben mich zu ändern, zu bessern, um Vergangenes zurückzubringen. Womit hätte ich meine Frau zurückgewinnen sollen? Ich war nun mal ein Mann. Das ist auch keine Charakterfrage. Ich war ohne eine Vagina geboren worden.

Auch wenn ich nicht glaube, dass das Vorhandensein einer Vagina die Situation verändert hätte.

Ich beschrieb bereits die dritte Seite meines Blocks. Ich verlor die Lust. Ich setzte mich auf einen Sessel im Wohnzimmer und schaute mich um. Den Fernseher hatte sie mir gelassen. Ich sehe nie fern. Ob es wohl einen Sender für Lesben gibt? Ich wollte den Fernseher anschalten, um es herauszufinden. Ich bekam ihn nicht zum Laufen.

Ich blickte auf die Uhr. Die an meinem Arm, nicht die an der Wand. Der Sessel war nicht auf sie ausgerichtet. Außerdem ging sie ein paar Minuten vor. Meine Frau hatte das so gewollt. Alle Uhren im Haus gingen vor. Sie hatte gesagt, es helfe ihr, pünktlich zu sein. Ich habe das Konzept nie verstanden. Sie wusste doch, dass die Uhren vorgingen! Schließlich hatte sie sie selbst vorgestellt. Ich rechnete stets im Kopf zurück. Ganz automatisch. Ich konnte nichts dagegen tun. Ich war immer pünktlich. Sie war es nie.

Ich stellte alle Uhren im Haus auf die richtige Zeit. Als ich fertig war, hatte meine Zeit die meiner Frau eingeholt. Wir waren wieder gleichauf. Beide vergingen schleppend. Es war erst Nachmittag, aber der Tag hatte bereits keine Aufgaben mehr für mich.

Ich wollte eine Flasche Rotwein öffnen.
Ich trinke selten Alkohol. Ich mag das Gefühl, das er im Kopf erzeugt nicht. Die Leute reden immer dummes Zeug, wenn sie betrunken sind. Ich finde es nicht erstrebenswert dummes Zeug zu reden. Zumindest nicht absichtlich. Die Leute wissen ja, was passieren würde. Sie trinken schließlich oft genug. Oder trinken sie, um dummes Zeug reden zu können? Nüchtern ist das ja verwerflicher. Wenn sie trinken, haben sie zumindest eine Ausrede.

Der Korkenzieher war nicht mehr an seinem Platz. Ich schrieb ihn auf die Liste. Der Kugelschreiber war leer. Ich nahm einen anderen und schrieb 'Kugelschreiber' auf die Liste.

Ich trank Whisky. Den bekam ich auf.
Ich blickte aus dem Fenster. Irgendwann schlief ich ein.

4

Ich wurde von dem Geräusch unserer Klingel geweckt. Es benötigte jedoch ein erneutes Klingeln, bis ich es überhaupt realisierte und verstand, dass es mir galt. Ich warf einen Blick auf die Uhr, es war halb acht. Ich versuchte einen klaren Gedanken zu fassen, während ich aufstand. Mein Blick streifte die zur Hälfte geleerte Flasche Whisky. Auf dem Weg zur Tür klingelte es erneut. Ich wollte etwas in Richtung Tür rufen, stattdessen musste ich husten.

Ich warf noch einen Blick in den Spiegel, bevor ich die Klinke drückte. Ich sah genauso aus, wie ich mich fühlte.

Das rundliche Gesicht meiner Nachbarin erschien in der Tür. Sie sah aus wie eine Tante. Es war die beste Beschreibung, die mir einfiel. Ihr Blick war betreten, als sie mir sagte, sie wisse 'es'.

Ich drehte mich um und ging zurück ins Haus. Sie faselte irgendetwas vor sich hin. Ich hörte nicht zu.

Ich schlief mit ihr. Oder sie mit mir. Wahrscheinlich eher das. Auf jeden Fall schliefen wir nicht miteinander. Danach ging sie.

Ich begab mich wieder ins Wohnzimmer und trank den restlichen Whisky. Er entfaltete seine Wirkung. Es war mir egal. Es war ja niemand hier, dem ich dummes Zeug hätte erzählen können. Nur müde wurde ich nicht.

Ich beschloss mich für die restliche Woche krank zu melden. Seit über acht Jahren hatte ich keine meiner Vorlesungen ausfallen lassen. Es war nicht meine Art. Ich wurde ja dafür bezahlt. Es wurde von mir erwartet. Nicht, dass es mir wichtig wäre, Erwartungen zu erfüllen. Überhaupt nicht. Ich habe kein besonders ausgeprägtes Pflichtbewusstsein. Es gibt bald 8 Milliarden Menschen auf der Welt. Welchen Unterschied macht es, ob dreihundert davon eine Vorlesung über den Prager Fenstersturz hörten, oder nicht, bildeten sie doch nur 0,0000000375 Prozent der Gesamtbevölkerung? Sieben Nullen. Nach dem Komma.

Zahlen sind mir an sich nicht wichtig. Auch wenn sie übersichtlich sind. Und unumstößlich. Aber selbst wenn ich das Leben eines meiner Schüler verändert oder bereichert hätte, was ich obendrein für unwahrscheinlich halte, wäre das statistisch ohne Wert. Selbst wenn es hunderte wären.

Früher, als ich während meiner Vorlesungen in dem riesigen Hörsaal gestanden war, hatte ich häufig in Gedanken auf mich herab geblickt. Ich schwebte sozusagen als neutraler Beobachter über mir. Dann entfernte ich mich immer weiter von mir, bis ich auf die ganze Stadt, das ganze Land und irgendwann die ganze Erde herabsah.

Mit jedem Kilometer, den ich mich von mir entfernte, wuchs das Gefühl, dass alles bedeutungslos sei, was ich tue. Und das ist es auch.

Ich finde das gar nicht schlimm. Nur ein Narzisst hat ein Problem mit der eigenen Unwichtigkeit. Ich habe mich damit arrangiert. Eigentlich macht es viele Dinge auch einfacher, Gedanken obsolet.

Ich rief meine Frau an. Sie nahm nicht ab. Ich ging ins Bad und schluckte eine Schlaftablette. Ich legte mich ins Bett und schlief.

5

Ich erwachte spät und erschöpft. Ich hatte ein pelziges Gefühl im Mund. Das Fenster stand offen, die Sonne schien herein. Sie stand bereits ziemlich hoch. Es war warm. Mein Nachbar mähte den Rasen. Er war ein Idiot. Nicht deshalb. Grundsätzlich.
Ich erhob mich mühsam und schloss das Fenster. Ich putze meine Zähne und wusch mich. Meine Zahnbürste wirkte einsam in ihrem Becher.

Ich kramte den letzten Koffer, den mir meine Frau noch gelassen hatte heraus und füllte ihn. Ich beschloss nicht viel mitzunehmen. Es war ja nur für ein paar Tage. Zwei Hemden, zwei Hosen, zwei Paar Socken. Von allem zwei. Es war wie eine Bekleidungs-Arche.

Ich ging die Treppen hinab, den Koffer in der Hand. Im Foyer stand eine Dogge. Sie war schwarz. Ich war irritiert. Sie schaute mich an. Sie war nicht irritiert. Die Haustür stand offen. Meine Frau kam aus der Küche. Sie sagte, dass dies Maria sei. Ich dachte, sie meinte den Hund. Sie meinte aber die Frau, die nach ihr aus der Küche kam. Meine Frau fragte, ob sie besser hätte klingeln sollen, sie wolle nur noch einige Dinge einpacken. Ich dachte an meine Liste. Ich schüttelte den Kopf, dachte aber das Gegenteil. Die Dogge, die nicht Maria hieß, starrte mich an.
Ich sagte, ich nehme den Volvo.

6

Als ich das Lenkrad in beiden Händen hielt, fühlte ich mich besser. Es tat gut in Bewegung zu sein. Die Häuser zogen an mir vorbei. Keines nahm ich einzeln wahr. Es verschwamm alles zu einem Brei. Ich fuhr nicht schnell. Ich ließ die ganze Vorgartenidylle an mir vorüber ziehen.

Wenn man in einem Zug sitzt, der noch im Bahnhof steht und ein anderer Zug vom gegenüberliegenden Gleis anfährt, ist man sich manchmal für einen Moment nicht sicher, ob es nicht doch der eigene ist, der sich bewegt.

Ich war mir sicher, dass ich es war, der sich bewegte.

Ich schaltete das Radio ein. Es lief America. A horse with no name. Ich mochte den Song. Ich ließ das Fenster zu meiner linken herab und der Wind fuhr mir durch die Haare. Es war ein seltsames Gefühl von Grenzenlosigkeit, das mich durchfuhr. Aber es fühlte sich gut an. Obwohl ich ein Ziel hatte, kam es mir nicht vor, als steuerte ich darauf zu. Für einen kurzen Moment überlegte ich, ob ich wirklich meine Tochter besuchen, oder nicht einfach weiter fahren sollte. Das Ziel mich finden lassen. Ich verwarf den Gedanken, er war absurd.

Ich passierte die Stadtgrenze und wechselte auf eine Landstraße. Grün dominierte die Kulisse. Links und rechts standen Apfelbäume. Sie blühten nicht mehr, aber die Früchte waren noch klein. Sie wirkten unbeeindruckt von der ständigen Lärmkulisse und wiegten sich stattdessen geduldig im Wind. Hinter den Bäumen lagen Wiesen. Das Gras stand hoch. Ein Hirtenhund sprang vor einer Herde Schafe her. Es wirkte unwirklich. Wie aus einer anderen Zeit ausgeschnitten und über unsere geklebt. Während hochtechnisierte Roboter winzig kleine Microchips unter Aufsicht perfekt ausgebildeter Facharbeiter in weißen Kitteln in steriler Umgebung anfertigten, schlenderte gleichzeitig ein Hirte hinter seinen Schafen her. Er trug einen Hut und Gummistiefel. Gummistiefel!

Ich ertappte mich dabei, dass ich den Takt auf dem Lenkrad mitklopfte. America war mittlerweile von Journey's Don't stop believing abgelöst worden. Ich öffnete den obersten Knopf meines Hemdes und krempelte die Ärmel nach oben.
Ich fuhr schneller. Nicht weil ich früher ankommen wollte. Eigentlich war das Gegenteil der Fall. Es fühlte sich einfach besser an.
Ich schmunzelte über mich selbst. Gestern noch hatte mich meine Frau nach über zwanzig Jahren Ehe verlassen. Und ich schmunzelte. Über Apfelbäume, über Wiesen, über Hirten. Über mich.
Zwischendurch fragte ich mich immer wieder, warum ich nicht traurig war. Ich hatte meine Frau geliebt. Ich liebte sie immer noch. Und doch fehlte mir in diesem

Moment nichts. Vielleicht würde das noch kommen. Wahrscheinlich. Es war dennoch eher dem Gefühl ähnlich, das man hat, wenn man etwas, an dem man lange gearbeitet hat, endlich fertig gestellt hat. Ein Bild, eine Modelleisenbahn, eine Dissertation.

Ich hatte meine Frau fertig gestellt. Und sie mich.

Ich sah eine Tankstelle und bog ab. Ich aß etwas. Ich war der einzige Kunde. Der Mann an der Kasse arbeitete gemütlich. Als ich bezahlte, wies er mich darauf hin, dass das Wetter ja endlich gut sei. Ich stimmte ihm zu. Er wünschte mir einen schönen Tag, ich erwiderte, dass ich diesen bereits hätte. Er wirkte irritiert. Dann drehte er sich weg und sortierte weiter Zigaretten ein. Dabei fiel mir ein, dass ich nie auch nur eine Zigarette geraucht hatte. Ich sagte ihm, er solle mir ein Päckchen geben. Er fragte mich welche Sorte. Ich hatte keine Ahnung. Worin lag der Unterschied? Ich fragte ihn, ob er rauche. Er bejahte. Ich sagte ihm, er solle mir einfach ein Päckchen der Marke, die er rauche geben. Ich bezahlte.

Ich setzte mich in den Wagen und schaute ungläubig die kleine Schachtel an. Ich startete den Motor. Wieder blickte ich auf das Päckchen. Ich öffnete es und suchte den Zigarettenanzünder. Nach einer Weile fand ich ihn. Ich steckte mir eine Zigarette an und fuhr los. Sie schmeckte widerlich. Mir wurde schwindelig. Ich fuhr den Wagen an den Straßenrand, bis ich wieder klar denken konnte.

Ich zündete mir eine weitere an.

7

Ich genoss die Zigaretten auf eine Art, die nichts mit ihnen als solche zu tun hatte. Es war vielmehr das, wofür sie standen. Ich rauchte, weil es egal war ob ich es tat, oder nicht. Ich hatte die freie Wahl, zu rauchen, oder es zu lassen. Für beide Seiten gab es keine Argumente. Zumindest keine, die den Grund betrafen, warum ich es tat. Natürlich ist rauchen ungesund. Das war mir selbstredend klar. Aber darum ging es ja gar nicht. Es fühlte sich richtig an. In diesem Moment. Darum ging es.

Ich fuhr so vor mich hin. Ich kam durch Dörfer, Städte, aber hauptsächlich umschloss mich Landschaft. Manchmal soweit ich blicken konnte. Ich genoss jede Minute. Ich fuhr absichtlich nicht die schnellste Route, sondern die, nach der mir war. Ich kam mir vor wie Dennis Hopper in Easy Rider.

In einem kleinen Ort hielt ich an. Es war Nachmittag. Ich fragte eine Fußgängerin, ob es hier ein Café gäbe. Sie beschrieb mir den Weg. Ich fand es rasch, es war nicht zu verfehlen.
Ich ging hinein und bestellte. Zwei Tische weiter saß ein älteres Ehepaar. Zumindest vermutete ich, dass sie eines waren. Ansonsten war niemand zu sehen.
Er las Zeitung. Sie stocherte in einem Stück Torte. Sie schwiegen. Ich war mir sicher, dass sie noch nie darüber

nachgedacht hatte, ob sie möglicherweise lesbisch sein könnte. So etwas gab es in ihrer Generation nicht. Also, natürlich gab es das auch in ihrer Generation schon. Aber man machte es nicht öffentlich. Lebte es nicht aus. Es schickte sich nicht.

Beide waren korrekt gekleidet. Er trank Kaffee, schwarz. Sie trank ihn mit Milch und Süßstoff.

Er grunzte, hielt ihr die Zeitung vor die Nase und deutete auf einen Artikel. Sie nickte zustimmend. Er nahm die Zeitung wieder zu sich. Sie kamen mir vor wie ein Stillleben.

Sie wirkten beide sehr geduldig. Mit sich und dem anderen. Als wüssten sie, dass es für die meisten Dinge für sie ohnehin zu spät war. Der Gedanke klang hart, als er in meinem Kopf nachhallte. Und überheblich. Aber ich denke, er entsprach der Wahrheit. Sie hatten ihren Frieden damit geschlossen.

Ich verabschiedete mich und wünschte beiden noch einen schönen Tag. Sie nickten mir zu, ohne sich auch nur einen Zentimeter zu viel zu bewegen.

Als ich wieder im Wagen saß, zündete ich mir eine Zigarette an, fuhr aber noch nicht los. Ich überlegte, wie lange ich noch fahren sollte, bis ich mir eine Übernachtungsmöglichkeit suchen würde. Ich beschloss, dass die Entscheidung noch warten konnte. Ich war es leid, Pläne zu machen. Und einzuhalten. Mein ganzes Leben hatte ich nichts auf mich zukommen lassen, sondern mir ausgesucht, auf was ich zu kam. Ich glaube nicht, dass es mich glücklicher gemacht hat.

Ich fuhr noch eine Weile. Das Gefühl, alles richtig zu machen, war immer noch da. Ich fühlte mich beschwingt. Ich fuhr weiterhin schnell. Die Sonne stand bereits tief. Sie streichelte die Baumwipfel, nur um sie bei jedem Luftzug wieder kurz loszulassen.

Es war ein seltsamer Tag. Ein Tag, an dem ich nichts geleistet hatte. Nichts messbares, nichts was die Gesellschaft anerkannt hätte. Ich saß ja auch nur da und fuhr.

Als die Sonne gerade noch über der Szenerie hervor lugte, erreichte ich einen kleinen Ort. Die Häuser waren sich alle sehr ähnlich. In einem Vorgarten stand ein Schild mit der Aufschrift 'Zimmer frei'. Ich hielt.

Ich ging zur Tür. Vorher öffnete ich noch ein kreischendes Eisentor. Ich klingelte. Nach einiger Zeit öffnete ein älterer Herr. Er trug keinen Hut.

Es entwickelte sich ein Gespräch, das keine Erwähnung wert war. Er hatte noch ein Zimmer.

Ich stellte meine Tasche in dem Zimmer ab. Es war unstimmig eingerichtet. Das fiel sogar mir auf. Als hätte man einfach hineingestellt, was man noch hatte. Es war mir nicht wichtig. Es hatte ein Bett, das war alles, was für mich zählte. Es war von IKEA. Ich bemerkte es auf den ersten Blick.

Ich fragte den alten Mann, ob man in der Nähe etwas essen gehen könne. Er bejahte.

Ich aß, mäßig gut, kehrte zurück und legte mich schlafen. Ich warf noch einen letzten Blick auf mein Handy. Niemand hatte geschrieben oder angerufen. Warum auch.

8

Ich erwachte früh. Ich hatte mir keinen Wecker gestellt. Ich hatte ja alle Zeit der Welt. Es war still. Ich öffnete das Fenster. Mein Blick fiel auf einen Hinterhof, eine kleine Hütte. Ungepflegte Beete. Ein riesiger Strauch Salbei ragte aus allerlei Unkraut hervor. Eine Amsel pickte auf einem Regenwurm herum. Er wand sich. Er begriff seine Ausweglosigkeit nicht. Sonst hätte er still gehalten. Und es ertragen.

Ich zog ein frisches Hemd an und verstaute das alte in meinem Koffer, schloss ihn, schulterte ihn und ging nach unten. Der alte Mann war schon wach. Es gab Brote und Spiegelei. Ich aß reichlich. Dazu starken Kaffee. Ich trank ihn schwarz. Immer. Ich mag diese Mischgetränke nicht. Ich finde sie seelenlos.

Ich gab dem Mann ein großzügiges Trinkgeld. Ich stieg in mein Auto und wollte den Schlüssel herumdrehen, hielt aber inne. Irgendetwas war ungewöhnlich gewesen an dem Wagen, als ich um ihn herumgegangen war. Es war mir nicht sofort aufgefallen. Nur unterbewusst. Ich stieg wieder aus. Ich sah es sofort. Der linke Hinterreifen war platt. Ich schaute ihn einige Zeit fasziniert an.
Reifen wechseln war etwas, das ich nicht beherrschte. Ich habe mir immer jemanden gerufen, der es konnte.

Ich klingelte bei dem alten Mann und schilderte ihm knapp mein Problem. Ob er jemand wüsste, der mir helfen könne, fragte ich ihn. Er sagte mir, ich solle kurz warten, er würde seine Tochter anrufen. Ich runzelte die Stirn. Seine Tochter also. Sofort ärgerte ich mich über meinen eigenen, reaktionären Reflex. Spuckte mein über die Jahre sukzessive träger gewordenes Gehirn wirklich nur noch derart simpel strukturierte Zusammenhänge aus? Was war so seltsam an dem Gedanken, dass mir eine Frau beim Reifen wechseln helfen könnte?

Der Mann sagte mir, sie käme in ein paar Minuten. Sie sei Automechanikerin. Ich bemühte mich einen Gesichtsausdruck zu haben, der frei von Erstaunen war. Der vielmehr sagen sollte, dass das für einen auf-geklärten Mann wie mich nichts überraschendes sei. Es war viel verlangt von einem Gesichtsausdruck. Ich beschloss am Auto zu warten.

Tatsächlich bog schon wenige Minuten später ein Wagen um die Ecke und hielt neben mir. Eine junge Frau stieg aus. Ihre langen braunen Haaren hatte sie zu einem Zopf zusammen gebunden. Er fiel ihr über die Schultern. Sie war groß gewachsen. Ich schätzte sie auf Anfang zwanzig. Sie war bezaubernd. Ich ärgerte mich erneut darüber, dass ich überrascht war.
Sie trug ein sommerliches Kleid, das ihr grade so an die Knie reichte. Ich erlaubte mir zumindest diese Tatsache ungewöhnlich zu finden. Es erschien mir unpraktisch für einen Mechaniker, gleich welchen Geschlechts.

Außerdem war sie schwanger.

Sie lächelte, als sie auf mich zukam. Ich lächelte zurück. Sie stellte sich mir als Luisa vor und streckte mir ihre Hand entgegen. Ich sagte ihr meinen Namen und griff nach ihrer Hand. Sie war rau, der Druck bestimmt.

Ich zeigte ihr den Reifen. Sie wollte wissen, ob ich ein Ersatzrad dabei hätte. Hatte ich. Sie ging zu ihrem Wagen und kam kurz darauf mit einem Schraubenschlüssel und einem Wagenheber zurück. Sie lächelte noch immer. Sie hielt mir beides hin und ließ mich wissen, dass sie mir erklären würde, was ich zu machen hätte. Sie sei etwas eingeschränkt in der Ausführung. Sie strich sich wie zur Verdeutlichung mit der freien Hand über den Bauch. Ich nickte.

Eigentlich würde sie schon gar nicht mehr arbeiten, sagte sie zu mir. Ich entschuldigte mich. Sie winkte ab.

Ich wechselte den Reifen unter ihrer Anleitung.

Es ist, wie bei so vielem, nicht besonders schwierig, wenn man weiß, wie es geht.

Sie verstaute ihr Werkzeug und kam noch einmal zurück. Ich zückte meine Brieftasche und fragte sie, was sie dafür bekäme. Sie schüttelte den Kopf. Ich insistierte. Sie insistierte mehr.

Ob ich sie wenigstens zu einem Kaffee oder, nach einem Blick auf ihren Bauch, einen Tee einladen dürfe, fragte ich sie. Sie lächelte und fand die Idee prima.

Wir gingen zu Fuß zu einem Bäcker. Man konnte draußen sitzen, was wir taten. Die Luft war klar.

9

Sie bestellte sich einen Milchshake. Ich blieb beim Kaffee. Die Bedienung brachte einen Aschenbecher. Mir fiel wieder ein, dass ich rauchte. Ich fragte Luisa, ob es sie stören würde. Sie behauptete, es würde ihr nichts ausmachen.

Ich steckte mir eine Zigarette an und blies den Rauch weg von ihr. Der Wind wehte ihr den größten Teil der Schwade ins Gesicht. Ich entschuldigte mich. Wir tauschten die Plätze. Ich bestellte Windbeutel, auch wenn ich eigentlich gar keinen Hunger hatte. Auch sie bestellte.

Woher ich käme, wollte sie wissen, und aus welchem Grund ich hier sei. Nur, falls ich es erzählen wolle, fügte sie an. Ich wollte nicht, tat es aber dennoch. Ich erzählte ihr, dass mir meine Frau gestanden hatte, dass sei lesbisch sei. Sie hatte es mir streng genommen nicht gestanden. Vielmehr mitgeteilt. Dann fasste ich zusammen, was danach passiert war. Ich brauchte nicht lange. Es war ja auch nicht viel geschehen. Sie unterbrach mich zu keinem Zeitpunkt. Sie sah mich einfach nur an, sah mir in die Augen. Die ganze Zeit. Als ob sie mich nach einer Lüge durchleuchten wollte. Ich war es ja gewohnt, dass man mich ansah, während ich sprach. Hunderte Augenpaare waren in den Vorlesungen auf mich gerichtet. Es fühlte sich dennoch anders an. Unmittelbarer.

Sie wirkte sehr interessiert. Ich fragte mich, warum.

Die Windbeutel wurden gebracht. Sie hatte Pfannkuchen bestellt. Wir aßen schweigend. Als ich fertig war, säuberte ich meine Hände an der Serviette. Sie klebten nichtsdestotrotz. Ich fragte sie, wann es soweit sei. Sie schaute mich verständnislos an. Ich deutete auf ihren Bauch. In etwa zwölf Wochen, ließ sie mich wissen. Ich nickte. Ich wusste keine weitere Frage, die daran angeknüpft hätte.

Ich gab vor die Ulme zu betrachten, die wenige Meter von uns entfernt ihr Dasein fristete. So ganz ohne andere Bäume. Sie wirkte einsam. Nun betrachtete ich sie tatsächlich.

Ich war nicht gut in derlei Gesprächen. Im Plaudern. Es machte auch keinen Sinn. Man redet ja nur um nicht zu schweigen. Zeitverschwendung.

Als hätte sie es gemerkt, begann sie von sich aus zu erzählen. Von ihrem Mann, der an seiner Karriere feilte und meist spät am Abend nach Hause kam. Er war ein paar Jahre älter als sie, wie alt genau, ließ sie unerwähnt. Er war Führungskraft in einem großen Chemieunternehmen. Sie ersparte mir Details. Wie sie sich manchmal frage, ob sie zu häufig allein sein würde mit ihrem Sohn, erzählte sie mir. Ob er genug Zeit mit seinem Vater würde verbringen können.

Sie winkte die Bedienung herbei und ich dachte, sie wollte die Rechnung gebracht bekommen. Jedoch bestellte sie stattdessen nun wirklich einen Tee.

Sie schaute mich wieder an. Ob sie meine Zeit stehle, wollte sie wissen. Diesmal war ich es, der lächeln musste.

Ich verneinte und sagte, dass mir die Zeit nicht gehöre und sie man mir somit auch nicht stehlen könne.

Ich stelle es mir eigentlich immer so vor, dass einem die Zeit vielmehr geliehen wurde. Von was oder wem auch immer. Da hat ja jeder seine eigene Vorstellung. Keine ist blöder oder klüger als eine andere, denn letztlich sind sie alle eben nur eins: Vorstellungen.

Man vergnügt sich also eine Weile mit der geliehenen Zeit, oder verbringt sie, bis entschieden wird, dass es genug sei.

Vermutlich ist das alles Unsinn. Ich gebe an sich wissenschaftlichen Erklärungen den Vorzug. Sie wirken nachvollziehbarer, begreifbarer auf mich. Sie sind jedoch wenig charmant.

Sie erzählte dies und das. Merkwürdigerweise war es stets interessant. Dennoch empfand ich die Situation als zunehmend seltsam. Da saß ich also, mit einem jungen Mädchen, am helllichten Morgen in einem Café, zudem an einem Tag, an dem ich eigentlich in der Universität hätte sein müssen. Schuldig fühlte ich mich nicht. Wem gegenüber auch? Aber alles wirkte wie ein Gemälde von Dali. Verzerrt und unwirklich.

Sie löste ihren Zopf und der Wind bewegte ihr Haar. Sie sah so noch hübscher aus. Sie musste bemerken, dass ich sie förmlich anstarrte. Sie verzog keine Miene.

Wie es sich anfühle, nach so langer Zeit wieder Single zu sein, fragte sie mich plötzlich. Ich überlegte. Single? Allein das Wort klang merkwürdig. Nicht weil es kein

Wort meiner Generation war. Ich hätte vermutlich alleinstehend dazu gesagt. Vor einer Woche hätte ich nicht gedacht, dass dieses Wort nochmal im Zusammenhang mit mir fallen würde. Aber sie hatte ja recht. Ich war Single. Noch nicht auf dem Papier. Aber an sich schon.

Ich hatte noch gar nicht darüber nachgedacht, wie es sich anfühlte. Ich hatte noch überhaupt nicht so viel nachgedacht seit diesem Tag. Nicht darüber. Ich hatte versucht in Bewegung zu bleiben. Aber grade saß ich ja, konnte der Frage nicht entkommen. Und es war nicht sie, die sie mir stellte, sondern ich selbst.

Ich musterte erneut die Ulme. Meine Frau war lange an meiner Seite gewesen. Es war stets großartig gewesen, sich mit ihr zu unterhalten. Sie war klug, das sagte ich bereits. Aber sie war auch gewitzt. Jeden Streit, den wir geführt hatten – und es waren nicht viele – hatte sie gewonnen. Ich weiß, es geht ja nicht darum, wer einen Streit gewinnt.

Trotzdem.

Ich versuche Streitigkeiten an sich aus dem Weg zu gehen. Ich finde sie zermürbend. Man streitet und streitet. Die meiste Zeit geht es noch nicht mal um den eigentlichen Grund. Man pirscht sich wie ein Rudel Löwen an seine Beute an, in immer enger werdenden Kreisen, bis man der tatsächlichen Ursache so nahe kommt, dass sie einen bemerkt. Mir ist das zu anstrengend. Wenn ich wütend bin, sage ich es. Und ich sage warum. Es scheint mir einfacher, zielführender.

Nicht einmal hatte ich den Streit mit meiner Frau gesucht, ihn vom Zaun gebrochen. Nicht einmal. Ich wusste ja, was gefolgt wäre. Ich hatte nie das Gefühl gehabt, dass es das wert gewesen wäre.

Wie fühlte es sich an Single zu sein? Nach all den Jahren? Es fühlte sich gar nicht an. Es hatte sich auch vorher nicht angefühlt verheiratet zu sein.

Ich sagte ihr, dass ich nicht wisse, was ich darauf antworten solle. Es sei ungewohnt, fügte ich an. Aber das stimmte nicht. Sicher war es ungewohnt, nicht mehr verheiratet zu sein. Aber es fühlte sich nicht so an.
Sie gab sich mit meiner Antwort zufrieden. Sie spürte wohl, dass eine ergiebigere nicht zu erwarten war.
Ihr Telefon klingelte. Sie entschuldigte sich. Sie drehte sich symbolisch zur Seite, als würde ich dadurch nichts mehr mitbekommen. Als hätte sie damit eine unsichtbare Wand zwischen uns aufgebaut. Tatsächlich war ihr Mund natürlich nur wenige Zentimeter weiter von mir entfernt, als zuvor. Ich verstand jedes Wort. Aus dem Zusammenhang schloss ich, dass es sich bei ihrem Gesprächspartner um ihren Mann handelte.
Ich versuchte bewusst nicht zuzuhören. Es gelang mir nicht. Ihre Stimme war das einzige Geräusch, dass zu mir durchdrang, wie hätte ich es nicht hören können. Wenn man etwas nicht sehen möchte, kann man die Augen schließen. Wieso war es nicht möglich, einfach die Ohren zu schließen? Vielleicht würde es irgendwann im Laufe der Evolution nachgerüstet werden. Das wurde ja nach Nützlichkeit entschieden. Ich fände es ausgesprochen nützlich.

Ich beschloss Luisa kurz alleine zu lassen. Ich steckte mir eine Zigarette an und stand auf. Ich schlenderte ziellos um das Café herum. Ich stand vor der Ulme, betrachtete sie aus der Nähe.

Auf einer Seite hatte jemand C+L in die Rinde geritzt, umschlossen von einem Herz, zumindest vermutete ich, dass es eines darstellen sollte. Ich fuhr mit der Hand darüber.

Ameisen liefen den Stamm auf und ab. Sehr geordnet. Selten kam man sich in die Quere.

Der Mensch kommt sich viel häufiger in die Quere. Wenn es eine übergeordnete Macht gibt, eine für Menschen, eine für Ameisen, so scheint die der Ameisen organisatorisch überlegen. Alle Ameisen handeln zu jeder Zeit im Interesse der ganzen Sippe. Die individuell unterlegene Intelligenz scheint als Ganzes besser zu funktionieren.

Der Gedanke erschien mir zwar abwegig, er ließ mich dennoch nicht los. Scheinbar eine Ewigkeit beobachte ich das fleißige Treiben.

Plötzlich lugte Luisa um den Stamm der Ulme herum und riss mich aus meinen Gedanken. Sie entschuldigte sich erneut und fragte mich, warum ich den Baum so anstarrte. Ich deutete stumm auf die Ameisenstraße. Ihr Blick folgte meinem Finger. Sie nickte, schaute den kleinen Insekten einige Augenblicke zu und fragte mich dann, ob wir uns wieder setzen wollten. Ich war einverstanden.

Ihre Tasse war noch halbvoll. Sie nippte an ihrem Tee. Sie fragte mich, wie alt meine Tochter sei. Ich wollte antworten, ertappte mich aber selbst dabei, dass ich darüber nachdenken musste. Ich sah, dass sie meine Unsicherheit bemerkt hatte. Sechsundzwanzig, sagte ich und versuchte überzeugt zu klingen. Sie wollte mehr wissen.

Ich war unschlüssig, was genau ich erzählen sollte. Ich begann damit, dass sie eine Tochter habe. Sie lebte in Trennung. Sie teile sich das Sorgerecht mit dem Vater. Ich wusste nicht viel zu ihm zu erzählen. Ich kannte ihn kaum. Sie hatten meine Exfrau und mich einmal zum Essen eingeladen. Bei dieser Gelegenheit, hatte sie uns gesagt, dass wir Großeltern werden würden. Das war eigentlich das einzige Mal, dass ich mich länger mit ihm unterhalten hatte. Er schien ein sympathischer, junger Mann zu sein. Nichts, was er zu erzählen gehabt hatte, hatte ich interessant gefunden. Ich hatte es ihm nicht übel genommen. Er hatte ja nicht wissen können, was mich interessierte. So recht wusste ich es ja selbst nicht.

Sie waren aber nicht lange gut miteinander ausgekommen. Sie hatten sich häufig gestritten, oder waren sich aus dem Weg gegangen. Es war keine glückliche Zeit für meine Tochter gewesen.

Ich hörte mich sagen, dass sie nicht für einander geschaffen waren.

Dabei glaube ich gar nicht daran, dass es so etwas gibt. Ich denke vielmehr, dass es darum geht, ob man zusammen funktioniert, ob man ein gutes Team ist. Zumindest auf lange Sicht. Fast die ganze Zeit, die man über die Jahre miteinander verbringt, ist Alltag. Es ist langweilig. Wochen und Monate ziehen vorbei, in denen nichts geschieht, was man seinen Kindern erzählen würde. Man sitzt sich einfach gegenüber und ist zusammen. Es ist dröge. Man muss es aushalten. Ich glaube es ist wichtig, sich gut unterhalten zu können. Es hilft, Zeit miteinander zu verbringen, ohne sich dabei auf die Nerven zu gehen.

Beim Verfolgen dieses Gedankens stellte ich fest, dass mir die Unterhaltung mit Luisa nicht auf die Nerven ging.

11

Wir schwiegen ein paar Augenblicke. Diesmal war es aber kein betretenes Schweigen, weil niemand wusste, was er sagen sollte. Wir hingen beide unseren eigenen Gedanken nach. Es war also jeder beschäftigt. Wir waren zusammen allein.

Plötzlich sagte sie, dass sie Angst hätte. Angst davor Mutter zu werden, oder vielmehr Mutter zu sein. Das sei ja nichts, was vorüber ging, wie eine Erkältung. Wie um es sich selbst sagen zu hören, ergänzte sie, dass sie sich natürlich freuen würde. Sie zögerte.

Es sei nicht geplant gewesen, sagte sie dann. Auch mit der Heirat hätte sie gerne noch etwas gewartet. Sie hätte es gerne aus den, für sie richtigen Motiven getan. Ihr Mann habe darauf bestanden. Er habe ein sehr konservatives Elternhaus und wollte weder seiner Mutter, noch seinem Vater zumuten, einen, wie sie sagen würden 'Bastard' in die Welt zu setzen. Sie glaubte nicht, dass ihm die Tatsache selbst besonders wichtig gewesen sei, aber die Rolle des perfekten Sohns war ihm äußerst wichtig. Sie wollte nicht missverstanden werden, sie liebe ihren Mann, wie sie nochmal klar stellte. Wieder stockte sie. Ich fragte mich, wieso sie mir das alles erzählte. Schließlich war ich kaum mehr als ein Fremder.

Dann sagte sie etwas, das mich beeindruckte, das meinen Blick auf sie veränderte. Ich frage mich heute noch, ob alles genauso gekommen wäre, wenn sie diesen Gedanken nicht mit mir geteilt hätte.

Ob wir uns überhaupt noch einmal begegnet wären. Oder den anderen schon bald vergessen hätten, wie so viele Menschen, deren Weg man für einen kurzen Moment teilt, die Erinnerung an sie aber bald verblasst, wie Kondensstreifen, die sich am Himmel kreuzen und sich langsam verflüchtigen.

„Es ist als ob das Skript zu meinem restlichen Leben bereits geschrieben in einer Schublade liegt. Jedes Kapitel ist bereits erdacht. Und keines ist sonderlich kreativ. Eine Geschichte, die keiner je lesen, oder verfilmen würde. Es wird dort für alle Zeiten liegen. Verstaubt, unberührt. Niemand wird auch nur mit der Hand darüber streichen. All die Dinge, die ich mir immer sicher war, noch tun zu wollen, all die Orte, die ich noch sehen wollte - Es ist, ich weiß nicht, es wirkt so fern. Was wenn das, was hinter mir liegt bereits der aufregendste Teil war? Und was habe ich damit gemacht?

Als ich siebzehn war, habe ich mich mit meinem damaligen Freund in einem Möbelhaus versteckt, bis es schloss. Wir verbrachten die ganze Nacht dort. Wir sprangen herum wie kleine Kinder. Wir schliefen miteinander. Dabei wechselten wir immer wieder das Bett. Bis wir in jedem einmal gelegen hatten.

Und wenn sie mich heute fragen würden, was das Verrückteste war, was ich in meinem Leben gemacht habe, würde ich ihnen diese Geschichte erzählen.

Wir waren eingesperrt und trotzdem habe ich mich nie zuvor freier gefühlt, als in dieser Nacht. Und habe es seitdem auch nicht mehr.

Und heute? Heute, kann ich mir noch nicht einmal mehr vorstellen, was noch anderes kommen soll, als das, was kommen wird. Nicht mal die Phantasie ist mir geblieben." Sie musste schlucken.

„Und ich kann ihnen nicht einmal sagen, warum ich ihnen das alles erzähle. Ich kenne sie ja kaum. Es tut mir leid. Ich habe nicht das Recht, ihnen das aufzuzwingen. Sie wollten sich ja nur mit einem Tee bedanken." Sie hatte ihre Fassung wieder erlangt und versuchte zu lächeln. Es misslang.

Die Gedanken in meinem Kopf rasten, suchten verzweifelt nach einer vernünftigen Antwort. Allein sie fanden keine. Stattdessen sagte ich, dass nichts in Stein gemeißelt sei.

Die Bedienung ging an unserem Tisch vorbei. Ich verlangte nach der Rechnung.

12

Ich fuhr bereits wieder einige Zeit, als mich ein LKW laut hupend überholte. Ich warf einen Blick auf den Tacho. Ich fuhr viel zu langsam. Ich konnte mich an die letzten Minuten nicht mehr erinnern. Ich war wie mit einer Art innerem Autopiloten gefahren. Selbstverständlich hatte ich auf die Straße geschaut. Und irgendwie auch nicht. Mein Gehirn hatte die Realität gefiltert, nur so viel durchgelassen wie unbedingt nötig gewesen war. Die Straße. Mehr nicht. Bereits in diesem Moment hätte ich die Umgebung der letzten Kilometer nicht mehr beschreiben können. Nicht ansatzweise.

So verblieb meinem Hirn mehr freie Kapazität, um sie auf die Gedanken, die mich beschäftigten, zu verwenden.

Ich versuchte zu analysieren, wieso ich mich so verhalten hatte, so reagiert hatte. Wie ein Arsch! Nahezu fluchtartig hatte ich die Szene verlassen. Fadenscheinige Ausreden faselnd. Und selbst das war eine, mir selbst gegenüber, äußerst wohlwollende Art es auszudrücken. Mir ist stets wichtig warum Dinge geschehen. Schon während des Studiums hat mich diese Frage am meisten beschäftigt. Bei jedem geschichtlichen Ereignis, gleich wie bedeutsam, interessiert mich der Auslöser, die Beweggründe, mehr, als das Ereignis als solches. Denn noch nie ist etwas einfach geschehen. Für menschliches Handeln gibt es immer einen Grund. Immer. Das hat auch nichts mit Verantwortlichkeit zu tun. Warum also hatte ich so gehandelt?

Nachdem ich um die Rechnung gebeten hatte, hatte ich sie noch gefragt wie schnell ich mit dem Ersatzrad fahren dürfte. So ein Unfug. Sie hatte mich verwirrt angesehen. Als hätte sie nicht glauben können, dass sich die Surrealität des Augenblicks noch steigern ließe. Sie hatte mir geantwortet.

Sie musste bemerkt haben, dass ich nicht so recht wusste, wie ich auf ihre Rede reagieren sollte. Mir war es ja auch bewusst gewesen. Auch wenn ich nicht abblocken wollte. Es fühlte sich aber auch nicht wirklich entlastend an, dass ich es nicht gewollt hatte. Wir waren schweigend zum Auto zurück gegangen. Dort angekommen hatte sie sich nochmals entschuldigt. Jede Entschuldigung hatte die Situation ein Stück weit unangenehmer für mich gemacht. Die Tatsache, dass sie um Verzeihung gebeten hatte, während ich es eigentlich hätte tun müssen, hatte mein Unverständnis mir gegenüber weiter verschärft.

Wir hatten uns zum Abschied die Hand gegeben. Mit der anderen hatte ich ihr über die Haare gestreichelt. Ich weiß nicht mehr, warum ich ausgerechnet das getan hatte. Sie war nicht zurück geschreckt. Ich hatte mir eingebildet, dass es zumindest eine versöhnliche Geste war. Vielleicht war es das auch gewesen. Sicher war ich nicht.

Ich fuhr wieder aufmerksamer. Auf einer Wiese standen ein Mann und ein Junge und ließen einen Drachen steigen. Er war grün. Er kämpfte mit dem Wind. Der Junge schien Spaß zu haben. Er zog immer wieder an der Schnur, woraufhin der Drache zur Seite kippte, sich aber schnell wieder fing. Er hatte ihn sicher im Griff, entließ ihn nicht in die Freiheit. Der Mann starrte solange ich sie beobachten konnte auf sein Handy. Er hätte auch überall anders sein können.

Es war nicht mehr weit zu meiner Tochter. Wie sie wohl reagieren würde? Ich kam ja ohne Ankündigung zu ihr. Wahrscheinlich würde sie noch gar nicht zu Hause sein, wenn ich ankam. Sie war Kindergärtnerin. Ich hatte ihre Entscheidung, diesen Beruf zu ergreifen, gutgeheißen. Es ist wahrscheinlich der einzige, in dem man noch so etwas wie Einfluss auf einen Menschen hat. Ich pumpe ja nur kaltes Wissen in diese fertigen Geschöpfe. Ihre Entwicklung ist ja im Großen und Ganzen abge-schlossen. Je älter der Mensch wird, desto starrsinniger wird er auch. Eigentlich ein Paradoxon. So müsste er es besser wissen, statt zunehmend zu glauben, es besser zu wissen.

Nach einer Weile bog ich in die Straße ein, in der meine Tochter wohnte. Ihr Auto stand nicht in der Einfahrt. Ich setzte mich auf die Stufen vor der Haustür und lehnte mich an diese an. Die Sonne schien mir ins Gesicht. Ich schlief ein.

Ich kippte nach hinten. Dadurch erwachte ich. Ich brauchte einige Sekunden, um zu begreifen, wo ich war und was passiert war. Ich öffnete die Augen. Ich lag zur Hälfte vor der Tür und zur Hälfte im Flur. Jemand schrie. Ich erkannte, dass es meine Tochter war. Ich entdeckte Schimmel an der Decke. Ich richtete mich auf. Sie frage mich, warum um alles in der Welt ich vor ihrer Türschwelle säße und warum ich sie so erschrecken müsse. Sie half mir auf. Ich fragte sie, seit wann sie denn zu Hause sei? Ich warf einen Blick in die Einfahrt. Ihr Auto war nicht da. Ich drehte mich zu meiner Tochter um. Sie wirkte, als sei sie noch nicht ganz in diesem Moment angekommen. Dann ging sie auf mich zu, nannte mich Papa, umarmte mich.

Das Auto sei in der Werkstatt, erklärte sie mir.

Wir setzten uns auf die kleine Terrasse. Ich hatte sie überraschen wollen, sagte ich ihr. Sie war der Meinung, es sei mir gelungen.

Wir sprachen über allerlei belangloses Zeug. Sie hatte Tee gemacht. Ich zündete mir eine Zigarette an. Meine Tochter sah mich ungläubig an. Seit wann ich rauchen würde, wollte sie wissen. Seit gestern.

Die Tatsache, dass ich rauchte, schien ihr Berechtigung genug, mich die Dinge zu fragen, die ihr schon die ganze Zeit unter den Nägeln gebrannt hatten. Ich hatte es bemerkt. Wie sie in Gedanken durchgespielt hatte, wie lange wir plaudern müssten, bevor sie etwas ernstes ansprechen konnte.

Ob ich nochmal mit Mama gesprochen hätte, war ihre erste Frage. Ich verneinte. Ich hatte keine Lust darüber zu reden. Sie unterhielt sich ja auch mit meiner Frau. Das wäre, als würden wir beide den gleichen Therapeuten besuchen. Aber das war nicht der wahre Grund. Es war viel mehr der Grund den ich mir selbst vorschob. Ich wollte mich schlicht nicht damit beschäftigen.

Ich wusste zu diesem Zeitpunkt noch nicht wirklich, dass ich nicht aufgebrochen war, um irgendwo zu sein, sondern um da, wo ich sein sollte, nicht zu sein. Es war ein Gefängnisausbruch. Unterbewusst war mir dies wohl auch schon an dem Tag meines Aufbruchs klar. Aber ich stellte mich absichtlich dumm. Mir selbst gegenüber. Man konnte es mit meiner Frau vergleichen, die die Uhren vorstellte und dann beschloss dies fortan nicht mehr zu wissen.

Wir gingen in die Küche und setzten uns an den Tisch. Ich erzählte davon, dass die Idee in mir reifte vorerst nicht zurück zu fahren. Sondern weiter. Sie verzog das Gesicht. Wohin ich denn wolle und ob ich nicht zurück an die Universität müsse, fragte sie mich.

Ich antworte ihr ehrlich, dass ich nicht wisse wohin. Wohin sei aber nicht wichtig. Und, dass ich selbstverständlich arbeiten gehen müsste, aber es verdient hätte, mich für eine Weile krank zu melden. Ich hatte das ja nie gemacht.

Sie sah mich entgeistert an. Es sei verständlich, wenn ich zur Zeit etwas durch den Wind sei, erklärte sie mir. Das sei normal nach einer Trennung. Aber ich solle doch vernünftig sein. Ich würde mir nur Ärger einhandeln. Das ginge nach ein paar Wochen auch so vorbei.

Sie redete schier endlos auf mich ein. Ich hörte nicht wirklich zu. In der Spüle stand schmutziges Geschirr. Auf der Mikrowelle saß eine Katze. War sie die ganze Zeit da gewesen? Sie beobachtete uns misstrauisch. Sie war schwarz. Ohne einen weißen Punkt, oder auch nur ein weißes Haar. Warum saß sie bloß ausgerechnet auf der Mikrowelle? Ich hatte gar nichts von einer Katze gewusst. Es schien ihr nicht zu gefallen, selbst beobachtet zu werden. Sie stand auf, streckte sich, sprang auf den Boden und huschte aus dem Zimmer. Ich beneidete die Katze. Sie konnte jederzeit gehen wohin sie wollte. Sie konnte schlafen, wann sie es wollte. Sie war ein freies Geschöpf, ohne Verpflichtungen. Sie war nicht zivilisiert. Ob sie das zu schätzen wusste? Vermutlich nicht.

Ich unterbrach meine Tochter und sagte ihr, dass sie Recht habe. Ich würde zurück fahren. Schon morgen. Sie sah mich erleichtert an.

Ich war ehrlich zu ihr gewesen. Ich wollte zurück fahren. Aber nicht nach Hause.

14

Und wieder fuhr ich.

Ich war direkt nach dem Frühstück aufgebrochen. Meine Tochter hatte noch gesagt, dass sie das so auch wieder nicht gemeint habe und ich gerne noch bleiben könne. Ich hatte den letzten Schluck Kaffee in meiner Tasse getrunken. Er hatte nicht geschmeckt. Wie jeder andere letzte Schluck Kaffee meines Lebens zuvor auch. Ich trinke ihn trotzdem. Jedes Mal. Ich hatte ihr gesagt, dass ich unbedingt zurück müsse. Aber ich würde sie bald wieder besuchen. Angekündigt. Und ich würde klingeln.

Wir hatten uns zum Abschied umarmt.

Ich fuhr genau die Strecke zurück, auf der ich am Vortag in die entgegengesetzte Richtung unterwegs gewesen war. Der Himmel war bewölkt. Die Wolken zogen schnell vorüber, was man aber nur feststellen konnte, wenn man sie mit einem zugekniffenen Auge mit einem Fixpunkt verglich. Sonst sah man nur graue Masse. Ein Flugzeug brach geisterhaft daraus hervor. Es flog genau in meine Richtung. Überholte mich. Es schien nicht weit entfernt.

Ein Käfer zerplatze an meiner Windschutzscheibe. Ich fühlte mich nicht schuldig, was merkwürdig war. Überhaupt scheint es nur von der Größe des Lebewesens abhängig zu sein, ob es legitim ist, es zu töten. Erschlägt man eine nervige Fliege, ist das ok. Erschlägt man einen nervigen Hund ist es nicht ok. Egal, ob er zu jemandem gehört. Niemand hätte Verständnis dafür. Ich gehe d'accord damit. Aber ich weiß nicht, warum.

Mein Ziel schälte sich langsam aus meinem Unterbewusstsein. Ein bisschen mehr mit jedem Kilometer, den ich zurücklegte, näher kam. Ich hatte es eigentlich die ganze Zeit gewusst. Aber erst als ich das Ortsschild sah, wurde es mir wirklich bewusst.

Ich war auf dem Weg zurück zu Luisa.

Ich wusste noch nicht einmal, wo genau sie wohnte. Mit ihrem Mann. Ich fuhr wie ferngesteuert auf das Haus ihres Vaters zu. Es war der einzige Anhaltspunkt, den ich hatte.

Auch an diesem Tag war niemand auf der Straße zu sehen. Im fahlen Licht sah der Ort verlassen aus. Nirgendwo brannte Licht. Graue Fassaden. Keines der Häuser war sonderlich gepflegt. Rostige Hoftore, Putz bröckelte. Trübe. Es hatte schöner ausgesehen, als ich am Tag zuvor dort war. Im Sonnenschein. An diesem Tag wirkte es eher, als hätte sich der Ort als solcher am Vorabend betrunken und wurde von meinem Besuch überrascht. Er trug einen imaginären Bademantel, den er sich rasch übergeworfen hatte, als ich ankam und hatte Kopfschmerzen.

Ich bog in die Straße ein, in der ich zum ersten Mal in meinem Leben einen Reifen gewechselt hatte. Ich hielt vor dem Haus. Das Tor war geschlossen. Ich öffnete es und klingelte an der Tür. Ich war mir unsicher. Was sollte ich sagen? Mir blieb keine Zeit darüber nachzudenken, denn nach wenigen Sekunden stand der alte Mann vor mir. Diesmal trug er einen Hut. Er wirkte vollständiger damit. Er schaute mich einen Augenblick überrascht an und stellte dann obsoleterweise fest, dass ich ja schon wieder hier sei. Ob ich etwas vergessen hätte?

Ich verneinte. Aber seine Tochter hätte ihren Schraubenschlüssel bei mir auf der Rückbank vergessen. Ich würde ihn ihr gerne bringen, wo sie denn wohne? Er durchschaute meine plumpe Lüge sofort. Ich sah es in seinen Augen. Er kniff sie für einen kurzen Moment, kaum sichtbar, zusammen.

Ich könne ihn auch ihm geben, entgegnete er. Sie sähen sich beinahe täglich. Ich überlegte. Ich würde mich gerne nochmals persönlich bei ihr bedanken. Es sei mir wichtig. Diesmal kniff er die Augen deutlich erkennbar zusammen. Zu meiner Überraschung lehnte er sich aus der Tür und beschrieb mir den Weg. Er schloss mit der Adresse, wo Luisa und ihr Mann wohnten. Er betonte 'und ihr Mann' und sah mich dabei an. Er wusste mehr als ich. Wie ich später erfuhr aber nicht über mich, wie ich zu diesem Zeitpunk dachte, sondern über seine Tochter.

Ich bedankte mich. Über mir wieder ein Flugzeug.

Ich stieg wieder in mein Auto. Ich wusste, was ich sie fragen würde. In diesem Moment war es mir zum ersten mal wirklich klar. Meine Gedanken mussten sich selbstständig vorbereitet haben. Ich hatte nie darüber nachgedacht. Und plötzlich betraten sie die Bühne meines Bewusstseins. Sie hatten Lampenfieber.

Ich startete den Motor.

15

Alles was man tut, oder denkt, ist egoistisch motiviert. Davon bin ich überzeugt. Das ist auch keine philosophische Frage. Es ist Empirie.

Vor Jahren hatte sich meine Schwester das Leben genommen. Wir waren nie besonders eng gewesen. Ich glaube nicht, dass es an ihr gelegen hatte. Ich bin mir nicht sicher, ob ich überhaupt je mit jemandem eng befreundet war. Auch diese natürliche Familienbande hat sich bei mir nie richtig gebildet. Ich hatte es versucht. Als ich noch jünger war. Irgendwann hatte ich es aufgegeben. Schon als Jugendlicher. Das Konzept dieser engen Verbundenheit, weil man ein paar Gene gemeinsam hat, hat sich mir einfach nicht erschlossen. Es war nicht logisch. Es war vielmehr ein Instinkt. Bei vielen Tieren ist es ja ähnlich. Aber sie haben nicht die Wahl, ihrem Instinkt nicht zu folgen. Oder sie haben sie und machen keinen Gebrauch davon. Jedes Tier hat den inneren Drang sich fortzupflanzen, um den Bestand der Rasse zu sichern. Wir haben Tabletten dagegen.

Der Mensch widersetzt sich ständig seinen Instinkten. Vielleicht bildet er sie auch gar nicht mehr richtig aus. Je mehr er sich zivilisiert, desto mehr werden sie ausgewaschen. Wie ein Felsen vom Meer.

Natürlich war ich traurig gewesen. Auch weil es sich so gehört. Meine Schwester hatte Krebs gehabt und starke Schmerzen. Sie hätte voraussichtlich ohnehin nicht mehr lange zu leben gehabt. Sie hatte sich erlöst. Es war ihr gutes Recht.

An der Beerdigung standen sie dann alle da. Familie, Freunde. Alle in schwarz. Und trauerten. Freuen hätten sie sich sollen. Freuen für sie, nicht trauern für sich. Das hatte ich mir damals schon gedacht. Selbst im Moment des Todes eines anderen Menschen dachten sie nur an sich. An ihren Verlust. Ich nahm es ihnen nicht übel, das nicht. Sie konnten ja nichts dafür. Genauso wenig, wie für alles andere.

Als ich den Wagen anhielt, dachte ich darüber nach, wie egoistisch mein Handeln war. Ich blickte auf das Haus. Ich schnallte mich ab. Ihr Wagen stand auf der anderen Straßenseite. Ich wusste, warum ich hier war. Wegen ihr. Aber nicht für sie. Sondern für mich. Nicht, weil ich mich entschuldigen wollte. Vielleicht auch. Aber es spielte nur eine untergeordnete Rolle.

Es war ein anderer Gedanke, der mich trieb. Eine Idee.

Alles hatte immer so unumstößlich gewirkt. In Stein gemeißelt. Arbeit und Freizeit wechselten sich in einer nicht enden wollenden Schleife ab, wie Tag und Nacht. Eine immerwährende Monotonie. Sie hatte am Tag zuvor das gleiche gemeint, es nur anders ausgedrückt. Und sie fühlte sich am Anfang dieser Monotonie. Ich war mittendrin.

Ich wusste wie recht sie hatte, mit ihren Befürchtungen. Das war auch ein Grund, warum ich aus dem Gespräch geflohen war. Was hätte ich schließlich sagen sollen? All

deine Befürchtungen werden mit hoher Wahrscheinlichkeit eintreffen? Hätte ich sie belügen sollen?
Aber diese Determiniertheit labt sich daran, dass man sich ihr beugt. Es gibt sie nur in unseren Köpfen. Sie verdankt ihre Existenz nur unserem Geist. So wie Gott. Ich will noch nicht einmal sagen, dass es keinen Gott gibt, dass er eine Erfindung der Menschen ist. Es ist weder beweis- noch widerlegbar. Das ist auch nicht der entscheidende Punkt. Existierte er, wäre es dennoch unerheblich, wenn niemand daran glauben würde. Er würde keine Rolle spielen.
Und so ist es auch mit den scheinbaren Fesseln des Alltags. Sie sitzen umso enger, je mehr man sich ihnen unterwirft. Je mehr man sie als gegeben hinnimmt. Bis man sich ergibt. Akzeptiert. Zusammensinkt.

Ich stieg aus dem Auto. Ich wollte Luisa etwas vorschlagen. Ein Gedankenexperiment. Was wäre, wenn?
Ich überquerte die Straße.
Was wäre, wenn?

16

Ich griff nach dem kleinen Holztor und zögerte. Noch ein letztes Mal rasten meine Gedanken. Sie mühten sich umsonst. Sie würden ohnehin zu keinem befriedigenden Ergebnis gelangen.

Ich drückte die Klinke nach unten und trat durch das Tor. Die Haustür öffnete sich. Luisa stand auf der Schwelle, mit dem Rücken zu mir. Wenige Meter von mir entfernt. Sie hatte mich noch nicht bemerkt. Sie telefonierte. Das Handy hatte sie zwischen ihrem Ohr und ihrer Schulter eingeklemmt. Mit einer Hand hantierte sie am Schloss. Mit der anderen versuchte sie eine Tasche über die andere Schulter zu manövrieren. Sie war in Eile.

Sie trug eine Schirmmütze. Ihre Haare hatte sie zusammengebunden.

Sie drehte sich um. Und sah mich. Sie zuckte zusammen. Ich glaube, es lag eher daran, dass überhaupt jemand in ihrem Vorgarten stand, als an der Tatsache, dass ich es war.

Ihr Schock wich Erstaunen. Dann realisierte sie, dass sie noch telefonierte. Sie nahm das Handy in die Hand und führte es wieder an ihr Ohr zurück. Mit wem auch immer sie gesprochen hatte, er hörte nur noch ein kurzes 'ich rufe dich zurück', gefolgt vom Klicken der Leitung.

Auch wenn Leitungen heute nicht mehr klicken. Es sind ja auch keine Leitungen mehr. Gespräche schossen vielmehr mit unvorstellbarer Geschwindigkeit durch das halbe Universum, bis sie im Bruchteil einer Sekunde jemandes Ohr erreichten. Es ist absurd, welche gigantische Strecke Gedanken zurücklegen. Die meisten werden dem Aufwand nicht gerecht.

Ich hob kurz die linke Hand. Ich ging einen Schritt auf sie zu.

„Was machen Sie hier? Ist ihr Reifen wieder platt?", fragte sie mich.

„Nein, der Wagen ist in Ordnung." Ich zögerte. „Ich bin wegen Ihnen hier."

„Wegen mir?"

„Ja. Ich wollte mich für mein Verhalten gestern entschuldigen. Ich wusste nicht recht, was ich sagen sollte. Das heißt, ich wusste, was ich sagen hätte wollen, oder müssen, wenn wir weiter gesprochen hätten. Sie haben mich ein wenig überrumpelt."

Sie rückte erneut ihre Tasche zurecht, die immer wieder von ihrer schmalen Schulter rutschte.

„Und was hätten Sie gesagt?"

„Ich hätte Ihnen gesagt, dass Sie Recht haben. Ihr Drehbuch liegt tatsächlich schon bereit. Schon lange. Und es ist nicht an Ihnen, es zu schreiben. Vielleicht dürfen Sie einige kleine Änderungen vorschlagen. Aber Sie werden damit nichts merklich beeinflussen. Sie sind nie ihr eigener Puppenspieler. Niemals. Weil Sie sich ergeben werden. Weil Sie ein Mosaik dieser Welt zugeteilt bekommen, in dem Ihre Geschichte spielt, in welchem Sie es sich gemütlich machen können und wenn sie sehr viel Glück haben, vergessen sie das alles irgendwann. Weil sie sich um sich selbst drehen und sich mit ihren bedeutungslosen Problemen beschäftigen. Und es kommt der Tag, an dem Sie nicht mehr hadern, weil Sie sich gar nicht vorstellen können, dass es neben Ihrem eigenen Mosaikstein noch weitere gibt. Sie sind wie ein Fisch in einem Aquarium. Sie haben Ihre eigene Welt. Sie haben sie sich genauso wenig ausgesucht wie der Fisch. Und Sie merken es nicht. Wie der Fisch.

Erst ganz zum Schluss, wenn der Moment gekommen ist zurückzublicken, werden Sie feststellen, dass Sie nichts von Bedeutung getan haben. Ihr ganzes Leben lang nicht. Nichts, dass Sie überdauert. Und das einzige, was von Ihnen bleiben wird, ist ein Grabstein mit ihrem Namen darauf. Und um Sie herum unzählige andere, denen es genauso erging. Soweit das Auge reicht."

Ihre Tasche rutschte von der Schulter. Sie schien es nicht zu bemerken. Sah mich einfach nur an. Augenblicke verstrichen.

„Ich fahre weg!", sagte ich in die Stille.

„Weg?", fragte sie.

„Weg."

„Wohin?"

„Ich weiß es nicht. Es ist egal. Ich muss es tun. Einmal noch nicht nach den Regeln spielen. Es einmal egal sein lassen, dass es eigentlich nicht möglich ist und es einfach trotzdem tun. Ich fahre überall hin. Ich fahre nirgendwo hin. Ich fahre weg. Weg von Zuhause. Weg von allem. Ohne etwas bestimmtem näher zu kommen."

„Sind Sie hierher gekommen, um mir das mitzuteilen? Was soll das? Warum erzählen Sie mir das alles?"
„Weil ich möchte, dass Sie mitkommen."

Sie sah mich an. Drehte sich kurz um. Sah mich wieder an. Dann antwortete sie.

17

„Nein!"

18

Ich lag vollständig bekleidet im Bett und starrte die
Decke an. Zwei Holzbalken kreuzten sich in der Mitte.
Vermutlich hatten sie keine Funktion. Aber sie störten
auch nicht.
Ich hatte die Hände unter meinem Kopf verschränkt.
Minutenlang beschäftigte ich mich mit der Frage, ob ich
meine Schuhe ausziehen sollte. Einerseits gehörte es sich
nicht, mit Schuhen in fremden Betten zu liegen.
Andererseits würden die Laken ohnehin gewaschen
werden. Ich entschloss mich, dass es den Aufwand nicht
rechtfertige, sich ihrer zu entledigen.

Ich hatte nicht recht gewusst, was ich tun sollte,
nachdem Luisa mir erklärt hatte, dass sie mich nicht
begleiten könne. Sie hatte mir viele plausible Gründe
aufgezählt. Nachvollziehbare Gründe. Sie hatte aber
verkannt, dass es nicht um Logik ging. Sondern um das
genaue Gegenteil. Sich ihr zu widersetzen. Ich
vermutete, dass sie noch nicht so weit war. Sie hatte erst
ein paar Schritte in die Einöde gesetzt. Zwar erstreckte
sie sich, soweit sie blicken konnte, aber sie hoffte noch,
dass sich dahinter etwas anderes befand.
Selbstredend hielt sie viel zurück, viel mehr als mich.
Was hatte ich noch, was mich hindern sollte? Freunde?
Nicht wirklich. Familie? Nicht mehr. Einen Job, ja, aber
Pflichtbewusstsein ist eine schwache Kraft.

Luisa hatte andere Kräfte, die einem Ausbruch entgegen wirkten. Sie hatte einen Mann. Und sie war schwanger. Unter anderem.

Dennoch war mir der Ton in ihrer Stimme aufgefallen, als sie mir erklärt hatte, warum sie mich nicht begleiten konnte. Sie hatte nicht versucht mich davon zu überzeugen, dass sie das richtige tat. Sondern sich selbst. Es war ihr gelungen.

Ich war mir sicher, dass ich dennoch fahren würde.

Luisa hatte es eilig gehabt und war, nachdem sie mich zum Abschied flüchtig umarmt hatte, ins Auto gestiegen und davon gefahren. Ich hatte sie gefragt, ob es im Ort eine Buchhandlung gab. Das tat es.

Ich hatte mir einen Atlas gekauft. Ich wollte herausfinden, wohin ich fahren sollte. Ich hatte mich auf eine Bank gesetzt und blätterte in dem unhandlichen Buch. Nach einer guten Stunde hatte ich festgestellt, dass ich kein Ziel suchte. Ich hatte das auch vorher schon gewusst. Danach war ich eine Zeit lang damit beschäftigt, herauszufinden, ob es überhaupt möglich war, etwas festzustellen, was man schon wusste. Wahrscheinlich war es mehr ein zu Tage fördern.

Eigentlich hätte uns das Gehirn evolutionsbedingt schon einiges einfacher machen müssen im Umgang mit sich. Es ist die Triebfeder menschlichen Handelns und verantwortlich für die rasante Ausbreitung und scheinbare Überlegenheit des Menschen als Rasse. Es kann komplexeste Vorgänge verarbeiten und durchleuchten.

Aber es ist nicht in der Lage, den Menschen sich selbst verstehen zu lassen. Ich glaube, es wäre von großem Vorteil dies zu können.

Nachdem ich den Atlas in den nächsten Mülleimer geworfen hatte, hatte ich beschlossen die Nacht bei Luisas Vater zu verbringen. Und erst am nächsten Morgen aufzubrechen.

Während ich im Bett lag und die Decke betrachtete, bereute ich diese Entscheidung. Ich wusste nichts mit mir anzufangen. Ich hätte nachdenken können, aber ich wollte nicht. Ich verfolgte eine Fliege mit meinen Augen. Sie schwirrte in scheinbar willkürlichen Kreisen um die Lampe. Ab und zu ließ sie auch von ihr ab und erkundete das Zimmer. Dutzende Male flog sie gegen die Fensterscheibe.

Wie es wohl war, nichts von all dem um einen herum zu verstehen? Sich seiner selbst nicht bewusst zu sein und nicht einmal das Konzept einer durchsichtigen Scheibe, oder künstlicher Beleuchtung zu begreifen?

Ich musste an Gregor Samsa denken. Er hatte auch im Körper eines Käfers noch seinen menschlichen Geist. Es hatte seine Situation nicht verbessert.

Vielleicht war es gar nicht schlecht, sich nicht allzu Vielem bewusst zu sein. Die Fliege machte keinen unglücklichen Eindruck, wie sie so ihren Kopf wieder und wieder gegen die Scheibe warf.

Meine Gedanken langweilten mich. Ich schlief ein.

19

Wir saßen am Ufer eines Sees. Ich wusste nicht mehr, warum wir gehalten hatten. Aber es war gut. Die Sonne glitzerte auf der Wasseroberfläche. Stille. Nur vereinzelt rief ein Vogel dazwischen. Mannshohes Schilf säumte den See. Wir schwiegen. Was hätten wir auch reden sollen. Hatten wir uns doch nicht wirklich etwas zu sagen. Alles, was gesagt werden kann, hatten wir uns über die Jahre gesagt. Uns waren die Worte ausgegangen.

Meine Ex-Frau schenkte mir Rotwein nach. Ohne mich dabei anzusehen. Ihr Blick ließ den Horizont nicht los. Ihre Zehen spielten unbewusst im Sand. Ich sah auf meine Füße. Sie lagen reglos vor mir. Als gehörten sie nicht zu mir.

Auf eine seltsame Weise genoss ich den Moment. Auch wenn es seltsam war, dass ich ausgerechnet meine Ex-Frau auf diese Reise mitgenommen hatte, eine Reise, auf der ich doch alles zurücklassen wollte, schien es in diesem Augenblick richtig, dass sie da war. Ich sah sie an, ihr ins Gesicht. Ihre langen schwarzen Haare. Ihr komplexes Gesicht. Falten konnten ihrer Schönheit nichts anhaben. Es waren vielmehr Verzierungen. Sie sah hübscher aus, als jemals zuvor. Die Abendsonne tauchte sie in ein magisches Licht. Wie eine Aura. Sie war erhaben. Die Kulisse schien auf sie ausgerichtet zu sein. Wie um sie herum drapiert. Als wäre sie das

Zentrum aller Dinge. Sie blickte weiter schweigend auf den See.

Eine junge Frau stieg aus dem See. Ähnlich, wie es einst Ursula Andres in 'James Bond jagt Dr. No' tat. Sie kam auf uns zu. Es war Luisa. Selbstredend. Schließlich hatte sie sich letztlich auch dazu entschlossen, uns zu begleiten. Sie lächelte uns an. Sie trocknete ihre Haare mit einem Handtuch. Ein paar Tropfen landeten auf der Schulter meiner Ex-Frau. Luisa wischte sie mit einer Hand beiseite. Sie streichelte sie dabei beinahe, so vorsichtig ging sie vor. Auch sie bekam ein Glas Rotwein.

Ein Vogel landete direkt neben meiner Hand. Es war eine Amsel. Sie sah mich neugierig an. Vorsichtig hüpfte sie ein kleines Stück näher an mich heran. Sie schien mich nicht zu fürchten. Ich musste wohl friedfertig wirken. Ich war es auch. Sie sah mich weiterhin an.

Dann landete eine zweite Amsel neben ihr. Sie war größer, als die erste. Auch ihr auffälliger, gelber Schnabel war größer. Plötzlich pickte eine nach meinem Ringfinger. Ich war überrascht. Es hatte nicht weh getan. Aber ich war verwundert. Ich wusste das Amseln durchaus zutraulich sein konnten.

Sie pickte erneut. Diesmal traf sie nicht meinen Finger, sondern den Ring, den ich an ihm trug. Meinen Ehering. Ich hatte ihn noch nicht abgenommen. Ich hatte ihn nicht wahrgenommen. So selbstverständlich wie meine Ehe, war er immer da gewesen. An meinem Finger.

Eine weitere Amsel landete neben mir. Dann eine vierte und eine fünfte. Ich runzelte die Stirn. Das war alles mehr als merkwürdig. Was geschah hier? Sie näherten sich in einem Halbkreis meiner Hand. Sie lag immer noch im Sand. Eine nach der anderen begannen sie den Ring zu attackieren. Es war absurd. Ich verscheuchte sie, indem ich meine flache Hand ihnen entgegen schlug. Nicht fest. Aber genug, dass sie Abstand nahmen.

Sie kamen wieder. Es wurden immer mehr. Sie stürzten sich auf meine Hand, pickten darauf herum. Auf dem Ring. Auf der Hand. Ich begann zu bluten.

Ich schrie. Ich sah zu meiner Ex-Frau und Luisa. Sie küssten sich. Sie waren nackt, ineinander versunken, nahmen mich gar nicht wahr. Ich schrie.

Ich wehrte mich nicht mehr. Es war zwecklos. Es waren dutzende Vögel und wenn ich sie verscheuchte, wichen sie nur kurz zurück. Es wurden immer mehr. Sie fielen über meinen Finger her. Ich schloss die Augen. Ich hatte Schmerzen.

Als ich das nächste Mal hinsah, hatten sie den Finger gänzlich abgetrennt. Blut versickerte im Sand.

Die Amsel, die zuerst da gewesen war nahm ihn in den Schnabel. Ich erkannte sie wieder, auch wenn ich nicht wusste woran. Der Finger tropfte. Sie flog damit davon, die anderen folgten ihr.

Meine Ex-Frau und Luisa schliefen miteinander. Leidenschaftlich.

Es klopfte an der Tür. Ich erwachte. Ich sah auf meine Hand. Alle Finger waren vorhanden. Auch der Ring.

20

Ich setzte mich auf die Bettkante. Ich rieb mir das Gesicht. Es war nicht mehr dunkel, aber auch noch nicht richtig hell. Die Sonne tat es mir gleich und mühte sich aus dem Bett.

Es klopfte erneut. Ich zog mir eine Hose an. Es war mir unangenehm ohne Hose vor Menschen zu stehen. Unterwäsche bestand aus gleich viel Stoff wie eine Badehose und dennoch fühlt man sich darin nackt, unwohl, beobachtet.

Ich beeilte mich. Mit einem Bein in der Hose hüpfte ich der Tür entgegen. Dabei versuchte ich auch mein zweites Bein unterzubringen. Ich verheddere mich und strauchelte. Dann verlor ich die Kontrolle. Ich schlug mit dem Kopf gegen die Tür. Hart. Für eine Sekunde trübte sich mein Blick. Alles verschwamm. Mein Körper entschied sich jedoch nach kurzem Zaudern dagegen, das Bewusstsein zu verlieren.

Meine Sicht klärte sich. Ich lag auf dem Rücken. Die Hose hing mir an den Knien. Mein Kopf vibrierte. Ich schloss die Augen. Ich fragte mich, warum solche Dinge passierten.

Es sind unnötige Ereignisse. Sie sind nicht Teil von etwas, einer Geschichte. Sie könnten genauso gut nicht geschehen. Und nichts wäre anders.

Ich ärgere mich über diese Momente. Sie sind Zeitverschwendung. Im Grunde halten sie einen nur auf und zwingen einen sich mit ihnen zu beschäftigen.

Gut möglich, dass es eine Frage der Wahrscheinlichkeit ist. Wenn ich mir tausend Mal eine Hose anziehe ist es vermutlich nicht unwahrscheinlich, mindestens einmal dabei zu stolpern. An die restlichen Male, bei denen alles gut ging, erinnert man sich ohnehin nicht. Und doch fragt man sich, warum es ausgerechnet einem selbst passiert. Oder warum es einem gerade zu diesem Zeitpunkt widerfährt. Als gäbe es einen günstigen Zeitpunkt den eigenen Kopf gegen eine Holztür zu hämmern.

Nichts weiter, als ein retardierendes Moment im eigenen Leben. Ein unangenehmes noch dazu.

Der Schmerz ärgerte mich weniger als die vergeudete Zeit. Und die Würdelosigkeit. Ich muss ein erbärmliches Bild abgegeben haben. Halb herunter gelassene Hosen, Blut, das mir seitlich von der Stirn tropfte.

Ich tastete die Stelle mit einer Hand ab. Es war keine große Wunde. Es blutete unverhältnismäßig. Zumindest meiner Ansicht nach.

Mit der anderen Hand versuchte ich die Hose über die Knie zu ziehen. Es gelang mir. Ich wand mich auf dem Boden wie eine sich häutende Schlange. Nur mit gegenteiligem Bestreben. Ich stand auf. Ich war bemüht möglichst wenig Blut im Zimmer zu verteilen. Ich wankte ins Badezimmer und lehnte mich über das Waschbecken. Ich wusch die Wunde aus. Danach sah sie noch kleiner aus. Ich hatte kein Pflaster. Ich faltete

Klopapier und presste es auf meine Stirn. Es hielt von selbst.

Eine Stimme fragte mich, ob alles in Ordnung sei. Es war Luisa. Nein, rief ich zurück. Ich bezog mich nicht auf den Moment.
In Ruhe zog ich meine Hose an. Und ging zur Tür.

21

Ich öffnete. Luisa stand vor mir. Sie sah mich an. Sah das Toilettenpapier, das an meiner Stirn klebte. Sie lachte. Neben ihr stand eine Reisetasche. Sie biss in einen Apfel. Er war rot.

„Es gibt Frühstück", sagte sie. Sie schmunzelte. „Könnte ich Ihren Autoschlüssel haben?"

Die Situation überforderte mich. Erneut. Meine Gedanken versuchten Schritt zu halten. Es gelang ihnen nicht. Ich dachte zeitversetzt, wie bei einem Film, bei dem die Tonspur verzögert zum Bild abläuft.

„Meinen Autoschlüssel?", fragte ich, als hätte ich sie nicht verstanden. Es bestand kein akustisches Problem.

„Ich möchte die Tasche unterbringen. Ist im Kofferraum noch Platz?"

Ich kramte meinen Schlüsselbund aus der Hosentasche. Ich trug ihn immer in der linken, vorderen Tasche. Ich fühlte mich sonst unwohl. Eine Marotte. Ich gab ihn ihr.

„Ich verstehe Sie nicht ganz!", sagte ich ehrlich. Sie nahm den Schlüssel. Sie hob die Tasche auf.

„Wäre das wichtig für Sie?"

„Was?"

„Mich zu verstehen."

Ich überlegte. Ich schüttelte den Kopf. Eigentlich nicht. Vielleicht würde ich sie ja irgendwann verstehen. Es musste ja nicht sofort sein. Für den Moment beschloss ich nicht weiter darüber nachzudenken. Oder überhaupt zu denken. Es hatte ohnehin keinen Zweck.

Sie nahm die Tasche, drehte sich um und ging. Wie sie wohl aussah, wenn sie nicht schwanger war?

Ich frühstückte. Luisas Vater war schweigsam. Es schmeckte trotzdem gut. Ich bin mir nicht mehr sicher, ob er einen Hut trug an dem Tag. Der alte Mann war mir auf Anhieb sympathisch. Ich war es wohl nicht mehr in seinen Augen. Es sprach für seine Vernunft.

Ich ging nach oben und packte meine Sachen. Ich entfernte das Toilettenpapier von meiner Stirn. Die Wunde blutete nicht mehr. Ich warf es in den Müll.

Wieder unten angekommen sah ich, wie Luisa ihren Vater umarmte. Sie standen sich nahe. Waren vertraut. Man sah es. Man sah es in nur einer Umarmung. Es war nicht beschreibbar, greifbar. Aber es war da.

Sie löste sich von ihm, sah ihn an. Er schüttelte den Kopf. Sie nahm seine Hand, drückte sie fest. Und gab ihm einen Kuss auf die Wange. Sie sagte ihm, es sei ok. Sie drehte sich zu mir um. Lächelte.

„Bereit?"

Ich nickte. Ich gab dem alten Mann die Hand. Er nahm sie widerwillig. Ich verabschiedete mich. Luisa war bereits nach draußen gegangen. Ich wollte ebenfalls gehen. Er hielt meine Hand fest und sagte mir, dass sie seine einzige Tochter sei. Und sein einziges Enkelkind zugleich. Er wisse nicht, was ich vorhabe, aber er bete zu Gott, es sei etwas gutes. Ich hielt seinem Blick stand. Er war eisig. Seine stahlblauen Augen waren zusammengekniffen. Sie waren klar. Seine buschigen, grauen Brauen verrieten sein Alter. Seine Augen taten es nicht.

Ich überlegte kurz. Hatte ich etwas gutes vor? Gut für wen? Für Luisa? Für mich? Wer bestimmte das? Es gibt schließlich keine Instanz, die darüber entscheidet, ob etwas eine gute Tat ist, oder nicht. Keine allgemeingültige. Jeder hat eine eigene. Bastelt seinen eigenen Kodex. Wer also war mein Richter?

Ich sagte ihm, dass ich es nicht wisse. Er blickte mir noch einen Moment lang in die Augen. Dann sagte er, dass ihm das genüge.

Er ging zu einer Kommode, öffnete die oberste Schublade. Kramte darin. Er drückte mir einen Umschlag in die Hand. Ich sah ihn verwundert an. Er war nicht beschriftet. Ich drehte ihn. Er war verschlossen. Er sagte mir, ich solle ihn einstecken und bei mir tragen. Ich nickte und schob ihn in die Innentasche meines Jacketts.

Er klopfte mir mit der flachen Hand auf die Brust. Dort, wo der Brief ruhte. „Es ist nicht wichtig, dass Sie wissen, was darin ist. Sie müssen nur wissen, wann der richtige Zeitpunkt gekommen ist, ihn zu öffnen!"

Als ich die Haustür hinter mir zuzog, berührte ich den Brief in meiner Tasche. Er war noch da.

II

22

Ich nahm am Steuer Platz. Startete den Motor. Ich ließ mein Fenster herab und steckte mir eine Zigarette an.

„Wohin fahren wir?", fragte sie mich. Ich blickte geradeaus.

„Ich weiß es nicht", antwortete ich ehrlich. Ich schaltete in den ersten Gang und gab Gas. Ich hatte nicht mal in den Rückspiegel gesehen. Irgendwie war ich davon ausgegangen, dass niemand sonst unterwegs sein würde. Reflexartig schaute ich nach hinten. Es war überflüssig. Nichts, was man nachholen konnte.

„Wir können doch nicht einfach nur fahren. Ohne Richtung."

„Wieso nicht?"

„Ich finde das seltsam. Wir überlegen uns ein Ziel."

„Wenn Sie meinen." Ich bog ab. Ohne Grund. Wir hatten den Ort noch nicht verlassen. Die Trostlosigkeit war allgegenwärtig. Nicht offensichtlich, vielleicht empfand ich es auch nur so, aber hier zu wohnen, erschien mir wie eine Art offener Vollzug.

Ich kam mir schlecht vor bei dem Gedanken. Ich wertete das Leben eines jeden, der hier wohnte auf eine überhebliche Art ab.

Noch vor wenigen Tagen, hatte sich mein Leben nicht von dem, der Leute hier unterschieden.

Und nun flüchtete ich davor, verabscheute es regelrecht. Aber vielleicht war es ein Leben, das viele als glücklich beschreiben würden, als erfüllend.

Nicht jeder hat die selben Vorstellungen davon, was ein glückliches Leben ausmacht. Menschen sind nicht alle gleich. Ich glaube auch nicht, dass jeder Mensch einzigartig ist. Sehr viele gibt es häufig. Sie sind kategorisierbar, unterscheiden sich nur in Nuancen. Wenn überhaupt. Ihre Existenzen ähneln sich bis zu einer annähernden Deckungsgleiche. Auch das ist eine Frage der Wahrscheinlichkeit. Es gibt zu viele Menschen, als dass jeder individuell sein könnte. Auch wenn wir das vermutlich alle gerne glauben möchten.

Luisa deutete auf einen Spielplatz, der rechts an uns vorbei zog. Ich fuhr langsamer. Er sah heruntergekommen aus. Selbst auf den ersten Blick. Es gab eine Schaukel, eine Wippe. Sie waren aus Holz. Es war dunkel und vom Wetter gegerbt. Eine Rutsche. Die gelbe Farbe bröckelte. Das Eisen war verrostet. Es passte fast schon zu gut ins Bild. Der Spielplatz wirkte wie eine Metapher auf den Ort. Er schien ihn zusammenfassen zu wollen. Eine Amsel saß auf der Rutsche und putzte sich. Ich musste an meinen Traum denken. Es war nur ein Traum gewesen und doch hegte ich plötzlich eine gewisse Aversion gegen diese Tiere.

„Als Kind war ich häufig hier. Mit meinem Vater. Vor allem auf der Rutsche. Unermüdlich. Ich muss ihm den letzten Nerv geraubt haben. Stundenlang saß er auf einer Bank und sah mir zu. Wie ich rutschte. Es muss langweilig gewesen sein für ihn. Er hat es sich nie anmerken lassen. Ich weiß nicht, ob ich das kann."

Wir waren bereits am Spielplatz vorbei. Am Ortsschild. Felder lagen zu beiden Seiten. Ich schnippte die Zigarette aus dem Fenster.

„Irgendwann war ich zu alt für den Spielplatz. Und zu jung. Als ich sechzehn, oder siebzehn war, war ich dort wieder häufiger." Sie lachte. „Wenn auch zu anderen Uhrzeiten und aus anderen Gründen. Auf der Rutsche saß ich immer noch. Aber ich hatte ein Bier, oder eine Flasche Wodka in der Hand. Wir waren zu fünft. Wir saßen da. Tranken, rauchten, auch Gras. Und wir fühlten uns wie Könige. Wir hatten auf alles eine Antwort. Und es war stets eine einfache. Es war, als stünde uns alles offen und wir müssten nur danach greifen. Keiner tat es. Keiner hat je nach irgendwas gegriffen."

Ich war erstaunt, auf welche Art sie zurück blickte. Als läge das alles schon Jahrzehnte zurück. Noch immer hatte ich sie nicht gefragt wie alt sie war. Aber sie war noch nicht lange nicht mehr das Mädchen, das auf einem Spielplatz Wodka trank. Ich hatte den Eindruck, dass sie versuchte, es wieder zu sein. Indem sie mich begleitete.

„Sind Sie schon einmal ein Cabrio gefahren?", wollte sie wissen. Ich schüttelte den Kopf.

„Es ist großartig!"

Wir fuhren ein Weile schweigend, bis wir in die nächste Stadt kamen. Ich verkaufte den Volvo und kaufte ein Cabrio. Wir fuhren weiter.

23

Es war ein alter Saab 900, Baujahr 1992. Beinahe ein Oldtimer. Luisa hatte ihn ausgewählt. Er gefiel ihr. Mir auch.

Wir fuhren mit offenem Verdeck. Es war wahrlich fantastisch. Der Wind fuhr einem durch die Haare. Luisa hatte wieder eine Schirmmütze angezogen und legte den Kopf in den Nacken. Ihre Augen hielt sie geschlossen, presste die Lider regelrecht zusammen. Eine Hand ruhte auf ihrem Bauch. Die Sonne schien auf uns herab. Es war ungewohnt, kein Dach über dem Kopf zu haben während man im Auto saß und die Straße unter einem vorbei zog. Das Gefühl von Freiheit, Grenzenlosigkeit verstärkte sich. Es war eine profane Assoziation. Aber sie ließ sich nicht abstreiten.

Wir schwiegen. Sie hielt einen Arm in den Fahrtwind, spreizte die Finger, schloss sie wieder.

„Wie lange waren sie verheiratet", fragte sie in die Stille. Ich seufzte. Ich rechnete. „Länger, als es sie gibt", sagte ich schließlich.

„Wie war es?"

„Wie es war?" Ich wusste nicht recht was ich mit der Frage anfangen sollte. Als hätte ich einen Film gesehen, oder ein Buch gelesen. Bei beidem stand fest, dass es endete. Ich dachte nach. Andererseits war auch jede Ehe rückblickend irgendwie gewesen. Aber wie war meine?

Die Frage war unspezifisch. Das machte es schwierig, sie zu beantworten. Wo sollte ich anfangen?

„Wir lernten uns an der Universität kennen. Sie studierte Medizin. Sie war zwei Jahre jünger als ich. Also, sie ist es natürlich heute auch noch. Ich lernte sie auf einer Feier kennen. Ich weiß noch genau, wie sie da saß. In einem Sessel, die Beine übereinander geschlagen. Sie trank aus einem Pappbecher und unterhielt sich mit einem Kerl. Sie wirkte desinteressiert. Aber das hat nichts zu sagen bei ihr. So sah sie häufig drein.
Sie gefiel mir. Ihre dunklen Augen. Das pechschwarze Haar. Anmutig. Ihre scheinbare Reserviertheit machte sie interessant. Sie war keine dieser offensichtlichen Schönheiten, denen die Männer reihenweise zu Füßen lagen. Ihr Gesicht war ein bisschen schief.
Irgendwann an diesem Abend setzte sie sich neben mich. Nicht wegen mir. Es war der einzige freie Platz. Sie rauchte Marihuana. Der Dunst waberte vor meinem Gesicht umher, drang in meine Nase. Sie hielt mir den Joint hin und fragte mich, ob ich auch rauchen wolle. Ich verneinte. Ich war nicht grundsätzlich dagegen. Das war damals wohl so gut wie niemand. Mir war einfach nicht danach an dem Abend.
Wir kamen ins Gespräch. Die meiste Zeit war ich es, der sprach. Sie sah auf ihren Becher. Spielte mit dem Zeigefinger am Rand herum. Mich sah sie nur selten an. Es war das Gegenteil von Liebe auf den ersten Blick. Es war Desinteresse auf den ersten Blick. Ich musste sie zu Tode gelangweilt haben. Sie ließ es sich anmerken. Ich

weiß noch genau, wie mich das frustrierte. Ich versuchte umso mehr ihr zu gefallen. Es war ein Desaster. Ich wechselte ständig das Thema, nur um zu sehen, auf was sie ansprang. Sie sprang auf nichts an."

Ich machte eine Pause. Rauchte eine Zigarette.

„Irgendwie haben sie sie ja doch von sich überzeugen können", sagte sie.

Ich war mir nicht wirklich sicher, ob das der Wahrheit entsprach. Sie hatte sich mich ausgesucht, ja. Aber mittlerweile bezweifele ich die Tatsache, dass ich besonders viel damit zu tun hatte. Sie war und ist niemand, der leicht zu überzeugen war. Insbesondere durch mich. Und noch unwahrscheinlicher von mir.

Luisa streckte die Arme in die Luft, als griff sie nach Ungreifbarem. Sie atmete tief ein. Dann begann sie laut zu lachen. Ich sah sie verwundert an. Sie erwiderte meinen Blick, konnte aber nicht aufhören zu lachen.

„Was ist so lustig?", fragte ich. Sie schüttele nur den Kopf. Ich ließ sie lachen. Nach einiger Zeit hatte sie sich wieder gefangen.

„Nichts." Sie wischte sich eine Träne aus dem Augenwinkel.

„War sie schon immer..." Sie zögerte. „Lesbisch?"

„Vermutlich. Sie ist eine dieser Personen, die immer wissen, wer sie sind, was sie wollen. Die nie mit ihrem Schicksal hadern.

Ich habe sie immer mit einem Baum verglichen. Mit einer alten Eiche, die auf einer Lichtung steht. Majestätisch. Als stünde sie schon immer dort. Wind und Wetter können ihr nichts anhaben. Sie duldet alles Treiben um sie herum, aber sie lässt sich nicht davon beeinflussen. Beugt sich nicht."

Erst schien sie sich nicht sicher zu sein, was sie darauf entgegnen sollte. „Kein Wunder, dass sie Sie verlassen hat, wenn Sie sie mit einer alten Eiche verglichen haben." Diesmal lachten wir beide.

Wir fuhren eine Weile weiter, bis wir in einen Ort kamen. Es gab eine Umleitung, die Hauptstraße war gesperrt. Es fand ein Flohmarkt statt. Dort wo sonst Autos verkehrten, standen Campingtische, auf denen sich allerlei Plunder tummelte. Er war mäßig besucht.

„Lassen Sie uns anhalten", sagte Luisa.

Ich sah sie skeptisch an. Sie sah fröhlich zurück. Sie gewann.

24

Wir schlenderten über den Flohmarkt. Es gab all die Dinge, die es auf jedem Flohmarkt gab. Spielzeug, Kleidung und allerlei nutzlosen Tand. Luisa blieb bei jedem Stand stehen und ließ ihren Blick darüber streichen. Ab und an nahm sie etwas in die Hand, nur um es wieder zurückzustellen.

Menschen, die auf einen Flohmarkt gehen, haben eine seltsame Mentalität. Sie kaufen Dinge, die sie nicht brauchen. Dinge, die sie nirgendwo anders kaufen würden. Niemand verlässt das Haus mit dem Ziel einen durchgesessenen Schaukelstuhl zu erwerben. Erst wenn der Schaukelstuhl im eigenen Zimmer oder Garten steht, kommt man zur Besinnung. Man erwacht aus einer Art Trance. Man wundert sich über das eigene Verhalten. Der Gegenstand sieht zuhause nie so aus, wie er es zwischen all dem anderen alten Krempel tat. Man kauft, was man kauft, aus Motiven, die man zu spät versteht.

Ich war nie auf Flohmärkte gegangen. Meine Ex-Frau dafür umso häufiger. Mir oblag die Rolle des Naserümpfens nach ihrer Rückkehr. Eigentlich hatte es mich nicht gestört, aber ich glaube sie hätte es nicht anders gewollt. Es war obligatorisch. So wie die Tatsache, dass sie kochte und ich aß. Sie kaufte und ich rümpfte die Nase. Es war eingespielt.

Luisa und ich trennten uns. Ich war ihr zu ungeduldig, sie mir zu interessiert. Also ging ich pflichtschuldig die Reihen ab. Sah mal nach links, mal nach rechts. Gab es einen Stand mit Büchern warf ich einen flüchtigen Blick darauf. Ich fragte mich, warum ich mir hier ein Buch kaufen sollte. Sie waren überwiegend in keinem guten Zustand. Vergilbt. Verstaubt. Kaffeeflecken. Ich war nicht arm. Ich konnte in einen Buchladen gehen und es mir dort kaufen. Eingeschweißt in eine Schutzhülle. Ich wollte kein Buch mit Geschichte, ich wollte die Geschichte in dem Buch.

Ich suchte den Platz mit den Augen nach Luisa ab, fand sie unweit entfernt. Sie sprach mit einer dicken Frau, die sich mit einem riesigen Fächer Luft zuwedelte. Sie hielt einen Messingelefanten in der Hand. Nicht größer als eine Tasse. Ich schüttelte den Kopf und ging weiter. Ich blickte mich noch einmal um. Luisa bezahlte. Und steckte den Elefanten in ihre Tasche.
Ich ertappte mich dabei, wie ich durch einen Stapel älterer Schallplatten blätterte. Auch wenn es mehr zum Zeitvertreib war. Es waren einige Scheiben dabei, die ich selbst besaß. Alte Alben der Stones und der Beatles. Eine Live-Aufnahme von Billy Joel. Ich empfand Nostalgie. Bevor ich der Versuchung erlag, etwas zu kaufen, ging ich weiter.
Am Ende der Reihe kam ich an einen Tisch, auf dem lediglich eine riesige Kuckucksuhr stand. Sie war fürchterlich hässlich. Aber sie zeigte die korrekte Zeit an. Ansonsten war der Tisch leer. Dahinter, auf einem

Campingstuhl saß eine Frau, die unglaublich alt aussah. Falten gruben tiefe Furchen in ihr Gesicht. Die Haut hing erschlafft herab. Wie sie wohl ausgesehen haben muss, als sie jung gewesen war? Ich konnte es mir nicht vorstellen. Sie schien endlos weit davon entfernt. Als ich stehen blieb, hob sie den Kopf. Ihre Haare waren unter einem Tuch verborgen. Ich nickte ihr zur Begrüßung zu. Sie regte sich nicht. Ihr Mund öffnete sich und schloss sich wieder. Er war zahnlos. Ich fragte sie, ob sie bereits alles verkauft hätte. Sie legte den Kopf auf die Seite und deutete auf die Uhr.

„Ich bin fertig." Luisa stand plötzlich neben mir. Sie strahlte. Sie hielt eine Tüte in jeder Hand. „Und Sie? Ich habe ein Geschenk für Sie!" Sie zwinkerte mir zu.
„Ich finde Flohmärkte fürchterlich. Wir können jederzeit gehen." Die alte Frau warf mir einen missbilligenden Blick zu.
„Wieso haben Sie das nicht gesagt?", fragte Luisa.
„Ich finde sie fürchterlich. Aber es macht mir nichts aus. Und Ihnen hat es Freude bereitet."
„Das hat es", stellte sie schlicht fest. „Wollen wir gehen?"
„Ja, gerne", antwortete ich.

Ich kaufte die Uhr. Wir gingen.

25

Ich verstaute die Uhr auf dem Rücksitz. Ich schnallte sie an. Ich sah einen Zigarettenautomaten und kaufte mir ein weiteres Päckchen. War ich damit bereits Raucher? Ich verstand immer noch nicht, warum ich es tat. Ich zündete mir eine an. Luisa saß auf einer Bank neben dem Wagen. Ich setzte mich zu ihr. Sie hielt ihren Bauch mit beiden Händen, streichelte ihn.

„Mir ist schwindelig", sagte sie. „Können wir noch einen Moment warten, bis wir weiter fahren?"

„Natürlich können wir das." Ich erspähte eine Eisdiele nur ein paar Häuser weiter.

„Ich bin gleich wieder da." Ich stand auf. Mein Knöchel schmerzte. Ohne Berechtigung. Der Schmerz ließ rasch nach.

„Zitrone, zwei Kugeln!", rief sie mir hinterher.

Die Schale mit Zitrone war leer. Ich kaufte zweimal Schokoladeneis. Luisa verzog das Gesicht.

„Es gab kein Zitroneneis mehr", sagte ich entschuldigend.

„Aber wieso bringen Sie mir dann Schokoladeneis mit?"

Ich sah sie verständnislos an. „Irgendetwas musste ich Ihnen doch mitbringen."

„Aber doch nicht ausgerechnet Schokolade. Das ist nicht mal in der Nähe von Zitrone."

„Es ist Eis."

„Es ist süß. Zitrone ist sauer. Es ist etwas völlig anderes."

„Ich mag Schokolade." Das Eis tropfte mir auf die Hose. Ich fluchte. Ich versuchte es mit dem Finger abzustreifen. Ich verrieb es stattdessen.

„Ich auch."

„Wo ist dann das Problem?"

„Ich mag auch Wein. Das heißt nicht, dass ich jetzt in diesem Moment einen trinken möchte."

„Sie sind schwanger." Ich war bemüht das Eis so zu essen, dass es nicht mehr tropfte. Auch Luisa aß ihres.

„Das ist doch egal."

„Das ist doch nicht egal. Sie sollten keinen Alkohol trinken, wenn sie schwanger sind."

„Missverstehen Sie mich eigentlich absichtlich?"

„Sie hätten lieber ein Fruchteis gehabt."

Sie nickte.

Ich stand erneut auf um eines kaufen zu gehen. Sie hielt mich fest.

„Setzen Sie sich. Schokolade ist in Ordnung. Ich habe meinen Frieden damit gemacht."

Ich resignierte.

„Wie lange sind Sie verheiratet," fragte ich sie.

„Drei Monate."

„Wie haben Sie ihrem Mann erklärt, dass Sie wegfahren würden."

„Ich habe es ihm nicht erklärt. Ich habe es ihm gesagt. Er hätte es nicht verstanden. Und ich hätte es auch gar nicht erklären können. Ich habe es selbst nicht verstanden."

„Vielleicht finden Sie es ja noch heraus," überlegte ich laut.

„Hm. Was wenn nicht?"

„Dann haben Sie etwas getan, was sie nicht verstehen. Ich habe eine Kuckucksuhr gekauft. Und ich bezweifle, dass ich je verstehen werde, warum ich das getan habe. Ich glaube, dass wir häufig Dinge tun, die wir uns nicht erklären können. Wir versuchen es. Weil wir immer alles verstehen müssen. Wenn wir den wahren Grund nicht finden können, konstruieren wir uns eine Alternative. Das stellt uns dann zufrieden. Obwohl wir wissen, dass wir uns damit selbst ein Schnippchen schlagen. Ich finde das anstrengend. Es gibt für all unser Handeln einen Grund. Aber ich kann gut damit leben, nicht jeden zu kennen."

„Hm. Vielleicht haben Sie Recht."

„Das habe ich."

„Sind Sie sich sicher?"

„Nein."

„Fahren wir?"

„Ist Ihnen noch schwindelig?"

„Nein. Sie haben lange genug geredet." Sie grinste.

„Fahren wir."

Die Kuckucksuhr krähte. Sie klang so scheußlich wie sie aussah. Es war zehn vor zwei.

26

Sie schrie noch drei weitere Male. Pünktlich. Zehn Minuten vor jeder vollen Stunde. Wir fuhren immer noch. Luisa hatte ein paar Minuten geschlafen. Ihr Kopf war zur Seite gesackt und wippte bei jeder Erschütterung ein wenig. Als ich abbog und die Fliehkraft sie im Sitz hin und herschob, erwachte sie. Sie blinzelte, rieb sich die Augen. Sie sah auf die Uhr.

„Soll ich eine Weile fahren?", fragte sie mich.

„Nicht nötig." Ich fühlte mich wohler, wenn ich selbst fuhr. Ich konnte nicht entspannen als Beifahrer.

Die Straße ist der letzte Ort, an dem Sexismus geduldet wird, oder er zumindest nicht als solcher wahrgenommen wird. Es fährt fast immer der Mann. Die letzte Bastion des starken Geschlechts. Zumindest die letzte, die nicht herausgefordert wird.

Ich hatte den Eindruck, dass es ihr nicht unrecht war, dass ich am Steuer saß und sie nicht.

„Behindert Sie der Bauch beim Autofahren?", fragte ich. Ich weiß nicht mehr, warum sich mir ausgerechnet diese Frage aufgedrängt hatte, aber der Gedanke war der erste, der mir in den Sinn kam.

Aber wir können es ja nicht steuern, welche Gedanken wir haben. Wir können beeinflussen, wie wir mit einem Gedanken umgehen, wenn wir ihn gehabt haben. Ob wir ihn verfolgen, ob wir ihn verdrängen. Aber wir können ihn nicht nicht-haben.

„Noch nicht." Meine Arme sind glücklicherweise noch lang genug."

Wir aßen belegte Brötchen. Luisa hatte sie eingepackt. Wir hielten dafür nicht.

Wir bogen um eine langgezogene Kurve. Kühe standen auf der Straße. Vielleicht ein halbes Dutzend. Sie sahen uns gleichgültig an. Ich hielt an. Sie ignorierten uns. Links und rechts der Straße lagen Wiesen. Wieso standen sie ausgerechnet auf der Straße? Der einzige Fleck, an dem es für sie nichts zu fressen gab. Soweit das Auge reichte.

Ich zog kurz in Erwägung selbst auf die Wiese auszuweichen, um sie zu umfahren. Aber was, wenn wir stecken blieben? Ich verwarf die Idee.

Unter den Tieren waren zwei Kälber. Ich überlegte, ob Kühe mit Jungtieren aggressiv sein konnten, wenn man ihnen zu nahe kam. Bei Wildschweinen wusste ich es.

Ich hupte. Sie ignorierten uns weiterhin. Ich hupte erneut. Länger. Keine Reaktion.

„Und nun?", fragte ich.

„Ich weiß es nicht. Fahren Sie näher heran! Vielleicht weichen sie zurück."

Ich rollte einige Meter voran, bis wir direkt vor ihnen standen. Ich ließ den Motor aufheulen. Eine Kuh trat einen Schritt zurück. Mehr nicht.

Luisa nahm mir das Brötchen, in das ich grade beißen wollte, aus der Hand. Sie stieg aus und ging vorsichtig auf eine der Kühe zu. Sie hielt es ihr vor die Nase. Die kleine Herde wurde sichtlich nervöser. Die Kuh schnupperte daran. Dann warf Luisa es einige Meter weit auf die Wiese. Das Gras war hoch und verschlang das Brötchen sofort. Die Kuh sah sie verständnislos an. Luisa deutete in die Richtung, in die sie geworfen hatte. Das Tier sah sie unvermindert gleichgültig an. Sie ließ resigniert den Arm fallen und kam wieder zum Auto zurück.

„Hatten Sie erwartet, dass sie es Ihnen apportiert?" Sie nannte mich einen Blödmann, aber sie lächelte dabei.

„Haben Sie eine bessere Idee? Einen Versuch war es wert", führte sie zu ihrer Verteidigung an.

„Vielleicht ziehen sie ja von selbst weiter", zog ich in Erwägung.

Ich schaltete den Motor aus. Wir warteten. Ich rauchte eine Zigarette. Damit war ich vor mir selbst endgültig zum Raucher geworden. Raucher verlieren die Fähigkeit warten zu können. Sie warten nicht. Sie rauchen.

Die Kühe bewegten sich nicht vom Fleck.

„Warum drehen wir nicht um?", fragte Luisa in die Stille.

„Umdrehen?"

„Warum nicht? Es ist ja nicht so, als müssten wir unbedingt diesen Weg nehmen. Wir können überall lang fahren. Wir müssen uns nicht von ein paar Kühen gefangen nehmen lassen!"

„Recht haben Sie!"

Ich wendete den Wagen und fuhr an. Luisa drehte sich noch einmal im Sitz um und blickte zurück. Sie zeigte den Tieren den Mittelfinger. Sie nahmen es stoisch zur Kenntnis.

Wir fuhren die Straße eine Weile zurück und bogen an der nächsten Kreuzung in eine andere Richtung ab.
Ich beschloss, keine Milch mehr von freilaufenden Kühen zu kaufen.

27

Wir fuhren durch einen Wald. Er schien ausschließlich aus Nadelbäumen zu bestehen. Die Straße wand sich stetig aufwärts. Die Sonne war längst hinter einer dichten Wolkenwand verschwunden. Es war düster. Mitten am Nachmittag. Ein Auto kam uns entgegen. Ohne Scheinwerfer. Es war, als wäre es aus dem Nichts aufgetaucht.

Ich schaltete das Radio ein. Es lief ein Song von John Lennon. Er begeisterte mich wenig. Luisa schien er zu gefallen. Sie summte leise die Melodie vor sich hin.

Dann öffnete der Himmel auf einmal alle Pforten. Von einem Moment auf den nächsten regnete es in Strömen. Ich schaltete die Scheibenwischer an. Trotzdem sah ich wenig. Wie ein Vorhang hing der Regenschleier vor uns. Ich verringerte die Geschwindigkeit. Ich drückte den Knopf, der das Verdeck steuerte. Nichts geschah. Ich sah kurz zu Luisa. Das Wasser rann bereits von ihrer Schirmmütze herab auf ihren Bauch. Dicke Tropfen klatschten mir auf die Stirn. Ich wischte sie mir aus dem Gesicht.

Ich drückte erneut auf den Knopf. Fester. Diesmal reagierte die Automatik und begann widerwillig das Dach zu entfalten. Währenddessen prasselte der Regen weiter auf uns nieder. Ich trug ein weißes Hemd. Es war nahezu durchsichtig.

Ich konnte einen Parkplatz erspähen. Ich stellte den Wagen ab. Das Verdeck war mittlerweile geschlossen. Es gab keinen trockenen Fleck mehr im ganzen Innenraum. Ich drehte mich im Sitz um, angelte ein Handtuch aus meinem Koffer und trocknete mich damit ab. Ich gab es Luisa, sie tat es mir gleich. Wir sahen einander an. Ich fühlte mich nackt. Aber es war mir nicht unangenehm. Ich war ja alt. Es gab keine sexuellen Berührungspunkte zwischen uns. Als wäre ich eine ganz andere Spezies. Oder sie. Das galt in beide Richtungen. Nicht nur, weil sie schwanger war.

Wir spielten Backgammon. Luisa hatte eine Miniaturvariante des Spiels mitgenommen. Sie platzierte es auf der Armablage zwischen den Vordersitzen. Die kleinen Würfel waren unpraktisch. Ich hatte den Eindruck, dass sie nicht sonderlich genau austariert waren. Sie warf sonderbar häufig einen Pasch.

„Ich habe Backgammon häufig als Kind mit meinem Vater gespielt", sagte sie. „Am Anfang habe ich häufig gewonnen. Ich glaube, er hat absichtlich verloren, um mich nicht zu demotivieren. Er hat immer gesagt es sei das älteste Spiel der Welt. Ich habe es nie überprüft.

Er hatte ein außergewöhnliches Spielbrett. Es war sehr schwer. Die dunklen Felder waren aus beinahe schwarzem Holz." Ich würfelte. „Es fühlte sich irgendwie magisch an, wenn man mit den Fingern darüber strich.

Ich durfte es nie verwenden, wenn mein Vater nicht dabei war. Er hütete es wie seinen Augapfel."

„Ich hab Ihren Stein geschlagen!"

„Was?"

„Ihren Stein. Er muss zurück."

„Jetzt habe ich nicht hingesehen. Stimmt das auch?"

„Glauben Sie, dass ich schummele?" Sie legte den Kopf auf die Seite.

„Ich kenne Sie ja eigentlich nicht. Sie sind mir sympathisch. Sie wirken intelligent. Und ein bisschen verrückt. Ich glaube nicht, dass Sie gewohnheitsmäßig schummeln. Aber vielleicht hin und wieder?" Ich musste lachen.

„Hin und wieder."

Wir spielten zu Ende. Sie gewann. Ich bin mir nicht mehr sicher, ob ich geschummelt hatte. Ich glaube schon.

Der Regen ließ nicht nach, sondern versiegte genauso schnell, wie er gekommen war. Sofort brach die Sonne wieder durch die ersten Lücken des bedeckten Himmels. Die Wolken wehrten sich, klammerten sich verzweifelt aneinander und mussten einander letztendlich doch ziehen lassen.

Ich stieg aus. Es war als hätte jemand das Licht angeschaltet. Einfach so. Nacht. Tag.

Von den Ästen tropfte Wasser auf den Waldboden. Es war ein beruhigendes Geräusch. Beinahe meditativ. Ansonsten herrschte Stille. Kein Vogel war zu hören. Auch keine Amsel, was ebenfalls beruhigend war.

Ich zog mir ein trockenes Hemd an. Wir fuhren weiter.

Nach einer Weile begann der Wald lichter zu werden. Wir hatten den höchsten Punkt des kleinen Berges erreicht. Steiler als uns die Straße hinauf geführt hatte, schlängelte sie sich ins Tal. Die Bäume machten Feldern Platz und gaben den Blick auf eine größere Ortschaft frei. Die Aussicht wurde von einer, selbst auf einige Entfernung riesig wirkende Kirche dominiert. Sie wirkte deplatziert. Ich musste an Gullivers Reisen denken.

28

Wir tranken einen Kaffee. Wir hatten ihn uns mitgenommen. To go, wie man sagt. In einem Pappbecher. Es schmeckte mehr nach dem Becher, als nach Kaffee. Wir schlenderten in Richtung der großen Kirche. Sie war von jedem Punkt des Ortes aus zu sehen. Sie war aus einem hellen Kalkstein gebaut. Um das Bauwerk herum lag eine rechteckige Fläche Rasen, umschlossen von einer kleinen Mauer.

An der Vorderseite deutete ein schlanker Turm in den Himmel. Seine Spitze war türkis. Seitlich fügten sich schmale Bögen in die Wand ein, durch die Sonnenlicht ins Innere gelangen konnte. Sie waren kaum verziert. Keine Mosaike. An der Kirchenpforte befanden sich zahlreiche Reliefs. Viele waren Mariendarstellungen.

Wir hatten die Kirche einmal umrundet, standen wieder vor ihrer Front.

„Wollen wir einen Blick hineinwerfen?", fragte ich Luisa. Sie nickte. Wir gingen auf die große Pforte zu, ich öffnete sie. Sie war schwer. Wir betraten die Haupthalle. Die Tür fiel hinter uns zu. Völlige Stille. Lediglich unsere Schritte klackten auf dem Steinboden und hallten nach. Ehrfurcht ergriff Besitz von mir. Wie ich bereits sagte, war ich keine religiöse Person, aber wenn man in so einem beeindruckenden Bauwerk stand, konnte man ein wenig besser verstehen, warum es Menschen waren.

Wir waren alleine. Auf einer Tafel im Eingangsbereich stand, dass die Kirche im 14. Jahrhundert erbaut worden war. Es stand noch mehr da. Ich las es nicht.

Ich setzte mich auf eine der Holzbänke, ließ meinen Blick durch den Innenraum schweifen. Es war das erste Mal, dass ich in einer Kirche war, seit der Beerdigung meiner Schwester. Ich konnte mich noch gut an den Tag erinnern. Und an mein letztes Gespräch mit ihr, einige Wochen, bevor sie sich das Leben genommen hatte. Sie hatte es mir gesagt. Ich hatte nicht versucht, sie umzustimmen. Ich hatte es in ihrem Blick gesehen, dass sie sich längst entschieden hatte. Sie hatte nicht traurig gewirkt. Sie wollte würdevoll gehen, hatte sie gesagt. Nicht vollgepumpt mit Morphium. Ohne Sinn und Verstand.

Das Leben hatte es nicht gut mit ihr gemeint. Aber diesen letzten Triumph wollte sie ihm nicht gönnen. Sie hatte sich dem Leben entreißen wollen, bevor das Leben sich ihr entreißen konnte. Einmal nicht getrieben sein. Nicht hinnehmen müssen.

Ich glaube ihre letzten Tage waren ihre glücklichsten. Wir hatten bis in die späte Nacht auf ihrer Terrasse gesessen. Über alte Zeiten geplaudert. Und in den Himmel gesehen. Was danach käme, hatte sie mich gefragt. Ich hatte eine Weile überlegt. Nichts was wir verstünden, hatte ich geantwortet. Ich glaube, dass dies so nah ist, wie man der Wahrheit kommt.

Danach hatten wir eine lange Zeit einfach nur dagesessen. Ich hatte ihre Hand gehalten. Jeder war seinen Gedanken nachgegangen. Es war einer der wenigen vollkommenen Momente.

Luisa setzte sich neben mich, nachdem sie eine Runde durch die Kirche gedreht hatte.

„Wollen Sie sich nicht auch ein bisschen umschauen?", fragte sie mich. Sie flüsterte. Obwohl niemand sonst hier war.

„Ich habe einen guten Blick von hier aus."

„Sie sehen nachdenklich aus."

„Ach, eigentlich nicht", log ich. Sie gab sich mit dieser Antwort zufrieden.

Die Tür wurde geöffnet. Einige ältere Damen betraten die Kirche. Sie waren miteinander beschäftigt. Sie redeten durcheinander. Ich verstand nicht, um was es ging. Ich fragte mich, ob sie es taten.

„Wollen wir gehen?", schlug Luisa vor.

Ich nickte.

Wir blieben im Vorhof stehen. Ich sah auf mein Handy. Nichts.

„Und nun?", fragte ich.

„Wir fahren ans Meer!"

Ich sah sie überrascht an. Ich fand keinen Grund, der dagegen sprach.

„Ans Meer."

29

„Welches Meer?", fragte ich Luisa. Wir saßen auf der Rasenfläche vor der Kirche. Ich trank Wasser. Direkt aus der Flasche.

„Ist mir nicht so wichtig. Das, mit der kürzesten Anreise?" Sie versuchte eine bequeme Sitzposition zu finden. Der Bauch war ihr im Weg. Ich überlegte, ob es dicken Menschen grundsätzlich so erginge. Oder war man auf eine andere Art dick, wenn man schwanger war? Unbequemer?

„Es ist schon so lange her", fügte sie an.

„Was?"

„Es ist so lange her, dass ich das Meer gesehen habe. Ich vermisse es ein bisschen. Als ich noch mit meinen Eltern in den Urlaub gefahren bin, waren wir häufig am Meer. Sie mussten mich geradezu aus dem Wasser zerren. Ich glaube, ich war anstrengend."

„Ihr Vater scheint ein geduldiger Mann zu sein. Er wird Sie zu handhaben verstanden haben."

„Mein Vater ist wahrlich der großartigste Mensch, den ich kenne. Ich liebe ihn sehr. Nicht weil er mein Vater ist. Das spielt keine Rolle. Er war und ist stets für mich da. Und ich habe es ihm weiß Gott nicht immer leicht gemacht. Insbesondere als Teenager war ich so rebellisch, wie es eben möglich war. Er machte nie einen Hehl daraus, wenn ihm mein Verhalten missfiel. Aber er war nie herablassend oder besserwisserisch. Er ließ mich meine Erfahrungen selbst machen, anstatt sie mir von vorneherein auszureden. Aber wenn ich anschließend zu ihm kam, zugab, dass er recht gehabt hatte, nahm er mich einfach nur in den Arm. Es lag ihm nichts daran, recht zu haben."

Ich musste an den Brief in meinem Jackett denken. Seine kryptische Aussage wollte nicht so recht zu der Beschreibung, die Luisa eben abgegeben hatte, passen. Ob er diese Reise auch als einen Fehler ansah, den er sie aber machen ließ?

„Sie sprechen nie von Ihrer Mutter," sagte ich nach einer Weile des Schweigens. Sie nahm sich die Flasche Wasser, die ich zwischen uns gestellt hatte.
„Sie hat meinen Vater verlassen. Er sagt immer, dass sie 'uns' verlassen hat. Aber das stimmt nicht. Zwar haben wir keinen Kontakt mehr, aber das war meine Ent-scheidung. Weil sie ihn verlassen hat."
„Wieso haben sie sich getrennt?"
„Sie haben sich nicht getrennt! Sie hat ihn verlassen. Für einen anderen Mann."
„Wie lange ist das her?"
„Ich weiß es nicht mehr genau. Ich glaube, dass ich zehn Jahre alt war. Sie hatte ihn lange betrogen. Ich glaube, er wusste es, auch wenn er es mir gegenüber nie zugeben würde. Er hat es ertragen. Aber es war eine schwierige Zeit. Ich war zwar nur ein Kind damals, dennoch habe ich gesehen, wie es ihn zerfraß. Er hat sich mir verpflichtet gefühlt. Eine intakte Familie zu geben, selbst wenn er keinen Abend glücklich schlafen ging."

Sie blickte ins Nichts. Zupfte an ihrem Rock herum. Es war offensichtlich, dass es kein Thema war, über das sie gerne sprach. Ich fragte trotzdem weiter.

„Es gibt keine neue Frau in seinem Leben?"

„Nein." Sie stockte einen Moment. „Ich frage mich manchmal, wie er das aushält. Auch körperlich."

Ich wusste, worauf sie hinaus wollte. „Ich glaube, dass man sich an alles gewöhnt, sich darin einrichtet. Wenn man erst mal vergessen hat, wie es ist, wie es sich anfühlt – man vergisst es und hört auf es zu vermissen. Sehen Sie, wenn ich an meine Ehe zurückdenke, weiß ich nicht wie weit ich zurückdenken müsste, bis -" Diesmal war ich es, der zögerte. Wir schwiegen.

„Sie tragen immer noch den Ring!", stellte sie fest. Als wollte sie von dem für sie unangenehmen Thema ablenken.

Ich sah auf meine Hand. Auf den Ring. Ich nickte.

„Sie heißt Maria."

„Wer?"

„Die neue Frau, an der Seite meiner Frau. Ich glaube es zumindest. Gesagt hat sie es nicht."

„Es tut mir leid." Sie legte den Arm um meine Schulter. Seltsam, wie das Gewicht eines Gesprächs so schnell kippen konnte. Vor wenigen Augenblicken war sie es gewesen, die traurig war und nun spendete sie mir Trost.

Sie legte ihren Kopf auf meine Schulter. Ich den Arm um ihre.

30

Wir saßen eine Weile auf der Wiese ohne zu sprechen.
Jeder hing seinen Gedanken nach. Meine führten mich
irgendwann zu der Erkenntnis, dass ich kaum
ausreichend Kleidung mitgenommen hatte, um länger
unterwegs zu sein. Ich sprach den Gedanken laut aus.
Ich sah es als Problem an. Luisa offensichtlich nicht. Sie
schloss, dass wir einkaufen gehen müssten. Was mir ein
Gräuel war, rief bei ihr Begeisterung hervor.

„Wir werden in der nächsten großen Stadt, die auf
unserem Weg liegt, Halt machen und Ihnen etwas neues
kaufen!", legte sie fest. Es war kein Vorschlag. „Sie sind
ohnehin so langweilig gekleidet. Das passt gar nicht zu
Ihnen."

„Ich bin langweilig gekleidet?" Ich sah an mir herab. Ich
trug ein Hemd, blau, und eine beige Stoffhose. Dazu
braune Schuhe. Ich konnte mir nicht erklären, warum
das langweilig war. Ich machte mir nicht viel aus Mode,
aber ich wusste welche Farben miteinander harmo-
nierten und welche nicht. Meine Ex-Frau hatte es mir
eingetrichtert. Sie hatte eine natürliche Begabung dafür,
zu tragen, was gut aussah. Ich nicht. Ich musste vorher
überlegen. Aber ich hatte gelernt, was mir, nach
allgemeinem Geschmack, stand. Ich war zufrieden mit
dem, was ich trug. Und ich glaubte auch, damit nach
allgemeinen Maßstäben ordentlich gekleidet zu sein.

„Ich finde, dass das ziemlich in Ordnung ist", sagte ich.
Ich sah wie zur Bestätigung abermals an mir herab.

„Das meine ich nicht. Sie kleiden sich altersgerecht. Klassisch. Es steht Ihnen ja auch. Wenn man Sie nicht kennt." Sie sah mich prüfend an.

„Wie meinen sie das?"

„Nun, sie verhalten sich nicht unbedingt ihrem Alter entsprechend, wieso kleiden Sie sich dann so?"

„Ich bin Professor an der Universität. Bis vor ein paar Tagen hatte ich Frau und Kind. Eine Tochter habe ich immer noch, aber sie wissen, was ich meine.
Ich habe keine verrückten Hobbys, ich lese gerne. Gehe gerne spazieren. Was ist daran nicht altersgerecht?"

„Sie fragen ein junges Mädchen, das Sie kaum kennen, ob es Sie auf eine Reise ins Nichts begleitet. Finden Sie das nicht ungewöhnlich?"

„Sie sind kein Mädchen." Ich wusste nicht worauf sie hinaus wollte. Ich fühlte mich in der Defensive. Ich konnte mir nicht genau erklären warum, aber ich hatte das Gefühl mich verteidigen zu müssen.

„Das macht doch keinen Unterschied, Mädchen, junge Frau." Sie hatte Recht. Es spielte keine Rolle, wie ich sie kategorisierte. Es machte sie weder jünger noch älter. Sie war, wie sie war, unabhängig davon, wie ich sie bezeichnete. Wie sie irgendjemand bezeichnete.

Das Thema war mir unangenehm. Vor allem, weil ich selbst keine befriedigende Antwort darauf wusste, warum ich sie gebeten hatte, mich zu begleiten. Ich konnte es mir selbst nicht erklären. Zumindest zu diesem Zeitpunkt noch nicht. Wie sollte ich meine Handlungen dann ihr gegenüber rechtfertigen? Auch wenn ich nicht glaubte, dass sie das erwartete. Und selbstredend war es ungewöhnlich. Ich war ja nicht bescheuert.

„Wenn Sie es genau wissen wollen: ich weiß es nicht. Vielleicht, weil ich nicht alleine aufbrechen wollte. Weil ich befürchtete, es würde einsam werden. Auf Dauer. Aber ehrlicherweise glaube ich nicht, dass das der Grund ist. Also ja, ich weiß, dass es nicht nahe lag, Sie zu fragen. Es ist mir bewusst." Ich stellte fest, dass ich patzig klang. Wie es eine dritte Person, die uns zuhörte, festgestellt hätte. Es war mir gleich. „Wieso sind Sie denn mitgekommen?"

Sie runzelte die Stirn. Sah mich an.

„Fragen Sie mich das doch nicht schon wieder! Ich weiß es genau so wenig, wie heute Mittag. Was ich weiß, ist, dass ich mich auch nicht vernünftiger verhalte, als Sie es tun. Im schlechtesten Fall wird es eine Geschichte, die ich meinem Sohn erzählen kann. Und es ist meine letzte Möglichkeit etwas Unvernünftiges zu tun, bevor ich Mutter werde. Wären Sie ein halbes Jahr später gekommen, hätte ich keinen Gedanken daran verschwendet, Sie zu begleiten. In einem halben Jahr habe ich einen Sohn. Das wird mich dann definieren. Da haben Sie dann etwas, als das sie mich bezeichnen können. Nicht mehr Mädchen, oder junge Frau. Mutter.

Aber grade genieße ich diesen Ausflug mit Ihnen." Sie nahm die Wasserflasche in die eine Hand und streckte einen Arm aus.

„Helfen Sie mir hoch!", forderte sie mich auf.

„Was haben Sie vor?"

„Was denken Sie? Einkaufen gehen!"

Später dachte ich noch häufig an ihre Worte. Als unsere Wege sich trennten, hatte sie gesagt, dass sie es nicht bereue, mich getroffen zu haben. Noch heute frage ich mich, ob dies die Wahrheit war. Oder ob sie mich nur freisprechen wollte.

31

Wir saßen wieder im Auto. Das Verdeck war offen. Die Sonne stand bereits tief. Es war zehn vor sechs. Die Kuckucksuhr krähte nicht. Ob sie schon kaputt war? Sie zeigte die Zeit korrekt an. Aber weder kam der Vogel aus seiner Luke, noch gab sie Geräusche von sich. Jetzt war sie nur noch hässlich. Nicht mehr charmant hässlich. Mir hatte gefallen, dass sie nicht zur vollen Stunde schrie, sondern sich einen individuellen Zeitpunkt ausgesucht hatte.

Wir fuhren Richtung Meer. Grob.

Wir beschlossen uns in der nächsten Stadt, die auf unserem Weg lag, eine Übernachtungsmöglichkeit zu suchen. Wir fuhren noch eine Weile durch austauschbare Szenerie. Wälder, Wiesen, kleine Dörfer. Nicht dass irgendetwas davon hässlich oder langweilig war, aber alle diese Flecken hätten auch überall sonst sein können. Als generierte sie ein Computer per Zufall. Aus einer Zahlenkombination.
Ich zog meine Sonnenbrille auf, denn wir fuhren direkt in die Sonne. Als wäre sie ein Ort am Horizont, dem man näher kam.
„Die steht Ihnen!", bemerkte Luisa.
Ich sah kurz zu ihr. Sie musterte mich schmunzelnd. Ihre rechte Hand spielte mit dem Fahrtwind.
„Danke!"

Instinktiv flackerte der Gedanke sie zu küssen in meinem Kopf auf. Völlig absurd. Ich tat es nicht. Ich zog es nicht im entferntesten in Erwägung. Aber ich hatte diesen Gedanken gedacht. Ich wollte es noch nicht einmal. Es war vielmehr ein Reflex.

Ich dachte noch eine Weile darüber nach. Darüber, ob ich es schlimm oder verwerflich fand, dass mir mein Gehirn das vorgeschlagen hatte. Denn so sah ich es. Ich hatte es nicht kontrolliert. Es war eher, als hätte eine dritte Person mir diesen Vorschlag gemacht. Ich maß diesen Überlegungen deshalb auch keine Bedeutung bei. Ich rauchte.

Wir fanden ein Hotel. Es war weder besonders schön noch besonders hässlich. Wir buchten zwei nebeneinanderliegende Zimmer.

Wir nahmen den Aufzug in den fünften Stock. Der Teppichboden verschluckte das Geräusch unserer Schritte im Flur.

Es gab keine Schlüssel, sondern Chipkarten. Man musste sie vor ein Gerät halten. Es blinkte grün. Wir verabredeten uns zum Abendessen, bevor jeder sein Zimmer betrat.

Ich warf meine Tasche in eine Ecke. Der Raum war überraschend groß und hell. An der Wand hing ein Flachbildfernseher. Auf einem kleinen Tischchen davor lagen drei Fernbedienungen. Ich nahm sie der Reihe nach in die Hand und fragte mich, wofür sie gut seien. Ich identifizierte eine als zum Fernseher gehörig. Ich drückte einen Knopf auf einer anderen. Der Vorhang schloss sich. Die Mechanik surrte leise. Ich bediente den Knopf erneut. Der Vorhang blieb geschlossen.

Ich ging zur Tür und drückte den Lichtschalter. Die Klimaanlage begann kalte Luft in den Raum zu blasen. Ich seufzte. Sie ließ sich davon auch nicht durch einen weiteren Druck auf den Schalter abhalten.

Ich entdeckte die Minibar. Ich warf einen Blick hinein. Eine kleine Flasche Jack Daniel's Black Label stach mir ins Auge. Erneut musste ich an Gullivers Reisen denken. Ich füllte ein Glas und warf zwei Eiswürfel hinein.

Ich ließ mich auf das Bett fallen. Die Matratze war weich. Ich nippte an meinem Glas. Ich spürte wie der Whisky seine Wirkung entfaltete. Wie die Wärme, die er in mir erzeugte sich langsam ausbreitete. Ich schloss die Augen. Meine Gedanken wanderten durch die letzten Tage, ohne bei einem Ereignis lange zu verweilen. Es gab auch keine Verbindung zwischen den Szenen, oder eine chronologische Struktur. Vor meinem inneren Auge spielte sich eher eine willkürlich zusammengestellte Diashow ab. Ich ließ mich von mir selbst berieseln. Ich kehrte nur kurz in die Realität zurück, wenn ich einen Schluck des Whiskys trank.

Die Klimaanlage kühlte das Zimmer soweit herunter, dass ich zu frieren begann. Ich verkroch mich unter die Decke. Ich schlief ein. Der Bilderreigen brach ab. Ich schlief traumlos.

32

Es klopfte. Ich wachte auf, brauchte einige Momente, bis ich wusste, wo ich war. Hatte ich die ganze Nacht geschlafen? Ich sah mich um. In meiner rechten Hand hielt ich noch immer das Glas. Es war noch halbvoll. Ich leerte es mit einem Schluck.

Luisa rief nach mir. Ich schlug die Decke zur Seite. Sofort fror ich wieder. Ich ging an die Tür und öffnete ihr.

„Na endlich! Ich dachte schon, Sie machen mir gar nicht mehr auf. Haben Sie geschlafen? Ich habe -" Sie brach ab und trat einen Schritt in mein Zimmer. „Sind Sie wahnsinnig?" Sie schlang die Arme um ihren Körper. „Hier drin erfriert man ja!"

„Ich weiß nicht, wie ich sie angeschaltet habe. Hier gibt es für alles einen Knopf und ich habe keine Ahnung, welcher was bedient." Ich zuckte mit den Schultern. Ich stellte das Glas auf den Tisch. Luisa griff sich eine der Fernbedienungen und schaltete die Klimaanlage ab.

„Können sie die Vorhänge öffnen?" Sie öffnete die Vorhänge. Ich schüttelte resignierend den Kopf.

Sie zeigte mir, was ich drücken müsste. Ich merkte es mir nicht. Ich hatte ohnehin beschlossen die Fernbedienungen nicht mehr anzurühren.

„Hunger?", fragte ich stattdessen.

„Ja. Großen."

Ich schloss die Tür hinter uns. Sie verriegelte sich selbstständig. Ich ärgerte mich darüber.

Ich empfinde es als anstrengend von Technik bevormundet zu werden. Was ist so viel schlechter an einem gewöhnlichen Schlüssel? Traut man mir nicht mehr zu, einen Vorhang zu schließen? Ohne Mechanik. Mit meinen eigenen Händen.

Wir aßen im Restaurant des Hotels. Wir tranken beide ein Glas Wein und plauderten. Sie bestellte zwei Zitronensorbets als Nachttisch. Eins für sich und eins für mich. Um mich zu überzeugen. Mein Eis lag in einem Sektbad. Ihres nicht. Es schmeckte außergewöhnlich gut. Sie sah mich fragend an. Ich gab es zu.
Wir aßen schweigend.
Luisa schob den Teller demonstrativ zur Seite und legte den Löffel quer darauf. Sie nahm ihre Serviette und fuhr sich damit über den Mund. Sie legte sie beiseite.
„Ich bin satt. Ich bin glücklich. Und ich bin müde", sagte sie zufrieden.
Ein Kellner kam an unseren Tisch und räumte das Geschirr ab. Ich bestellte zweimal Mousse au Chocolat. Luisa sah mich entgeistert an.
„Was machen sie denn da?", fragte sie mich.
„Einen zweiten Nachttisch bestellen."
„Aber wieso das denn? Ich bekomme keinen Bissen mehr herunter. Außerdem, wer bestellt denn bitte zwei Nachttische?"
„Ein bisschen Mousse werden Sie schon noch schaffen. Sie essen ja für zwei. Sozusagen."
„Bitte sprechen Sie nicht in Klischees! Ich hasse das!"
„Dann betrachten Sie es eben als Duell."

„Als Duell?"

„Ja. Zwischen Zitrone und Schokolade."

Sie schüttelte verständnislos den Kopf, winkte ab, aber legte sich dennoch die Serviette auf den Bauch.

Die Mousse wurde gebracht. Sie schmeckte ebenfalls sehr gut. Aber davon war ich ausgegangen. Sie schmeckte wie erwartet. Ich fand das nicht befriedigend. Luisa leerte tapfer ihren Teller. Ein paar Mal sah sie mich dabei verärgert an. Ich glaubte nicht, dass sie verärgert war.

Wir einigten uns auf Unentschieden. Ich hatte Partei für die Schokolade ergriffen. Jedoch mehr aus Sturheit.

„Ich werde mich schlafen legen", sagte Luisa schließlich nach einigen Minuten. „Wer zuerst wach ist, weckt den anderen?", schlug sie vor. Ich nickte und winkte ihr hinterher.

Ich bezahlte und spielte mit dem Gedanken auch schlafen zu gehen. Ich fühlte mich nicht müde. Ich beschloss, noch einen Whisky an der Bar zu trinken. Ich setzte mich auf einen Hocker und bestellte. Kurz darauf setzte sich ein Mann neben mich. Er nickte mir zu. Ich drehte das Glas auf der Theke im Kreis. Im Uhrzeigersinn.

33

Der Mann grüßte mich. Er trug ein kariertes Hemd. Rot und schwarz. Eine Jeans. Die Ärmel seines Hemds hatte er hochgeschlagen. Seine Arme waren dicht behaart. Seine Hände wirkten kräftig. Er trug eine Brille mit dickem, schwarzem Rand. Er bestellte ein Glas Weißwein. Es wollte nicht recht zu ihm passen.
Ich trank einen Schluck von meinem Whisky und stellte das Glas auf die Serviette zurück.
Was mich hierher verschlagen hätte, fragte er mich, ohne mich dabei anzusehen. Immer diese Frage. Die eine, die ich nicht wirklich beantworten konnte. Ich sagte ihm, dass ich auf der Durchreise sei. Er nickte, sagte aber weiter nichts.
Ich überlegte, was ich ihn fragen könnte. Ich fand es unhöflich, nichts weiter zu fragen. Es wäre legitim gewesen nicht miteinander zu reden, hätte er nicht damit angefangen. Jetzt fühlte ich mich verpflichtet. Auch wenn ich nichts dafür konnte.
Ob er länger hier bliebe, fragte ich ihn schließlich.
Länger, als ihm lieb sei, antwortete er. Er lachte kurz und dumpf, trank einen Schluck und fuhr sich anschließend mit der rechten Hand durch den Bart. Danach erzählte er mir ausführlich, warum er hier war. Er war Architekt. Er ließ in der Stadt eine Schule bauen. Er war bereits seit zwei Wochen hier und jeden Abend saß er hier an der Bar. Und trank. Wein. Dann erzählte er wieder von seinem Projekt. Er nannte es ständig

Projekt. Es störte mich. Ich fand es klang hochtrabend. Es war ja nur eine Schule. Kein Opernhaus.

Er hörte nicht auf. Ich fragte nichts mehr. Er gab mir auch keine Gelegenheit dafür. Er zeichnete mit seinem Finger imaginäre Räume auf den Tresen.

Ich bestellte mir einen weiteren Whisky. Meine Gedanken schweiften ab. Ich dachte an den morgigen Tag. Ein weiterer Tag im Auto. Ich schätzte, dass es noch zwei Tage dauern würde, bis wir das Meer erreichten. Immer wieder hatte ich das Gefühl, mich beeilen zu müssen, aber ich konnte mir nicht erklären, warum. Mir saß nichts oder niemand im Nacken.

Ich dachte kurz an meine Ex-Frau. Was sie wohl grade tat? Mit dieser Maria. Und dieser Hund! Ein unheimliches Tier. Wieso wohnte man freiwillig mit so etwas zusammen?

Meine Gedanken kehrten wieder an den Tresen zurück. Für einen Moment war nur meine Hülle auf dem Hocker gesessen. Mein Blick hatte nichts anvisiert, sondern fahl den Raum durchwandert, alles sehend, nichts wahrnehmend.

Der Mann redete immer noch. Ob er mir wohl eine Frage gestellt hatte, während meiner Abwesenheit? Ich erinnerte mich an einer Stelle genickt zu haben. Hatte das Sinn ergeben? Falls nicht, schien es ihn nicht zu stören. Er nahm die Brille ab und massierte sich die Stelle auf der das Gestell auf seiner Nase geruht hatte. Er hielt kurz inne. Ich war erstaunt.

Ich nahm einen großen Schluck aus meinem Glas und winkte den Barkeeper herbei, um zu bezahlen.

Der Architekt fragte mich plötzlich, was ich so machte, wenn ich nicht auf der Durchreise war. Ich antwortete ihm wahrheitsgemäß und knapp. Er fand das interessant. Er fragte weiter. Zunächst war ich erstaunt, dass er an einer anderen Person, als der eigenen, Interesse zeigte. Zunehmend wurde ich aber das Gefühl nicht los, dass er mich nur fragte, um das Gespräch am Laufen zu halten, mir keine Gelegenheit zum Rückzug zu geben. Ob Luisa schon schlief?

Ich erzählte weiter von meiner Arbeit. Ich hatte es anstrengend gefunden, ihm zuzuhören, da es mich nicht interessiert hatte, was er zu erzählen hatte. Ich fand es ungleich anstrengender selbst Dinge zu erzählen, die mich nicht interessierten.

Es ist nicht üblich sich selbst zu langweilen, aber ich tat es.

Er bedeutete dem Barkeeper ihm noch einen Wein und mir noch einen Whisky zu bringen. Ich senkte resigniert den Kopf.

34

Ich antworte zunehmend einsilbiger auf seine Fragen. Er erkannte den Wink, aber er zog die falschen Schlüsse daraus. Anstatt das Gespräch langsam versiegen zu lassen, begann er wieder mehr von sich zu erzählen.

Ich verstand nicht mehr alles, was er erzählte. Er erzählte sprunghafter, beendete die Episoden kaum, oder nur flüchtig. Vielleicht lag es am Wein. Vielleicht wollte er mich auch nur nicht langweilen, mich nicht das Interesse verlieren lassen. Dabei hatte ich ja nie welches gehabt.

Er begann über das Leben zu philosophieren. Darüber, was Glück sei und was man tun müsse, um es zu finden. Es war fürchterlich. Kein Klischee, das er ausließ. Er schwadronierte über immaterielle Werte und Buddhismus. Es war eine krude Mischung. Übergangslos reihte er eine Plattitüde an die nächste.

Ich sagte nichts, ließ es über mich ergehen. Ich kam mir vor, wie in einer Filmszene vom Reißbrett. Zwei Männer in einer Bar, am Tresen, die tranken und sich über das Leben unterhielten. Ein einfallsloses Drehbuch. Abgeschmackt.

Er hielt inne und stand auf. Er müsse auf die Toilette. Er wäre gleich wieder da, schickte er noch hinterher. Es war klar, was er damit sagen wollte. Ich sollte gar nicht erst an Flucht denken. Aber ich dachte daran.

Ich blieb sitzen. Zurückgehalten von meinem Gewissen. Ich schaute auf die Uhr. Mitternacht war bereits verstrichen.

Er kam zurück, setzte sich. Sah mich an. Ich ihn. Er seufzte.

„Manchmal ist es noch schwierig", sagte er. Ich verstand nicht. Aber es störte mich nicht. Ich fragte nicht nach.

„Nächste Woche jährt sich der Tag, an dem meine Tochter gestorben ist." Er sprach ruhig, betonte nichts.

Wieso erzählte er mir das? Was sollte ich sagen?

„Das tut mir leid!" Mehr als diese Floskel brachte ich nicht zu Stande.

„Sie wurde überfahren. Der Fahrer war betrunken gewesen. Selbst noch ein halbes Kind."

„Wie alt war ihre Tochter?"

„Laura war vierzehn Jahre alt, als es passierte." Er stockte. „Man glaubt, es wird besser mit der Zeit. Man muss daran glauben. Aber das wird es nicht.

Haben sie Kinder?"

„Ja, eine Tochter. Sie ist schon längst erwachsen. Sie macht ihr eigenes Ding." Ich hatte keine Ahnung, warum ich das sagte, oder was ich damit ausdrücken wollte.

Mein Kopf begann zu pochen. Erst kaum merklich, doch es schwoll unaufhaltsam an, kroch aus dem Hintergrund in mein Bewusstsein und begann es ganz für sich einzunehmen. Im Rhythmus meines Pulses hämmerte es auf meine Schläfen. Ich blickte auf mein Glas herunter. Es war halbvoll. Es war keine optimistische Betrachtungsweise. Ich wollte nicht mehr trinken. Ich war es nicht gewohnt. Mir wurde nicht schlecht, mir war auch nicht schwindelig. Nur dieses Pochen.

„Wir streiten viel seitdem." Er betrachte dabei seinen Ehering. „Über alles. Es braucht keinen Anlass. Um ehrlich zu sein bin ich sogar froh, mal eine Zeit nicht zu Hause sein zu können."

Erwartete er Ratschläge von mir? Ich war mir nicht sicher. Ich wusste auch nicht, was ich hätte sagen können. Es war mir unangenehm. Ich überlegte. Gleichzeitig vibrierte mein Kopf. Ich massierte mir mit einer Hand den Nacken.

Ich entschloss mich für Ehrlichkeit: „Ich weiß nicht, was ich dazu sagen soll. Ich glaube nicht, dass sich jemand in Ihre Situation versetzen kann, der es nicht selbst erlebt hat." Ich dachte kurz nach. Nein. Das war's. Mehr hatte ich nicht zu bieten.

Er nickte nur. Kaum merklich. Ich nahm es ohnehin kaum noch wahr. Meine Augen wurden glasig, mein Blick trübte sich. Ich musste mich konzentrieren sie offen zu halten. Der ganze Raum war weichgezeichnet. Ich legte meinen Kopf in beide Hände und schloss die Augen. Kleine Lichtblitze schossen hinter meinen Lidern in alle Richtungen.

„Hey Sie, ist mit Ihnen alles in Ordnung?", fragte mich der Mann. Ich drehte mich zu ihm, öffnete die Augen und versuchte ihn zu fokussieren. Es gelang mir mühsam. Ich nickte.

Dann wurde alles schwarz.

35

Ich blinzelte. Langsam löste sich der Grauschleier und ich sah wieder klar. Ich lag auf dem Boden. Auf dem Rücken. Über mir baumelte die dämmrige Deckenbeleuchtung der Hotelbar. Ein Falter flatterte um eine Lampe herum. Er würde seinen Irrtum zu spät bemerken, dass das was er gesucht und gefunden zu haben glaubte, ihn fehlgeleitet hatte, wie eine Fata Morgana.

Der Lampenschirm bestand aus mattem Glas, nach oben gewölbt wie eine Schale. In ihr zeichneten sich Silhouetten bereits gefallener Artgenossen ab. Auch dieser Falter würde sich dazu gesellen, zu diesem makabren Massengrab. Er würde seine eigenen Fehler machen müssen.

Zwei Unbekannte, der Barkeeper und der Mann vom Tresen hatten sich über mich gebeugt. Alle hatten den gleichen, Gesichtsausdruck. Eine Mischung aus Sorge und Neugier.

Der Barkeeper hielt ein leeres Glas über meinem Kopf. Ich fragte mich, was er damit vorhatte. Dann bemerkte ich, dass mein Gesicht nass war. Meine Haare auch.

„Ist alles in Ordnung mit Ihnen?", fragte der Barkeeper. Ich hob meinen Kopf an, blickte an mir herab. Nach links, nach rechts. Ich richtete mich halb auf und stützte mich auf meinen Ellenbogen ab. Kein Schwindel. Die

Kopfschmerzen kamen zurück. Diesmal aber nicht mehr pulsierend. Vielmehr war es ein konstanter Druck.

Der Mann vom Tresen hielt mir eine Hand vor die Nase, spreizte drei Finger ab und fragte mich, wie viele er hoch halte. Ich sah ihn irritiert an. Ich antwortete korrekt und versicherte, dass es mir gut ginge.

Die Unbekannten trollten sich. Ihr Gewissen schien beruhigt. Für sie war ich nur noch eine Geschichte beim nächsten Frühstück wert. Wenn überhaupt. Von einer Sekunde auf die nächste war ich nicht mehr der unfreiwillige Mittelpunkt des Raums. Keine Scheinwerfer mehr. Es war mir recht.

„Sie haben mich ganz schön erschreckt! Ich dachte schon, sie hätten einen Herzinfarkt oder so etwas", sagte der Architekt und streckte mir eine Hand entgegen um mir aufzuhelfen. Ich nahm sie.

Mühsam krabbelte ich auf den Hocker zurück. Ich fühlte mich etwas schwach auf den Beinen.

„Wahrscheinlich hatten sie einfach nur einen Whisky zu viel." Er schmunzelte.

Ich hielt es für Unfug, sagte aber nichts. Stattdessen nickte ich. Ich wusste zwar nicht, warum ich das Bewusstsein verloren hatte, aber ich war mir sicher, dass der Whisky nichts damit zu tun hatte. Ich fühlte mich nicht betrunken. Ich war es auch nicht.

„Sie sind vom Stuhl gefallen. Sie sind ziemlich heftig aufgeschlagen. Vielleicht sollten Sie besser einen Arzt aufsuchen."

„Danke, aber mir geht es schon wieder gut."

„Nehmen Sie das nicht auf die leichte Schulter! Vielleicht haben Sie innere Blutungen und merken es nicht. Sie wissen ja nicht, wie es in Ihrem Kopf aussieht." Er redete sich in Rage. Er kehrte wieder in sein anfängliches Strickmuster zurück und bediente sich allerlei Allgemeinplätze.

Ich unterbrach ihn und gab zu, dass er recht hatte und ich am Morgen einen Arzt aufsuchen würde. Er nickte zufrieden und klopfte mir lobend auf die Schulter. Er wusste so gut wie ich, dass ich es nicht tun würde. Letztlich war es ihm völlig egal, ob ich es tatsächlich tat oder nicht. Er kannte mich ja kaum. Es genügte ihm, dass ich ihm recht gab. In diesem Moment.

Er stand auf.

Ob man mich unbesorgt alleine lassen könnte, wollte er wissen.

Ich sagte ihm, dass ich kein Pflegefall sei und dass er gehen könne, wann immer ihm danach sei.

Er bezahlte seine und meine Rechnung. Ich hielt ihn nicht auf. Es schien ihn nicht zu stören.

Er hätte noch einen Termin und müsse nun gehen. Es hätte ihn gefreut, mich kennen zu lernen. Er wünschte mir alles Gute. Ich antwortete ihm etwas ähnliches.

Ich sah ihm hinterher. Er zog sich im Laufen seinen Mantel an. Kurz bevor er die Bar verlassen hatte, streifte er sich seinen Ehering ab und ließ ihn in der Hosentasche verschwinden.

Ich beschloss schlafen zu gehen. Es war ein merkwürdiger Abend gewesen. Ich fragte mich, ob etwas von ihm zurückbleiben würde.

36

Ich lag in meinem Bett. Es war ein Doppelbett. Es war
zu groß um gemütlich zu sein, um ein Rückzugsort zu
sein. Ich lag auf dem Rücken.
Eine Tür wurde unweit zugeschlagen. Stimmen redeten
durcheinander. Eine Frau lachte. Kurz und kehlig.
Ich konnte nicht schlafen. Meine Gedanken sprangen
zusammenhangslos umher. Sie blieben aber immer
wieder an dem zurückliegenden Abend hängen.
Zunächst war es doch so ein unpersönliches, ober-
flächliches Gespräch gewesen. Wie kam der Mann,
dessen Namen ich noch nicht einmal kannte, dazu, mir
von seiner verstorbenen Tochter zu erzählen? Ich
versuchte mir vorzustellen, wie es wohl sei, wenn man
das eigene Kind überlebte. Es gelang mir nicht.
Wahrscheinlich ist es nicht möglich. Nicht möglich,
etwas derartiges nachzuempfinden. Ich stelle es mir als
eine besonders perverse Form des Versagens vor. Man
dreht die Geschichte wohl so lange hin und her, bis man
sich in irgendeiner Form die Schuld dafür geben kann.
Vielleicht ist es sogar einfacher, wenn man sich selbst die
Schuld geben kann, als einem Unbekannten. Jemand,
der zwar ein Gesicht hat, aber sonst nicht greifbar ist.
Anonym. Sich selbst gegenüber ist man ja nicht
anonym. Man ist fassbar. Man ist da. Man kann sich
jederzeit mit den Vorwürfen konfrontieren. Vermutlich
ist es das. Irgendjemandem muss man ja andauernd
Vorwürfe machen können, sonst wird man wahr-

scheinlich verrückt. Und wer ist letzten Endes ständig da, außer einem selbst?

Der Partner.

Man sagt, dass Krisen Paare zusammenschweißen. Ich glaube das ist eine leichtfertige Ansicht. Ich glaube, dass viel häufiger Krisen zu weiteren Krisen führen. Sich kumulieren. Und welch größere Krise kann es geben, als der Tod des gemeinsamen Kindes?

Ich begann zu schwitzen. Ich schlug die Decke beiseite. Mein Kopf tat immer noch merklich weh. Aber es war mittlerweile erträglich. Ich spürte es nur noch, wenn ich an nichts anders dachte.

Ich warf einen Blick auf die Uhr. Nicht die an meinem Handgelenk. Die hatte ich bereits abgelegt. Auf dem Nachttisch stand ein Wecker. Analog. Orange Ziffern beleuchteten das Zimmer so, dass man mühsam Umrisse erkennen konnte. Es war spät. Zu spät, um am nächsten Tag ausgeruht zu erwachen. Luisa war ja bereits seit einigen Stunden im Bett. Sie würde mich früh wecken.

Ich verbat mir selbst an morgen zu denken. Das hatte ich früher auch nicht getan. Es war auch nicht nötig gewesen. Jeder Tag glich mehr oder weniger ohnehin dem davor. Es war eine Monotonie, der ich mich ergeben hatte. Willentlich. Ich war zufrieden gewesen damit. Alles war eingespielt. Routine. Es gab keine Aufs und Abs. Keine Abs. Das hatte mir genügt. Und warum auch nicht? Mir ging es gut.

Wenn man von außen auf mein Leben geblickt hätte, hätte man mich als glücklich bezeichnen können. Müssen. Tolle Frau, toller Job, Kind, Sicherheiten. Alles auf Zufriedenheit programmiert. Man gewöhnt sich auch daran. Man passt die eigenen Ansprüche an das Leben irgendwann den scheinbaren Möglichkeiten, die einem offen stehen, an. Man eliminiert unterbewusst die Gedanken an alles außerhalb der eigenen Atmosphäre und handelt nur noch innerhalb dessen, was einem Trägheit, Gewohnheit und Verantwortungsbewusstsein als Grenzpfosten setzen. Wie eine Schlinge, die sich mit jeder Bewegung enger um den Hals zieht, bis man keine Luft mehr bekommt. Bis man ausbrechen muss. Oder sich dafür entscheidet langsam dahinzusiechen. Langsam zu verblassen. Wie Negative im Sonnenlicht.

Ich war mir bewusst was diese Reise darstellte. Ich wusste, dass es mir nicht um das Reisen an sich ging, sondern, dass es ein Abwenden von allem, ein Sprengen der Ketten war. Auch heute glaube ich, dass ich das bereits zu diesem Zeitpunkt wusste. Unterbewusst war mir von Anfang an klar, dass ich mir selbst gegenüber demonstrativ handelte. Mir etwas beweisen wollte. Mit selbst beweisen, dass ich immer noch spontan und vielleicht auch irrational handeln konnte. Aus dem Bauch heraus.

Die Frage, die mich wirklich beschäftigt, ist jedoch, warum es diesen äußeren Einfluss benötigt hatte. Was wäre geschehen, wenn sich meine Frau nicht von mir abgewandt hätte? Wäre ich dann auch aufgebrochen? Wäre ich mir all dessen bewusst geworden, was mich definierte und was ich in diesem Moment verabscheute? Wie oft ich seit diesem Abend über diese Frage nachgedacht habe – immer mit dem selben Ergebnis. Ich hätte mich nicht bewegt. Lieber hätte ich mich wundgelegen. Ich hätte mich nicht bewegt. Ich musste bewegt werden.

Ich schlief ein.

37

Luisa weckte mich tatsächlich früh am nächsten Morgen. Wir frühstückten. Wir redeten nicht viel. Sie bemerkte rasch, dass ich kein Interesse an Konversation hatte. Ich hatte ihr ein paar Mal einsilbig geantwortet, woraufhin sie es aufgab. Wir brachen danach rasch auf.

Der Kaffee begann seine Wirkung zu entfalten. Vor den ersten Tassen hatte ich noch an meiner Fahrtüchtigkeit gezweifelt. Nicht an der offiziellen. An der tatsächlichen. Nach den ersten Kilometern besserte sich meine Laune. Die Sonne schien durch die geöffneten Seitenfenster und der Fahrtwind fuhr mir durch die Haare. Er schien die Müdigkeit und Erinnerung an den Vorabend davonzutragen. Nein, Erinnerung war der falsche Ausdruck. Vielmehr die Gefühle, die ich damit verband. Die Stimmung. Es war nur noch ein unwirklicher Rückblick. Eine Facette meiner Vergangenheit.

Ein Lächeln machte sich auf meinem Gesicht breit. Ich drehte das Radio laut auf. Luisa sah mich erstaunt an. „Haben Sie auch endlich ausgeschlafen?" Ich verstand kaum was sie sagte, so durchdringend schallte Grace Slick durch den Äther. Ich nickte im Takt mit dem Kopf.

„Was machen wir heute außer weiterzufahren?", rief sie mir laut entgegen. Ihr Haar tanzte hektisch um ihren Kopf herum. Sie verstellte ihre Rückenlehne, lag jetzt beinahe im Sitz und verschränkte die Arme hinter ihrem Kopf.

„Öffnen Sie das Verdeck!", fügte sie an. Ich tat es.

„Ich weiß es nicht. Worauf haben Sie Lust?", fragte ich zurück.

„Sie haben immer noch nicht genug anzuziehen." Sie intonierte diese Feststellung so, dass aus ihr eine Aufforderung wurde. Sie hatte natürlich Recht. Ich hatte es ihr ja selbst so geschildert. Ich wollte diese Notwendigkeit trotzdem so lange wie möglich hinausschieben.

„Ich würde mich auch gerne auf eine Wiese legen, die Sonne genießen. Vielleicht ein Buch, oder eine Zeitung lesen." Luisa hatte eine Sonnenbrille aufgezogen. Sie ähnelte der, die Natalie Portman in 'Léon – Der Profi' trug. Sie wirkte zufrieden.

Eine Zeitung lesen war das letzte, was ich zu tun gedachte. Ich wollte nichts mitbekommen. Eine Zeitung war wie ein Fenster in die Realität, der ich mühsam entkommen war, der Beweis, dass alles so weiter ging wie zuvor. Niemand interessierte sich für meinen Ausbruch. Ich war unerheblich. Ich konnte mich ausgliedern, aber ich konnte nicht verhindern, dass alles um mich herum unverändert blieb. Die selben Schlagzeilen. Die selben Prozesse. Ein Perpetuum mobile des Wahnsinns. Sich nicht damit zu konfrontieren war auch der Versuch zu verdrängen, dass die Welt sich meiner ungeachtet weiterdrehte. So gut oder so schlecht wie zuvor.

Also keine Zeitungen. Ich wollte es nicht wissen. Nichts wissen. Bei diesem Gedanken bemerkte ich, dass ich immer noch mein Handy bei mir trug. Ich kramte es aus der Innentasche meines Jacketts. Ein entgangener Anruf. Meine Frau. Ich steckte das Handy wieder in die Tasche.

„Meine Frau hat versucht mich zu erreichen", sagte ich zu Luisa, ohne wirklich zu wissen warum. Sie drehte den Kopf zu mir, obwohl ihre Augen unter der Sonnenbrille geschlossen blieben. Es erschien mir sinnlos, dass sie überhaupt zu mir sah.

„Hm." Mehr sagte sie zunächst nicht. Dann: „Wollen Sie sie zurückrufen?"

Statt auf ihre Frage zu antworten sagte ich lediglich: „Ich frage mich, was sie wohl von mir wollte?" Ich überlegte tatsächlich. „Noch mehr Dinge aus dem Haus mitnehmen? Bald ist es komplett ausgehöhlt. Wenn ich zurück komme, löst sie bestimmt grade die Haustür aus den Angeln." Luisa lachte. Ich schloss mich an.

„Aber wissen Sie, eigentlich ist es mir gleich. Sie soll mitnehmen, wonach auch immer ihr ist. Bestimmt geht es um den Tisch im Wohnzimmer. Der Elefantentisch."

Sie kräuselte die Stirn. „Der Elefantentisch?"

„Meine Frau liebt Elefanten. In unserem Wohnzimmer steht ein kleiner Tisch. Eine Glasplatte, die auf dem Rücken eines Elefanten liegt."

„Das ist wirklich geschmacklos!", stellte Luisa nüchtern fest.

„Ach. Wenn ich ehrlich bin, gefällt er mir auch. Der Elefant ist aus schwarzem Holz geschnitzt. Abstrakt. Ich glaube Sie stellen ihn sich nicht so vor, wie er tatsächlich aussieht."

Sie schwieg. Mein Handy vibrierte in meiner Tasche. Ich zog es heraus, ohne den Blick von der Straße zu nehmen. Ein Anruf. Auf dem Display stand eine Nummer. Darunter: Sekr. Univ. Ich hielt es Luisa entgegen. Sie hob die Brille und sah mich fragend an. Ich zuckte mit den Schultern.

Ich warf das Handy in hohem Bogen über meine Schulter. Im Rückspiegel sah ich, wie es auf dem Asphalt aufschlug und zerbarst.

38

„War das nötig?", fragte mich Luisa. Sie kramte in ihrer Tasche und förderte eine Flasche Wasser zu Tage.

„Nein", antwortete ich ihr schlicht und grinste.

Ich überfuhr einen Igel. Nicht absichtlich natürlich. Aber ich hatte ihn zu spät bemerkt. Luisa schrie kurz auf. Man hörte es knacken.

Igel waren putzige Tiere. Deshalb konnte man sie auch nicht, ohne anschließend ein schlechtes Gewissen zu haben, überfahren. Ich musste an die zahlreichen Fliegen denken, die an der Windschutzscheibe zerplatzten. Da ärgerte man sich höchstens über die dreckige Scheibe.

Luisa sah traurig zu mir rüber. Nicht richtig traurig natürlich, nicht tief getroffen. Für einen Moment eben. So etwas vergisst man ja auch schnell wieder. Schade war es dennoch. Auch wenn ich nicht richtig erklären konnte warum. Igel wurden ständig überfahren. Bloß weil ich es diesmal selbst war?

Der restliche Morgen verlief ereignislos. Zumindest ohne berichtenswerte Vorkommnisse. Als die Sonne ziemlich genau über uns stand, erreichten wir eine etwas größere Stadt. Zuvor waren nur kleinere Orte auf unserer Strecke gelegen. Ich spürte, wie mir die Sonne auf den Kopf brannte. Ich würde mir eine Kappe, oder einen Hut kaufen müssen, wenn ich keinen Sonnenstich bekommen wollte.

Wir aßen zu Mittag. Im Freien. Luisa hatte ein italienisches Restaurant ausgesucht. Es schmeckte vorzüglich. Das Verlangen ein Glas Wein dazu zu trinken war groß, aber ich widerstand. Ich wollte nicht schon wieder Alkohol trinken. Vor allem nicht mittags.

Die Kellnerin schien tatsächlich Italienerin zu sein, ihrem Akzent und ihrem Aussehen nach zu urteilen. Luisa fragte sie nach Einkaufsmöglichkeiten. Sie verwies uns auf die Fußgängerzone und beschrieb uns den Weg dahin.

Wir bezahlten und ich erklärte mich einverstanden, mit Luisa durch die Stadt zu schlendern. „Nur so", wie sie sagte.

Allerlei Geschäfte säumten unseren Weg. Ein Laden, der nur Gummibärchen verkaufte. Ich erstand drei große Tüten. Luisa, die draußen gewartet hatte, schüttelte den Kopf, als sie mich herauskommen sah. „Das ist viel zu viel!" Ich blickte auf die Tüten. Dann zu ihr. „Wofür?" Sie schien mit meiner Frage nichts anfangen zu können und wechselte das Thema. „Kommen Sie mal mit! Ich habe ein Bekleidungsgeschäft entdeckt, während Sie im Schlaraffenland waren." Ich runzelte die Stirn. Sie deutete auf einen Punkt hinter mir. Ich drehte mich um und bemerkte nun auch, dass der Gummibärenladen 'Schlaraffenland' hieß.

Luisa kam auf mich zu, hakte sich ein und zog mich mit sich. „Los!"

„Ich brauche eine Kopfbedeckung", warf ich ihn den Raum. Oder auf die Straße. „Während der Fahrt", fügte ich erläuternd an.

„Hm, das ist gar nicht so einfach bei Ihnen," sagte sie nach kurzem Überlegen.

„Wieso das denn?" Ich hatte einen normalen Kopf. Hatte ich zumindest immer gedacht.

„Na ja, Sie sind zu alt für eine Schirmmütze und zu jung für einen Hut."

Es leuchtete mir nicht ein. Wieso war man überhaupt zu alt oder zu jung für irgendetwas. Wer entschied das?

„Wenn sie meinen."

„Eine normale Mütze?"

„Da schwitze ich mich ja zu Tode!"

Wie wäre es mit einem Tuch?", schlug sie vor.

„Um Gottes Willen! Ich bin doch kein Pirat!"

„Oder eine Baskenmütze?"

„Hm. Vermutlich das geringste Übel", sagte ich, auch wenn ich mir mich selbst nicht mit einer Baskenmütze vorstellen konnte.

„Wir finden schon etwas für Sie. Viel wichtiger aber ist, dass wir Ihnen ein paar neue Outfits kaufen!" Sie sagte es mit einer Bestimmtheit, die jeden Widerspruch zwecklos erscheinen ließ.

Ich seufzte.

Wir betraten das Geschäft. Eine übereifrige Verkäuferin schoss uns entgegen und begrüßte uns. Sie stellte allerlei Fragen. Ich ließ Luisa mit ihr reden. Es musste so aussehen, als sei ich ihr dementer Vater. Ich fühlte mich auch so. Ich erspähte einen freien Sessel. Ich sank in ihn. Die beiden Frauen wuselten durch den Laden. Ich ließ es geschehen. Ich saß einfach nur da und wartete.

Darauf, dass man mich anzog. Ich musste an den Igel denken.

39

Die Zeit stand still. Alles um mich herum geschah im Zeitraffer. Aber die Zeiger auf meiner Uhr bewegten sich nur schleppend vorwärts. Luisa manövrierte mich in eine Umkleidekabine und warf mir diverse Hosen und Hemden hinterher. Meistens gefielen ihr die Sachen nicht, die mir gefielen und umgekehrt. Ich kaufte die Schnittmenge.

Wir hatten keine probate Lösung für mein Kopfbedeckungsproblem gefunden. Luisa streifte durch einen Gang in dem Hüte hingen. Ich wiegelte ab. Ich hatte keine Lust mehr. Eigentlich hatte ich von Anfang an keine gehabt. Mittlerweile hatte ich noch weniger.

Ich schlug vor, irgendwo einen Kaffee mitzunehmen und zum Auto zurückzukehren.

„Und Ihr Kopf?", fragte sie.

„Der wird es überleben. Wenn ich bewusstlos werde, müssen Sie eben weiter lenken." Ich erspähte ein Café. Ich steuerte drauf zu.

Plötzlich war Luisa verschwunden. Nicht, dass sie sich plötzlich vor meinen Augen in Luft auflöste, aber als ich mich nach ein paar Metern zur Seite drehte, sah ich sie nicht mehr. Ich blickte mich um. Die Fußgängerzone war gut besucht. Überall stand, ging, telefonierte oder rauchte jemand. Mir fiel auf, dass ich den ganzen Tag nicht geraucht hatte. Ich fragte mich, warum. Ich zündete mir eine an. Währenddessen versuchte ich Luisa zu erspähen. Ich überlegte, ob ich nach ihr rufen sollte, aber erstens bezweifelte ich, dass sie mich hören würde und zweitens hasste ich es, wenn Leute das taten. Man brüllte in einer Menschenmenge nicht einfach herum. Genauso wenig wie man unvermittelt stehen blieb.

Ich ging ein paar Meter zurück. Ich ging nicht gegen den Strom. Es gab ja keinen. Aber es kam mir so vor.

Dann entdeckte ich sie. Sie stand vornübergebeugt da, eine Hand an ein Straßenschild gelehnt, die andere auf ihr linkes Knie gestützt. Ein Mann stand neben ihr und sprach mit ihr. Ich beschleunigte meinen Schritt. Ich ging neben ihr in die Hocke. Meine Gelenke krachten. Es tat nicht weh.

„Ist alles in Ordnung mit dir?", fragte ich sie überflüssigerweise.

Der Mann fragte mich, ob ich zu ihr gehörte. Ich dachte, vermutlich, antwortete aber mit ja. Er sagte noch etwas unerhebliches und ging seines Weges.

„Mir ist schwindelig geworden. Und Bauchschmerzen habe ich auch plötzlich." In der Nähe war eine Bank.

„Am besten Sie setzen sich erst mal. Schaffen Sie es so weit?" Ich deutete auf die Bank. Sie drehte den Kopf und nickte.

Langsam und immer noch gebückt, steuerte sie auf die Bank zu. Ich hatte den Arm um sie gelegt. Als würde ich sie stützen, was ich natürlich nicht tat. Symbolisch vielleicht. Mir wurde bewusst, dass ich Luisa soeben das erste Mal geduzt hatte. Unbewusst. Es wäre auch ein unpassender Moment gewesen, ihr das Du anzubieten. Sollte ich es ihr anbieten? Bei der richtigen Gelegenheit?

Ich war älter als sie, deshalb oblag es mir, auch wenn ich nicht verstand warum.

Warum muss man älteren Menschen automatisch mehr Respekt entgegen bringen? Älter zu sein, ist ja nicht gleichbedeutend damit, mehr geleistet zu haben. Lediglich länger gelebt zu haben, bedeutet es. Sonst nichts. Man hat auch mehr Zeit gehabt, schlechte Dinge zu tun. Kurzum überzeugt mich das Konzept nicht. Trotzdem hielt ich mich daran. Luisa konnte ja nicht wissen, dass ich es blödsinnig fand. Vielleicht sollte ich ihr nur sagen, dass sie mir das Du anbieten könne? Aber das war letztlich nicht weniger grotesk.

Wir hatten die Bank erreicht. Zwei ältere Damen machten uns Platz. Sie sahen besorgt zu Luisa. Ich schüttelte beruhigend den Kopf, um zu signalisieren, dass ich alles unter Kontrolle hatte. Eigentlich war es nur ein Bluff. Ich hatte ja keine Ahnung, ob alles in Ordnung war. Sie warfen mir einen Blick zu, der zu sagen schien, dass sie beide schon einmal schwanger gewesen waren, im Gegensatz zu mir. Dennoch trollten sie sich.

Wir setzten uns.

40

Ich ließ Luisa kurz allein und besorgte eine Flasche
Wasser aus einem unweit entfernten Supermarkt. Sie
bedankte sich dafür, nippte aber nur ein paar Mal daran.
Sie schwitzte, ihr Gesicht glänzte blass. Zwar schien die
Sonne, aber es war nicht so warm, als dass es daher hätte
rühren können. Wir saßen eine Weile auf der Bank.
Schweigend. Ich fragte sie schließlich, ob es noch etwas
gab, dass ich für sie tun, womit ich ihr helfen könnte.
Ob es besser wäre, zum Arzt zu gehen? Sie verneinte.
Ich musste an den gestrigen Abend denken und was der
namenlose Architekt gesagt hatte. Irgendwie fiel es mir
leichter, Luisa kluge Ratschläge zu geben, als mir
gegebene zu befolgen. Wahrscheinlich ist das aber keine
bahnbrechende Erkenntnis. Vielmehr ist es nur ein
Fragment offensichtlicher menschlicher Unvernunft.
Eine Facette. Das Denken des Menschen ist zu
individuell, um logisch zu sein. Es ist zu sehr beeinflusst
von Gefühlen, Erfahrungen. Das hat auch nichts mit
der Frage zu tun, ob es absolute Wahrheiten gibt. Das
ist müßig. Da muss man sich nicht philosophierend im
Kreis drehen, keinen kategorischen Imperativ, an den
sich keiner hält, bemühen, auch wenn dies vernünftig
wäre. Das ist mir ohnehin zu abstrakt. Man handelt
nicht vernünftig. Das ist meine Meinung. Sich selbst
gegenüber am allerwenigsten.
Ich beobachtete eine Taube. Sie pickte auf den
Überresten eines Croissants herum. Sie flatterte hektisch

aus dem Weg, wenn ihr ein Passant zu nahe kam, kehrte aber, sobald sie sicher war, dass ihr keine Gefahr mehr drohte, zu ihrer Beute zurück. Ich weiß nicht, warum ich Beute dachte und nicht Futter. Ich dachte es eben.

Ich schaute zu Luisa. Es war wieder etwas Farbe in ihr Gesicht zurückgekehrt. Ob sie wohl hinter dem Vorhang aus Unwohlsein auch über irgendetwas nachdachte? Oder waren Schmerz und Schwindel zu einnehmend? Manchmal war es ja auch besser sich abzulenken, seine Gedanken auf etwas anderes zu lenken, als auf das eigene Befinden. Ich überlegte wie ich sie ablenken sollte.

Ich bot ihr Gummibärchen an. Sie lehnte ab. Es war eine blöde Idee.

Sie atmete hörbar ein und aus. Ich fühlte mich verantwortlich für sie. Schließlich war ich es gewesen, der sie überzeugt hatte mich zu begleiten. Natürlich hätte sie sich jederzeit dagegen entscheiden können. Aber es änderte nichts. Sie reiste mit mir, nicht ich mit ihr. Irgendwie reisten wir auch nicht zusammen.

„Mein Großvater hat Tauben gezüchtet. Keine Brieftauben. Eigentlich hat er sie auch nicht richtig gezüchtet. Vielmehr hielt er sie." Ich deutete auf die Taube vor uns. Sie war immer noch mit dem Croissant beschäftigt.

„Er hatte einen Verschlag hinter dem Haus. War man im Garten hörte man es unentwegt gurren. Meine Großmutter hasste die Tauben. Es wären die nutzlosesten Tiere überhaupt, sagte sie immer. Lediglich alles vollscheißen, das könnten sie. Das war ihr exakter

Wortlaut. Sie war immer eine sehr direkte Frau gewesen. Aber sie musste meinen Großvater wohl mehr geliebt haben, als sie die Tauben hasste.

Als kleines Kind hatte ich immer ein wenig Angst vor ihr gehabt. Sie hatte stahlblaue Augen, die einen durchdrangen. Sie wusste sofort, wenn ich etwas angestellt hatte. Und es war, als würde sie einem mit ihrem Blick die Wahrheit aus dem Kopf ziehen.

Aber je älter ich wurde, desto mehr mochte ich sie. Ich glaube bei ihr war es nicht so. Sie hat mich immer gemocht. Egal, ob ich etwas angestellt hatte.

Sie verstarb kurz nach meinem achtzehnten Geburtstag. Am Abend vorher hatte sie sich schlafen gelegt und am Morgen war sie einfach nicht mehr aufgewacht."

Ich war mir nicht mal sicher, ob mir Luisa überhaupt zuhörte. Ich war mir außerdem nicht mehr sicher, ob ich die Geschichte ihretwegen erzählte. Ich hatte meine Großmutter nicht vergessen. Aber ich hatte schon lange nicht mehr an sie gedacht.

„Es wäre vermutlich eine Weile gar nicht aufgefallen, wäre sie just an diesem Tag nicht mit meiner Mutter verabredet gewesen. Sie verpasste keine Termine. Dazu war sie zu akkurat.

Ich erinnere mich noch ziemlich gut an den Tag ihrer Beerdigung. Ich war am Boden zerstört. Vielleicht weil es unerwartet kam. Das Gefühl der Trauer war so intensiv. Viel intensiver als beim Tod meiner Eltern. Sicher, ich war noch jünger und hatte weniger Erfahrungen mit dem Tod. Trotzdem. Ich würde alles dafür geben noch einmal mit ihr zu reden. Nicht als

Junge. Jetzt. Ich glaube sie hatte einen einmaligen Blick auf das Leben, den ich damals nicht verstand, nicht verstehen konnte." Die Sätze sprudelten aus mit raus. Mittlerweile war ich mir sicher, dass ich nicht mit Luisa sprach.

Wenn du mal an einen Fluss kommst, mein Junge, suche nicht nach einer Brücke. Es waren ihre Worte gewesen, als ich ihr erzählt hatte, dass sich andere Kinder über mich lustig gemacht hatten. Damals hatte ich natürlich keine Ahnung, was sie damit meinte. Sie hatte dann noch andere Dinge gesagt, die ich verstand und die mich beruhigten. Ich erinnere mich nur noch an diesen Satz.

War diese Reise eine Brücke?

41

Wir saßen noch eine Weile auf der Bank. Luisas
Zustand besserte sich zusehends. Sie atmete wieder
normal. Wir unterhielten uns. Nicht nur ich mich mit
ihr. Auch sie sagte ab und an etwas. Wir sprachen über
nichts von Belang. Einmal lachte sie sogar. Ich wertete
es als Zeichen, dass es ihr wieder gut ging.
Ein älterer Mann baute sich einige Meter von uns
entfernt auf.
Ich frage mich immer, ob die Beschreibung 'älterer
Mann' eine objektive ist. Älter als was? Er war wohl
nicht mal älter als ich. Trotzdem fühlte es sich instinktiv
richtig an, ihn so zu beschreiben. Ich würde mich selbst
auch als älteren Mann bezeichnen. Dennoch war es eine
unscharfe Beschreibung. Ab wann war man kein älterer
Mann mehr? Ab wann war man ein alter Mann?
Er hielt ein Akkordeon in den Händen. Er setzte sich
auf einen Campingstuhl und stellte eine Schachtel vor
sich auf den Boden. Er blickte sich um. Sein Gesicht
war faltig. Ohne sein genaues Alter zu kennen, wirkte es
faltiger, als es hätte sein dürfen. Gezeichnet. Er trug
einen Bart. Keinen Vollbart. Es wuchs zu unkontrolliert,
um ihn als solchen zu bezeichnen. Über den Lippen
hatte er diese untrügliche, gelbliche Färbung. Er war
Raucher.
Er trug eine braune Cordhose, sowie ein Hemd und
eine graue Weste darüber. Trotz allem wirkte er eher
willentlich, denn notwendigerweise heruntergekommen.

Er begann zu spielen. Ich erkannte die Melodie, konnte sie aber zunächst nicht zuordnen. Ich grübelte. Es lag mir auf der Zunge. Mehr aber auch nicht.

„Die Pause tat mir gut. Ich glaube, ich habe mich zu sehr verausgabt dabei, Ihnen eine neue Garderobe auszusuchen", sagte Luisa plötzlich.

Ich wurde aus meinen Gedanken gerissen.

„Sind Sie sicher, dass es ihnen gut geht, dass es nichts ernstes ist?" Ich war zwar nie schwanger gewesen. Aber meine Frau. Dadurch fühlte ich mich zumindest nicht völlig ahnungslos. Ich hatte zwar dennoch nur Plattitüden zu bieten, aber sie schienen mir berechtigter, fundierter. Eigentlich war es Unsinn.

„Nein, sicher bin ich mir natürlich nicht. Aber es fühlt sich viel besser an. Ich glaube es war nur ein Moment. Es war einfach zu viel Action. Ich vergesse ab und zu, dass ich schwanger bin."

„Hm, das müssen Sie wissen. Letztlich ist es Ihre Entscheidung. Ich möchte nur nicht, dass Sie sich gehetzt fühlen. Das Meer wartet auf uns. Es ist auch einen Tag später noch da." Eigentlich war das ja nur eine Vermutung. Streng betrachtet.

„Ja, ich weiß, Sie haben Recht. Sollte es nochmal vorkommen, werde ich einen Arzt aufsuchen. Aber ich will auch nicht zu diesen Frauen gehören, die wegen jeder Kleinigkeit zum Arzt hetzen. Ich will mich nicht die ganze Schwangerschaft von Sorge treiben lassen. Es wird alles gut werden." Vor dem letzten Satz hatte sie eine Pause eingelegt, gezögert. Sie sagte ihn, als wollte sie sich selbst von seinem Wahrheitsgehalt überzeugen, sich selbst vergewissern, dass sie die Kontrolle über alles hatte. Über sich, über ihr Kind.

Ich glaube nicht, dass man für alles Gute im Leben, das einem geschieht in irgendeiner Art und Weise bezahlen muss. Dass es einen Ausgleich gibt. Irgendeine Form von Karma. Ich halte das für unrealistisch.

Ob sie bereits eine Ahnung hatte? Ein Gefühl, dass ihr sagte, dass diese Reise nicht gut für sie enden würde? Für sie nicht? Für ihr Kind nicht? Es war reine Spekulation. Vielleicht hatte sie sich auch gar nichts dabei gedacht. Man dachte sich ja häufig nichts bei etwas.

Ich bin mir rückblickend auch nicht mehr sicher. Damals gab es ja noch keinen Kontext, in den ich ihre Worte bringen konnte. Vielleicht fällt mir das alles grade erst in diesem Moment, in dem ich all das niederschreibe, auf. Vielleicht erinnere ich mich auch nur falsch.

„Lassen Sie uns zum Auto gehen und weiter fahren!", schlug sie vor. Ich nickte.

Wir schlenderten den Weg zurück.

„Roxy Music!", rief ich plötzlich erleichtert.

„Wie bitte?"

„Roxy Music! Der Akkordeon-Spieler! Es war ein Song von Roxy Music. More than this!" Ich fühlte mich befreit.

42

Nach einiger Zeit hatte Luisa ihre gute Laune wiedererlangt. Sie war in Gedanken vertieft. Aber sie wirkte zufrieden.

Wir fuhren wieder einmal Landstraßen entlang. Sie schlängelten sich scheinbar ziellos durch die Landschaft, gelegentlich verziert von Ortschaften. Wie Perlen an einer Kette. Von oben betrachtet.

„Morgen um diese Uhrzeit sind wir am Meer!", sagte Luisa unvermittelt.

Ich war mir nicht ganz sicher, ob das stimmte. Aber ungefähr.

„Und dann?", fragte sie.

„Ich verstehe die Frage nicht."

„Was passiert dann? Wir können ja nicht einfach nur am Meer sein. So ohne eine Tätigkeit. Und wie lange bleiben wir? Fahren wir danach zurück?"

Ich musste zugeben, dass ich mir darüber noch gar keine Gedanken gemacht hatte. Absichtlich. Ich wollte ja nicht vorausplanen. Einfach nur aus dem Moment heraus entscheiden. Aus dem Bauch heraus.

„Wieso wollen Sie das alles wissen?", fragte ich sie.

„Keine Ahnung. Ich weiß so gar nicht, was auf mich zu kommt. Was passieren wird. Irgendwie finde ich das seltsam. Sie nicht?"

„Doch. Aber nicht schlecht seltsam. Gut seltsam. Ich finde es gut, endlich mal nicht zu wissen, was morgen sein wird. In meinem ganzen erwachsenen Leben stand der nächste Tag schon vorher fest, wusste ich, was passieren würde. Bis mir meine Frau gezeigt hat, dass man es eben doch nicht immer wusste. Dass letztlich nichts sicher ist. Also wieso dann planen?"

Sie sagte zunächst nichts. Sie schaute aus dem Seitenfenster und spielte mit einem Finger mit ihren Haaren.

„Manchmal finde ich Sie anstrengend", sagte sie dann nach einer Weile.

Mit dieser Aussage hatte ich nicht gerechnet. Ich sah zu ihr und runzelte die Stirn.

„Wie meinen Sie das?"

„Ach, Sie antworten immer so umständlich. Und Sie denken sich immer so viel dabei." Sie zögerte. „Und es ist auch nicht spontan, wenn Sie sich ständig bemühen müssen, nicht zu planen. Sie planen sozusagen nicht zu planen. Ich meine -" Sie zögerte erneut. „Wem wollen Sie etwas beweisen? Mir? Sich selbst? Ihrer Frau?"

Ich überlegte. Wollte ich das vielleicht wirklich? War das alles nur eine Demonstration? Aber gegenüber wem? Klar wollte ich die Reise machen, um etwas zu tun, was ich zuvor nie getan hatte. Spontan. Unüberlegt. Das hatte ich auch schon gewusst, bevor ich aufgebrochen war. Aber bloß weil ich es bewusst tat, hieß es ja nicht, dass ich irgendjemandem damit etwas beweisen wollte. Oder, dass es weniger spontan war. Oder etwa doch?

„Ich glaube nicht, dass es das ist. Vielleicht haben sie insofern recht, dass ich dazu neige Dinge zu umständlich zu betrachten. Selbst gerade jetzt, da ich versuche so unkompliziert und willkürlich wie möglich in den Tag zu leben, muss ich mir diese Tatsache mühsam zurecht konstruieren."

„Sich häuten ist scheinbar auch beim Menschen nicht so einfach."

„Sich häuten?"

„Na ja, ich weiß auch nicht warum mir dieser Gedanke kam. Aber irgendwie häuten Sie sich gerade. Wie eine Schlange."

Das Bild gefiel mir. Ich musste grinsen.

„Ich würde vorschlagen, wir suchen uns eine nette Unterkunft und bleiben so lange wie es uns gefällt. Und eine Beschäftigung finden wir dann bestimmt auch. Ist Ihnen das Planung genug?", fragte ich sie.

Sie lachte. „Sehen Sie, Sie können auch einfach antworten. Dann hätten Sie sich die ganze Philosophiererei sparen können."

„Jetzt tun Sie nicht so, als würde ich nur hochtrabende Gedanken äußern. Oder fühlen Sie sich intellektuell überfordert?"

Sie boxte mich an die Schulter.

„Wenn ich das Lenkrad verreiße, ist es ihre Schuld!", sagte ich, mit gespielter Entrüstung.

Wir plauderten noch eine Weile weiter. Unsinniges Zeug. Machten uns übereinander lustig und hatten gute Laune.

Der Tag zog an uns vorbei. Wir waren nur Zuschauer.

Wir fanden ein Hotel, in dem wir die letzte Nacht fern des Meers verbrachten. Jeder hatte ein eigenes Zimmer.

Wir aßen zu Abend. Danach tranken wir noch ein Glas Wein.

Ich betrachtete die goldgelbe Flüssigkeit in meinem Glas. Schwenkte es hin und her. Luisa erzählte etwas. Ich hörte nur mit einem Ohr zu. Ich ging nochmal unser Gespräch im Auto durch.

„Wem wollen Sie eigentlich etwas beweisen?", fragte ich Luisa.

43

Sie trank ihren letzten Schluck, hielt das Glas noch einen Moment in der Hand und stellte es dann auf dem Tisch ab. Sie hatte ohnehin nur ein kleines bisschen getrunken. Sie wollte ja keinen Alkohol trinken. Und sollte auch nicht. Ich hatte nichts gesagt. Ich wollte sie nicht bevormunden.

„Ich antworte Ihnen jetzt einfach mal nicht auf ihre Frage", sagte sie. „Nicht jetzt!", fügte sie an.

„Ihre Entscheidung." Ich fand es nachvollziehbar. Es war eine Frage, die sich wohl nicht in wenigen Sätzen beantworten ließ. Luisa schien nicht in der Stimmung zu sein, weiter auszuholen.

Sie wechselte das Thema und wir unterhielten uns noch, bis ich ausgetrunken hatte. Ich bezahlte. Mir fiel auf, dass stets ich bezahlte. Es störte mich nicht. Seltsam fand ich es trotzdem.

Ich beschloss mich heute nicht erneut an die Hotelbar zu setzen. Es gab auch keine. Zumindest nicht so richtig. Es gab etwas, das vermutlich im Katalog unter 'Bar' geführt wurde. Aber eigentlich war es keine. Es gab keinen Tresen, an dem man sitzen konnte. Dann war es auch keine Bar. Nicht für mich.

Stattdessen wollte ich früh schlafen gehen. Energie sammeln. Für den morgigen Tag. Für das Meer. Ich wollte es nicht durch den neblig grauen Schleier der Müdigkeit wahrnehmen, der heute vor meinen Augen gelegen hatte.

Wir gingen auf unsere Zimmer. Wir verabschiedeten uns im Flur, wünschten uns eine gute Nacht. Eine kurze Umarmung. Ich glaube sie war kurz, weil wir es beide für richtig erachteten. Keiner von uns beiden wollte den Eindruck vermitteln, dass man etwas anderes als eine platonische Reisegemeinschaft war. Eigentlich ging es nicht nur um den Eindruck. Wir wollten beide nichts anderes.

Nicht, dass wir uns abstießen. Das nicht. Sicher, sie war schwanger, ich war alt. Aber das heißt ja nichts. Das war nicht der Punkt. Es war gut, wie es war. Ich hatte sie zwar nie darauf angesprochen, aber ich war mir sicher, dass sie genauso dachte wie ich. Ich wollte es auch nicht ansprechen. Es gab keinen Grund dafür.

Ich erledigte die Dinge, die man erledigte, bevor man sich schlafen legt. Das Bett war bequem. Ich schlief sofort ein.

Als ich aufwachte, erinnerte ich mich das erste Mal, seitdem ich zuletzt bei Luisas Vater übernachtet hatte, an einen Traum. Es war wieder ein seltsamer.

Ich befand mich auf einem Schiff. Kein besonders großes. Kein Kreuzfahrschiff oder so. Ich denke es war eher ein Kutter. Der Himmel war klar. Keine einzige Wolke weit und breit. Dennoch war es kalt. Der Wind war geradezu eisig. Es war kein Fahrtwind. Ich war mir sicher, mich nicht von der Stelle zu bewegen.

In jede Richtung nur Meer. Keine Szenerie. Ich suchte den Horizont in alle Richtungen ab. Kniff die Augen zusammen, beim Versuch irgendwo Land zu entdecken. Nichts. Nur Wasser. Und die Sonne, direkt über mir.

Ich sah an mir herab und bemerkte, dass ich nackt war. Ich trug dicke Stiefel. Das war's. Keine Hose. Keine Jacke. In diesem Moment wurde mir klar, dass ich träumen musste. Alles andere würde keinen Sinn ergeben. Dies schien mir mein Verstand noch zuzuflüstern. Aber ich wachte nicht auf, was ich merkwürdig fand. Ich hatte noch nie geträumt und war mir dabei dessen bewusst gewesen.

Ich ging das Schiff ab. Sah mich um. Ein kleine Hütte, in der sich die Steuerelemente befanden. Ich weiß nicht, wie man es richtig bezeichnet. Ich kenne mich damit nicht aus.

Ich wollte den Motor anschalten. Der Schlüssel steckte. Aber es war alles nur Attrappe. Der Schlüssel. Das Steuerrad. Die Anzeigen. Pappe. Unbeweglich.

Ich fand einen alten, ausgebeulten Trenchcoat. Der war echt. Ich zog ihn an. Ich kam mir vor wie ein Exhibitionist. Auch wenn es eine sehr banale Assoziation war.

Ich setzte mich im Schneidersitz mitten auf das Deck. Blickte mich um und wartete. Und es geschah schlicht und ergreifend nichts. Ich bewegte mich ja nicht vorwärts. Und nichts bewegte sich zu mir. Was sollte also geschehen? Ich langweilte mich. Und doch wachte ich nicht auf. Ich wusste nicht, wie lange ich da saß. Es kam mir ewig vor. Es gab keine Zeit.

Das Holz auf dem ich saß, war Dank der Sonneneinstrahlung und trotz der Kälte recht warm. Irgendwann schlief ich ein. Dadurch wachte ich auf.

Ich lag eine Weile im Bett und dachte darüber nach. Ein ärgerlicher Traum. Ich langweilte mich sogar im Schlaf. Ich beschloss aufzustehen und duschen zu gehen. Ich hatte nicht auf die Uhr gesehen. Warum auch immer.

44

Als ich mich abgetrocknet und geföhnt hatte, schob ich
die Vorhänge zur Seite. Es war noch dunkel. Ich sah auf
die Straße. Kein Verkehr. Niemand. Die Straßenlaternen belegten alles mit einem matten, orangen Licht.
Es regnete leicht. Man sah es fast nur im direkten Schein
der Lampen. Autos parkten auf dem Bordstein. Warteten. Dann fuhr doch noch jemand auf einem Fahrrad
vorbei. Er hatte scheinbar nicht mit Regen gerechnet.
Zumindest war er nicht so gekleidet.
Ich ließ vom Fenster ab und zog mich an. Ich überlegte,
ob ich etwas von den neuen Sachen anziehen sollte und
entschied mich dagegen.
Mein Blick streifte meinen Wecker. Es war kurz vor
fünf. Ich war überrascht. Ich fühlte mich ausgeschlafen.
Ich setzte mich auf die Bettkante und zog mir Socken
an. Was sollte ich jetzt tun? Luisa zu wecken kam nicht
in Frage. Auch wenn es unserer Abmachung ent-
sprochen hätte. So war es ja nicht gedacht gewesen.
Ich verließ mein Zimmer. Schaute den Flur auf und ab.
Gespenstische Stille. Ich schloss die Tür hinter mir. Ich
ging in Richtung Aufzug. Ohne zu wissen warum. Es
gab nichts für mich zu tun.
Ich drückte den Knopf und wartete. Ich fuhr nach
unten. Ins Erdgeschoss.
Ein Mann im Anzug saß an der Rezeption. Selbst um
diese Uhrzeit noch. Oder schon. Er blätterte in einem
Magazin, das er rasch zur Seite legte, als er mich

erblickte. Er wünschte mir einen guten Morgen. Also doch Morgen. Nicht mehr Nacht. Wo auch immer die Grenze verlief. Ich denke, es ist eine individuelle Entscheidung. Für ihn war es Morgen. Oder dachte er nur, dass es meiner Wahrnehmung entspräche?

Ich blickte mich im Eingangsbereich um. Alles war stilvoll. Die Sofas. Der Teppichboden. Die Gemälde an den Wänden. Es kam mir beinahe ein wenig übertrieben vor. Es wirkte so krampfhaft stimmig. Ich musste ein wenig verloren wirken, wie ich so da stand.

Ich beschloss spazieren zu gehen. Was hätte ich auch sonst tun können? Bücher hatte ich keine mitgenommen. Die Geschäfte waren alle geschlossen. Ich konnte schließlich nicht die nächsten Stunden im Foyer des Hotels herumstehen.

Ich trat vor die Tür. Erst Marmor, dann Asphalt lösten den Teppichboden ab. Ich konnte jeden meiner Schritte nachhallen hören. Klack, klack. Es erzeugte sofort ein Gefühl von Einsamkeit. Ich war es nicht gewohnt, meine Schritte so deutlich wahrzunehmen. Üblicherweise gehen sie sonst im Lärm des Alltags unter. Alles geht unter.

Ich bog nach links ab. Es spielte ja keine Rolle wohin ich ging. Die Umgebung wirkte surreal. In keinem der Häuser brannte Licht. Die Straße lag einfach nur da. Niemand bediente sich ihrer. Es regnete immer noch. Winzige Tropfen benetzten mein Gesicht. Es störte mich nicht. Es war nicht sonderlich kalt.

Eine schwarze Katze huschte wenige Meter von mir entfernt unter ein Auto. Ich hatte sie wohl aufgeschreckt. Sie war nur kurz stehen geblieben um mich aus ihren Augen anzufunkeln. So kam es mir zumindest vor. Vermutlich musterte sie mich lediglich und überlegte, ob Gefahr von mir ausging. Trotz der Stille konnte ich keine ihrer Schritte hören.

Ich beschloss nicht mehr länger auf dem Gehsteig zu laufen, sondern direkt auf dem Mittelstreifen der Straße. Etwas, was man zu anderen Uhrzeiten nicht tun konnte. Ich zündete mir eine Zigarette an und blieb stehen. Mitten auf der Straße. Ich blies den Rauch direkt in den Lichtkegel der Straßenlaterne. Beobachtete wie er sich wand und langsam auflöste. Für immer verschwand. Der Geruch blieb noch ein wenig, doch schon bald würden alle Spuren verschwunden sein. Von mir. Und der Tatsache, dass ich an dieser Stelle um fünf Uhr morgens auf der Straße gestanden war und geraucht hatte. Niemand beobachtete mich dabei. Vermutlich. Für jeden anderen Menschen außer mir, war es nie passiert.

Als ich mit der Zigarette fertig war, warf ich sie auf den Boden und drückte sie mit dem Fuß aus. Eigentlich war es sinnlos, ich tat es trotzdem. Sie wäre auch von selbst erloschen.

Irgendwann kam mir ein Lieferwagen entgegen. Ich verließ frühzeitig die Straße. Der Fahrer sah mich irritiert an und schüttelte den Kopf. Er fuhr einfach weiter. Sekunden später war er verschwunden. Für eine Szene hatte ich eine Nebenrolle in seinem Leben gespielt. Und er in meinem. Wir würden einander bald vergessen.

45

Als wir wieder im Auto saßen, hatte sich der Regen bereits verflüchtigt. Die Sonne hatte wieder die Oberhand gewonnen. Wir fuhren mit offenem Verdeck. Ich war nach meinem Spaziergang wieder ins Hotel zurückgekehrt und hatte mich in mein Bett gelegt. Ich schlief nicht wirklich. Ich nickte nur ein paar Mal für wenige Augenblicke weg. So kurz, dass ich mir nicht sicher war, ob ich tatsächlich geschlafen hatte. Lediglich die Absurdität meiner Gedanken sprach dafür, dass ich nicht die ganze Zeit wach gewesen sein konnte.

„Mein Mann hat mich gestern Abend angerufen", sagte Luisa. Bäume zogen rechts und links an uns vorbei. Ich individualisierte sie nicht. Sie waren Fassade. Wie bei einem Theaterstück.

Ich überlegte, ob ich antworten sollte. Aber sie hatte mich eigentlich gar nichts gefragt. Ich vermutete, dass sie von sich aus fortfahren würde. Sie tat es.

„Erst sagte er, er wolle hören wie es mir ginge. Mir und dem Baby. Wir haben einander erzählt, was die Tage, seitdem Sie und ich aufgebrochen sind, passiert ist. Ich redete eine viertel Stunde. Er keine Minute."

„Haben Sie sich gestritten?", fragte ich.

„Nein. Ich denke nicht." Sie richtete eine Haarsträhne.

„Dann ist doch alles gut. Über was haben Sie noch gesprochen? Geht es ihm gut?"

„Ihm geht es gut. Aber verstehen Sie denn nicht, was ich damit sagen will?" Sie sah mich an.

„Womit?"

„Er hat keine Minute gebraucht. Keine Minute, um von seinen letzten beiden Tagen zu erzählen." Luisa seufzte.

„Hm."

„Es ist ja nicht so, als würde er mir etwas vorenthalten, oder mir nicht alles erzählen. Er hat mir alles erzählt. Alles. Mehr war da einfach nicht. Zwei Tage passen in eine Minute."

„Was erwarten Sie denn? Sie können nicht jeden Tag einen Löwen bändigen, ein Kind vorm Ertrinken retten und abends ein Konzert der Rolling Stones besuchen." Ich war selbst überrascht, ob der Auswahl meiner Beispiele. Eine merkwürdige Zusammenstellung.

„So laufen die Tage nun einmal nicht ab! Das wissen Sie genauso gut, wie ich. Und egal für welches Leben Sie sich entscheiden, es wird immer diese Tage geben, die keinen Stoff für Geschichten liefern."

„Wieso müssen Sie mir immer widersprechen?" Sie wirkte gereizt.

„Das tue ich doch gar nicht. Aber legen Sie doch nicht alles auf die Goldwaage. Gestern noch haben Sie mir vorgeworfen ich würde alles durchdenken. In alles etwas hineininterpretieren. Jetzt machen Sie genau das gleiche!"

Luisa suchte etwas in ihrer Handtasche. Einen Kaugummi. Als wollte sie Zeit gewinnen.

„Vielleicht. Ich bin kein Kind mehr. Ich weiß, dass es nicht jeden Tag neue Abenteuer zu erleben gibt. Das erwarte ich ja auch gar nicht. Nur die Aussicht auf -" Sie hielt inne.

„Auf?"

„Darauf ab und an trotzdem eins zu erleben. Die Möglichkeit."

„Sie sind wirklich nicht zu beneiden!"

Sie nickte geistesabwesend.

„Nicht deshalb!", sagte ich.

„Sondern?"

„Weil Sie schwanger sind!"

„Wie bitte?" Sie wirkte irritiert, als ob sie überlegte, ob meine Aussage unpassend, oder gar beleidigend war. Und falls nicht, was sie stattdessen war.

„Wären Sie es nicht, hätte ich Ihnen jetzt empfohlen Alkohol zu trinken und eine Zigarette zu rauchen. Vielleicht sogar einen Joint. Manchmal ist es gar nicht so verkehrt, sich ein wenig zu benebeln. Sich auszuklinken. Es vertreibt böse Gedanken."

„Sind sie völlig übergeschnappt? Ich kann mich doch nicht mein restliches Leben nur besaufen. Oder zudröhnen!"

Ich musste lachen.

„Das war nicht so ernst gemeint. Nicht so richtig zumindest. Entschuldigen Sie. Das war unangebracht."

Links von uns schlängelte sich seit einiger Zeit ein kleiner Fluss. Er wich der Straße nicht von der Seite. Oder umgekehrt. Ein Reiher stand im seichten Wasser unweit des Ufers. Er schüttelte sich. Wassertropfen flogen in alle Himmelsrichtungen davon.

„Haben Sie schon einmal einen Joint geraucht?", fragte mich Luisa.

154

„Ja. Aber es ist schon ewig her. Als Teenager", antwortete ich wahrheitsgemäß. „Das eine oder andere Mal als Student, nie regelmäßig", fügte ich hinzu. „Sie?"

„Regelmäßig. Angefangen hat es, da war ich, glaube ich, fünfzehn. Auch ein Teenager eben. Meistens auf Partys. In Gesellschaft. Selten alleine.

Mein Mann ist kein großer Freund davon. Er würde es mir nicht verbieten, oder so etwas.

Dennoch habe ich schon lange vor meiner Schwangerschaft meinen letzten Joint geraucht." Sie strich ihr Kleid zurecht.

„Übrigens ist der gelegentliche Konsum von Marihuana während der Schwangerschaft nicht problematisch. Behauptet zumindest mein Frauenarzt."

„Was wollen Sie mir damit sagen?"

Sie hob die Augenbrauen.

46

Die nächsten Stunden verliefen ereignislos. Wir plauderten über alles mögliche. Nichts jedoch, was uns wirklich betraf. Es war unterhaltsam.

Der Himmel war weiterhin klar. Nur kleine Wolkenfetzen zogen gelegentlich über uns hinweg. Sie bewegten sich schnell voran, als hätten sie es eilig. Scheinbar blies ein kräftiger Wind. Weiter oben. Ich wertete es als Zeichen, dass wir uns der Küste näherten. Die Bäume jedoch wiegten sich nur träge hin und her. Der Wind nahm wohl mit zunehmender Höhe ebenso zu. Ich überlegte kurz, warum dem so war, beschloss aber, dass es mir egal war. Ich war ja kein Meteorologe. Überhaupt hielt ich das ganze Bohei, das darum gemacht wurde, wie das Wetter werden würde, schon immer für völlig bescheuert. Es wurde halt irgendwie. Mal regnete es eben und mal nicht. Aber wann genau war mir gleich. Man konnte ja auch einfach aus dem Fenster schauen.

Luisa schlief eine Weile. Ich fuhr. Mehr war ja auch nicht zu tun. Ich begann mich zu langweilen. Die Straße war wenig anspruchsvoll. Keine scharfe Kurven, oder Engstellen. Ich fuhr schneller. Es änderte nichts. Ich überlegte, ob ich ruckartig lenken sollte, so dass Luisa davon aufwachte. Ich könnte ja behaupten, ich sei einem Igel ausgewichen. Ich verwarf den Gedanken. Stattdessen rauchte ich. Ich drehte das Radio an. Leise. Auf keinem der Sender lief etwas, das mir gefiel. Auf einem lief Verdis Nabucco. Die Ouvertüre. Ich erkannte es sofort. Ich hatte Klassik nie mit Begeisterung gehört. Aber dieses Stück mochte ich. Ich sah zu meiner Beifahrerin. Sie schlief immer noch. Ich entschied mich, keine Rücksicht darauf zu nehmen. Ich drehte die Lautstärke voll auf. Subito crescendo! Luisa schreckte auf. Sie blickte entsetzt erst zu mir, dann auf das Radio. Sie schien den letzten Schritt durch die Schwelle zwischen Traum und Wirklichkeit noch nicht gemacht zu haben.

Dann realisierte und analysierte sie die Situation.

„Was zum Teufel?-“, mehr brachte sie nicht hervor.

Ich grinste zufrieden.

„Das kann man nur laut hören!“, führte ich zur Verteidigung an.

Sie rieb sich mit der linken Hand die rechte Schläfe. Dann seufzte sie. Ich konnte es ihr nicht verdenken.

„Hören Sie doch einfach mal zu. Regen Sie sich danach über mich auf!“

Am liebsten hätte ich die Augen geschlossen. Einfach nur Fahrtwind. Und Musik. Sonst nichts. Das Gefühl durchatmen zu können. Tiefer als sonst. Als sog man den Moment dabei gleich mit in sich auf. Nur atmete man ihn nicht wieder aus. Man verstaute ihn.

Aber das konnte ich natürlich nicht tun. Ich musste ja fahren. Obwohl es nur geradeaus ging. Was sollte schon passieren?

Ich haderte. Dann schloss ich die Augen für eine Sekunde. Öffnete sie wieder. Nichts war geschehen. Wir waren nicht mehr am selben Fleck, sicher. Aber sonst nichts.

Ich überlegte, ob es verantwortungslos war, was ich tat. Eine schwangere Frau saß neben mir. Abhängig von meinen Entscheidungen. Ich blickte voraus. Keine Kurve war in Sicht.

Ich schloss die Augen. Für drei Sekunden diesmal. Grob. Das Orchester spielte hingebungsvoll. So kam es mir zumindest vor, so klang es. Dann sah ich mich um. Luisa blickte nicht in meine Richtung. Sie bemerkte nicht, was ich trieb. Sie lauschte tatsächlich. Ich war mir zumindest recht sicher, dass sie es tat. Während Szenerie an ihr vorbei rauschte.

Erneut blickte ich voraus. Die Straße stieg an. Ein kleiner Hügel lag vor uns, die Kuppe nicht allzu weit entfernt. Ich beschloss kurz davor die Augen zu schließen und sie erst wieder auf dem Scheitelpunkt zu öffnen. Die Straße pflügte weiterhin gerade durch die Landschaft.

Wir näherten uns. Ich schloss die Augen. Wir fuhren. Ich zählte in Gedanken die Sekunden. Eins, zwei, drei, vier. Ich spürte wie wir den höchsten Punkt erreichten. Fünf. Ich öffnete die Augen.

Nabuccos Ouvertüre näherte sich ihrem Finale. Die Landschaft endete kurz bevor sie den Horizont berührte. Der Himmel bildete keinen Kontrast mehr zum Grün unserer Umgebung. Er verschwamm mit dem Blau des Wassers.

Des Meers.

III

47

Es war ein merkwürdiges Gefühl so plötzlich das Meer
vor mir zu sehen. Ich fühlte mich unvorbereitet. Wie
selbstverständlich hatten in den letzten Tage neue
Landschaften die vorbeiziehenden abgelöst. Wie
Endlospapier. Doch selbst dieses hat ein letztes Blatt,
eine letzte Seite. Es gibt immer eine letzte Seite.
Unumstößlich.
Die Küste war zwar noch eine Autostunde oder zwei
entfernt, sie hatte sich ja grade erst aus dem Horizont
herausgeschält. Aber eigentlich waren wir da. Am Ziel.
Zumindest an dem, das wir uns gesetzt hatten. Rein
geographisch.
Ich schielte zu Luisa hinüber. Ich glaubte nicht, dass sie
es bereits realisiert hatte. Sie schien sich darauf zu
konzentrieren, die Musik zu ertragen. Offensichtlich
hatte sie kein Faible für klassische Musik. Vielleicht lag
es aber auch nur daran, dass sie davon geweckt worden
war. Ob Baulärm oder Verdi, wenn man davon wach
wird, macht es zunächst glaube ich keinen großen
Unterschied.
Mein erster Reflex war, sie anzustupsen und in
Fahrtrichtung zu deuten. Sie darauf aufmerksam zu
machen, dass der Ozean so nahe vor uns lag, als könnte

man ihn berühren, wenn man nur den Arm aus dem Fenster hielt. Ich entschied mich dagegen. Aus dem Nichts das Meer vor sich zu sehen war ein besonderer Moment gewesen. Überwältigend. Ich kann nicht mal erklären, warum. Schon oft war ich am Meer gewesen. An den unterschiedlichsten Orten. Aber noch nie hatte ich es so herbeigesehnt, hatte es eine solche Anziehungskraft entwickelt.

Ich wollte ihr diesen Moment nicht wegnehmen. Nicht vorgeben, wann sie ihn zu erleben hatte.

Ich sagte zunächst nichts. Ich fuhr einfach. Luisa sah aus dem Seitenfenster.

Verdi wurde von etwas abgelöst, das ich nicht kannte. Es wurde auch nicht angekündigt. Ich wechselte den Sender. Auf den meisten Frequenzen lief nur noch monotones Rauschen. Ich empfand es als unpassend. Für die letzten Jahre wäre es der perfekte Soundtrack gewesen, ja. Für viele Jahre.

Ich schaltete das Radio aus.

„Eigentlich ist das ja alles ziemlich verrückt", sagte Luisa, ohne sich dabei zu regen.

Ich ließ es so stehen. Die Kuckucksuhr ruhte auf der Rückbank. Schweigend. Sie hatte es sich abgewöhnt Aufmerksamkeit zu erregen.

Wir fuhren einige Minuten ohne zu sprechen. Das Meer verschwand gelegentlich hinter einer Biegung. Oder hinter Szenerie. Nie lange.

„Wie es wohl Ihrer Frau geht?", sinnierte Luisa. Letztlich war es eine Frage. Es war mir durchaus bewusst.

„Ich glaube sie ist zufrieden. Sie hat sich das ja gut überlegt."

„Sie werden Ihr trotzdem fehlen. Das ist doch ganz normal."

Ich überlegte. Ob ich ihr wohl wirklich fehlte? Ich konnte es mir nicht so recht vorstellen. Fehlte sie mir? Ja, das tat sie, wenn ich ehrlich war. So lange waren wir nebeneinander eingeschlafen, aufgewacht. Saßen am selben Tisch, morgens, abends.

Sie war immer eine eigenständige Frau gewesen. War Hobbys nachgegangen, die ich nicht teilte, arbeitete. Sie war nie von mir abhängig gewesen. Ich denke, es war etwas, was ich an ihr schätzte. Es hatte auch nicht damit zu tun, wie nahe wir uns standen. Wir schwiegen auch gut zusammen. Wir waren uns selten auf den Geist gegangen.

Aber ob sie all das vermisste? Sie hatte ja Maria. Jemand neuen, mit dem sie frühstücken konnte. Mit der sie aufwachen konnte. Mit der sie mit dem Hund spazieren gehen konnte. Mit dieser gruseligen Dogge.

Wann hatte sie Maria eigentlich kennen gelernt? Und bei welcher Gelegenheit? Sie konnte sie unmöglich erst nachdem sie mir gesagt hatte, dass sie lesbisch sei, getroffen haben. Wie lange kannte sie diese Frau? Hatte sie mich mit ihr betrogen? War Maria überhaupt lesbisch? Ich war einfach davon ausgegangen. Ich wusste es ja eigentlich gar nicht.

Dann fragte ich mich, ob das alles eine Rolle spielte? All diese Fragen. Die Antworten waren unerheblich. Was genau dazu geführt hatte, dass ich in einem Auto saß, mit einer jungen Frau neben mir, und durchbrannte, anstatt neben meiner Frau zu sitzen, wie es vor wenigen Tagen noch nicht anders vorstellbar gewesen wäre - es spielte keine Rolle.

Ja, ich finde es wichtig, warum Dinge geschehen, aber vielleicht war es gar nicht so schlecht, nicht alle Details zu kennen. Es änderte ohnehin nichts. Es war, wie es war. Ob ich genau wusste warum, oder nicht. Ich war kein Hauptdarsteller meiner Vorgeschichte.

„Meer!", schrie Luisa plötzlich und riss mich aus meinen Gedanken.

48

Luisa strahlte. Für einem Moment schien sie völlig beseelt zu sein. Euphorisiert. So wie es mir auch ergangen war. Ich glaube nicht, dass ich sie nochmal so gesehen habe. Einmal vielleicht.

Eigentlich war es ja Unfug. Es war nicht überraschend, dass wir das Meer erreichten. Wir fuhren schließlich seit Tagen darauf zu. Es rannte nicht weg vor uns. Beschwerlich war die Fahrt auch nicht gewesen. Wir fanden keine Oase in der Wüste, nachdem wir tagelang durch die sengende Sonne gelaufen waren. Aber vielleicht doch. Vielleicht passte dieser Vergleich sogar. So kam es mir zumindest vor. Und ich glaube, Luisa auch.

Ich denke nicht, dass Menschen das selbe fühlen können. Man verknüpft ja anders. Und man verknüpft immer. Mit einer Erinnerung, mit einer Stimmung. Das sind nun mal sehr individuelle Dinge.

Ich wusste ja nicht, was sich vor Luisas innerem Auge abspielte in diesem Moment. Aber ich glaube wir fühlten zumindest sehr ähnlich. Nicht das selbe, aber sehr ähnlich.

Ich steckte mir eine Zigarette an.

„Dafür, dass Sie nicht rauchen, rauchen Sie ziemlich viel!", bemerkte sie.

Ich lachte. Dann nickte ich.

„Stört es Sie?", fragte ich.

„Nicht im Geringsten!", ließ sie mich wissen. „Sie freuen sich überhaupt nicht!", raunte sie mich an.

„Doch. Mindestens so sehr, wie Sie sich."

„Sie machen sich lustig über mich!" Sie versuchte beleidigt zu wirken. Es gelang ihr nicht.

„Tue ich überhaupt nicht. Aber bevor Sie mich falsch verstehen: Sie waren zu langsam!"

„Ich war zu langsam?"

„Sie waren genervt von Verdi und haben nicht mehr auf die Umgebung geachtet. Da habe ich das Meer zum ersten Mal gesehen."

Luisa rümpfte die Nase. „Warum haben Sie nichts gesagt?"

„Dann hätten Sie es nicht entdecken können."

„Das habe ich doch auch nicht. Sie haben es zuerst gesehen."

„Sie haben es für sich entdeckt. In diesem Moment."

„Hm."

„Hätte ich es Ihnen sagen sollen?"

„Nein. Ich weiß es nicht." Sie überlegte kurz. „Eigentlich ist es egal." Sie setzte ein Lächeln auf. Ich hatte nicht den Eindruck, dass sie sich dazu zwingen musste.

„Was denken Sie, ob das Wasser wohl noch warm genug ist, um schwimmen zu gehen?", wechselte sie das Thema.

Darüber hatte ich zu diesem Zeitpunkt überhaupt nicht nachgedacht. Darum ging es mir ja auch gar nicht. Ich war nicht zum Baden ans Meer gefahren. Ich war mir nicht sicher, was der Grund war, aber Baden war es nicht. Ich wollte die Weite genießen. Die Unendlichkeit, in die man scheinbar blicken konnte. Aber genügte das? Es schien mir als Motivation nicht ausreichend. Man fuhr nicht ans Meer um es zu betrachten.

Mit jeder Zigarette kam es näher. Ich rauchte tatsächlich zu viel. Ich hatte meinem Körper zeitlebens wenig zugemutet. Kaum geraucht, wenig getrunken, mich ausgewogen ernährt. Mehr oder weniger. Er würde es aushalten, eine Weile nicht mit Samthandschuhen angefasst zu werden. Rational betrachtet war das zwar Unsinn, was mir auch bewusst war. Man kann Gesundheit ja nicht ansparen. Und dann abfeiern. Man muss sie direkt abfeiern und dann mit dem, was man übrig lässt, umgehen.

Luisa feilte ihre Fingernägel.

„Für wen putzen Sie sich denn heraus?", fragte ich sie.

„Für Sie natürlich!"

Ich sah auf ihre makellosen Hände. Nicht lange. Ich musste ja fahren.

„Vermissen Sie ihre Arbeit?", fragte ich sie.

Ihre Hände hatten mir in Erinnerung gerufen, dass sie Automechanikerin war. Warum auch immer. Man kann sich Assoziationen nicht aussuchen, waren sie doch eher Instinkte, denn Gedanken. Sie waren schneller. Sie existierten, bevor man sie hatte. Ich musste an Elektronen denken, die um einen Atomkern schwirrten. Schon wieder eine Assoziation.

„Ein wenig. Ausschlafen zu können hat natürlich auch seinen Reiz. Aber es ist ein komisches Gefühl, nichts zu tun und trotzdem bezahlt zu werden."

„Sie tun ja nicht nichts."

„Autos repariere ich jedenfalls keine."

„Sie sichern den Fortbestand der menschlichen Rasse. Das ist doch auch etwas." Ich brachte den letzten Satz kaum zu Ende, da ich bereits, während ich ihn aussprach, lauthals zu lachen begann. Es war eine außerordentlich dämliche Aussage. Ohne Sinn und Verstand.

Luisa war irritiert. Entweder des Gesagten, oder meines fast schon hysterischen Lachanfalls wegen.

„Und Sie? Vermissen Sie die Universität?", fragte sie mich, nachdem ich mich wieder beruhigt hatte.

„Himmel, nein! Ich bin ja erst ein paar Tage auf freiem Fuß. Vielleicht kommt es noch."

Es kam nicht.

49

Dann waren wir da. Natürlich nicht plötzlich. Wir hatten uns stetig genähert. Aber irgendwann ging es eben nicht weiter. Die Straße endete in einem T. Es ging nach links und nach rechts. Geradeaus lag das Meer vor uns. Nicht direkt hinter der Fahrbahnmarkierung. Einige Meter lang räkelten sich schroffe Felsen davor.

Ich hielt den Wagen vor der Abzweigung an. Schaltete den Motor aus. Man konnte hören wie die Wellen gegen die Felsen schlugen und in abermillionen Tropfen zerstoben. Irreversibel. Zumindest nie mehr in der selben Zusammensetzung.

Zwei Möwen flatterten über uns umeinander. Sie wirkten aufgebracht. Hatten wir ihre Ruhe gestört? Oder hatten sie ihren eigenen Disput? Über ihnen hatten sich einige Wolken versammelt. Sie bedeckten nicht den ganzen Himmel. Durch die Lücken schien die Sonne umso deutlicher und beleuchtete einige Flecken um uns herum. Als würden sie mit einem Scheinwerfer angestrahlt werden. Der Mittelpunkt von etwas sein.

Ich sah mich weiter um. Links und rechts von uns lagen nur Wiesen. Hügelig. Kaum Blumen. Disteln standen am Straßenrand. Sie blühten nicht mehr, sondern ragten tot in die Höhe. Graubraun. Es war Herbst. Die Nachmittage wurden bereits merklich kürzer.

Ich fand immer, dass einem Herbst und Winter die Nachmittage klauten. Nicht den Tag, nicht den Abend. Aber den Übergang.

Bevor die Felsenküste begann, stand ein Hinweisschild. Es hatte die Form eines Pfeils und deutete nach links. Ein Ortsname stand darauf. Ich konnte ihn nicht entziffern. Ich sah gut. Auch auf Entfernung. Aber die Schrift war vergilbt, ausgebleicht. Vom Wind, vom Salz des Meeres. Nur die Zahl war noch lesbar. 12.

Meine rechte Hand griff nach dem Schaltknüppel. Luisas linke legte sich auf meine, bevor ich ihn bewegen konnte. Sie schüttelte mit dem Kopf.

„Nein. Noch nicht. Lassen Sie uns noch ein wenig hier warten!"

„Gut."

Wir warteten. Meine Augen tasteten weiter unsere Umgebung ab. Keine Menschenseele weit und breit. Nur Luisa und ich. Und die Kuckucksuhr.

Ihre Hand ruhte immer noch auf meiner. Wir bewegten uns nicht. Mein rechte Schulter begann zu jucken. Wie immer wenn man sich nicht rühren konnte, oder durfte. Irgendwann juckte es immer irgendwo. Ich wollte Luisas Hand jedoch nicht verscheuchen. Es war irrational. Ich hielt still.

Wir saßen noch ein paar Minuten schweigend nebeneinander. Jeder fing seine eigenen Bilder ein.

Ein Auto näherte sich hinter uns. Ich hörte es, bevor es im Rückspiegel auftauchte. Ich sah Luisa an, zuckte mit den Schultern und startete den Motor.

„Fahren Sie rechts ran!", sagte sie.

„Bitte?"

„Stellen Sie es einfach ein bisschen in die Wiese! Ich möchte die Füße ins Wasser halten."

Ich kratzte meine Schulter. Ich hatte sie zwischenzeitlich wieder vergessen.

„Wenn Sie meinen." Ich setzte ein Stück zurück und fuhr wenige Meter von der Abzweigung entfernt in die Wiese. Nicht ganz. Ich hatte ja keine Ahnung, was sich unter all dem Gras befand. Vielleicht stand alles unter Wasser und wir würden festsitzen.

Luisa beschloss, dass sie auf ihrer Seite nicht aussteigen konnte. Zu viele Disteln, die sich in ihr Kleid krallen würden.

Das Auto fuhr langsam an uns vorbei. Ein älteres Ehepaar. Sie sahen beide zu uns herüber. Ihre Blicke verrieten, dass sie sich wunderten, was wir da trieben.

Ich stieg aus. Luisa grübelte. Dann hievte sie sich aus ihrem Sitz und versuchte, an der Mittelkonsole vorbei auf den Fahrersitz zu klettern. Es wirkte wenig elegant. Mit einem Ruck schob sie sich der geöffneten Tür entgegen. Der Knüppel bohrte sich in ihren Oberschenkel. Sie schnaufte. Ihre Füße befanden sich immer noch vor ihrem Sitz. Dann streckte sie mir über ihre Schultern hinweg eine Hand entgegen und sah mich auffordernd an.

„Ziehen sie! Los!" Sie reichte die zweite hinterher. Sie lag mehr oder weniger quer im Auto. Ich Bauch ragte empor. Ich musste mir ein Lachen verkneifen. Dann fiel mir mein Unfall bei Luisas Vater ein, als ich nicht in der Lage gewesen war, mir eine Hose anzuziehen. Es muss nicht viel vorteilhafter ausgesehen haben aus der Draufsicht.

Ich zog. Ihr rechter Fuß verkeilte sich. Dann war Luisa frei. Und ihr Fuß. Wie ein Sektkorken. Sie grummelte etwas unverständliches und marschierte schnurstracks Richtung Felsen.

50

Ich musste mich beeilen hinterher zu kommen. Luisa war schnell, dafür, dass sie schwanger war. Auch wenn ich nicht wusste, wie viel langsamer man üblicherweise lief, wenn man schwanger war. Sie lief nicht, sie stapfte. Sie sah zierlich aus. Von hinten. Und dennoch stapfte sie. Wie ein Eskimo durch hohen Schnee.

Ich fand es merkwürdig, dass man manche Dinge niemals würde nachvollziehen können. Schwanger sein zum Beispiel. Oder Eskimos.

Dann hatte ich Luisa eingeholt. Ich legte den Arm um ihre Schulter.

„Ist alles gut?", fragte ich sie.

„Ja", sagte sie und meinte es nicht so.

Am Anfang waren die Felsen noch eher Geröll. Kleine Felsen. Je näher das Meer kam, desto größer wurden sie. Luisa hüpfte von einem auf den anderen. Kleine Wellen wuselten zwischen ihnen hin und her. Eigentlich nur hin. Also in eine Richtung. Irgendwann fanden sie dann einen, an dem sie zerschellten.

Die Abstände zwischen den Steinen wuchsen. Luisa steuerte auf einen besonders großen zu. Er ragte wie ein einzelner Zahn aus dem Mund einer alten Frau hervor. Sie setzte sich. Ich setzte mich daneben. Wir blickten aufs Meer, die Küste entlang. Luisa zog sich ihre Schuhe aus. Dann die Socken und rutschte den Felsen ein Stückchen herab, so dass ihre Füße die Wasseroberfläche berührten. Der Wind fuhr ihr durchs Haar. So, wie sie da saß, stellte ich mir eine Sirene vor. Nur leichter bekleidet.

Sie drehe sich zu mir um. „Wollen sie nicht auch? Es ist gar nicht so kalt."

Ich schüttelte den Kopf. „Mir reicht der Ausblick." Ich genoss ihn tatsächlich. Er genügte mir. Ich genügt mir in diesem Moment. Auch wenn es keinen rationalen Zusammenhang gab. Ein wohliges Gefühl machte sich in meinem Bauch breit. Wie nach einem Schluck Whisky. Das Meer war das Ende des Bestimmten und der Anfang des Unbestimmten. So nahm ich es wahr. Alle Struktur ließ es hinter sich. Fluid. Sich ständig verändernd. Und doch war es nichts außer eine Metapher. Es lag ja nur vor mir. Ich fing nichts mit ihm an. Aber ich musste in seinem Schoß sitzen, um es zu empfinden.

Luisa paddelte. Mit den Füßen. Was sie wohl dachte? Ich wollte sie nicht fragen. Ich mochte es selbst nicht, wenn man mir diese Frage stellte. Es zwang einen dazu, darüber nachzudenken, über was man nachdachte. Als wäre der eigene Verstand eine Matrjoschka. Man dachte ja immer so vieles. Oft gleichzeitig.

„Wir sollten das feiern!", sagte Luisa plötzlich. Obwohl sie sich nicht dabei umdrehte, verstand ich sie gut. Der Wind trug ihre Worte zu mir.

„Inwiefern?"

„Ich möchte, dass Sie mich zum Essen ausführen. Aber richtig. So, dass wir uns schick anziehen müssen. Und danach möchte ich tanzen gehen."

„Wir sitzen mitten im Nirgendwo. Wer weiß, ob das hier überhaupt möglich ist." Mit dem ersten Teil ihres Vorschlags konnte ich mich anfreunden. Tanzen gehen schien mir abwegig. Ich konnte mir kein Tanzlokal vorstellen, in dem nicht mindestens einer von uns deplatziert wirken würde.

„Wir fragen uns einfach durch. Irgendwas in die Richtung wird es schon geben."

„Bestimmt." Ich hoffte, dass es nichts dergleichen gab.

Wir saßen noch eine Weile auf dem Stein. Ich fand es wenig bequem. Am Anfang war es mir egal gewesen. Der schroffe Fels bohrte sich in mein Gesäß. Da konnte der Moment noch so erfüllend und bewegend sein. Er wurde von so etwas Profanem verdrängt.

Ich bekam erneut Kopfschmerzen. Sie blieben zwar im Hintergrund, aber sie waren da. Ich konnte es mir selbst gegenüber nicht abstreiten, was ich beunruhigend fand. Und unangenehmer, als die Schmerzen als solche. Ich atmete frische Meeresluft, es war still, ich war nüchtern. Mein Kopf hatte keine Berechtigung sich so zu verhalten. Er handelte autark.

Wir standen auf und kehrten zum Auto zurück. In den bestimmten Bereich der Welt, in dem alles geregelt war, geordnet. Der Asphalt wirkte kalt. Er klang seltsam unter meinen Füßen. Als wäre ich nach Jahren als Eremit wieder in Zivilisation zurückgekehrt. Dabei hatte ich ja nur ein paar Minuten auf irgendeinem Stein gesessen und auf irgendein Meer hinaus geblickt.

Ich stieg zuerst ein und fuhr das Auto soweit auf die Straße, dass Luisa problemlos einsteigen konnte.

Wir bogen links ab. Richtung 12.

51

Nach etwas mehr als einer Viertelstunde erreichen wir den Ort, der vermutlich auf dem Schild vermerkt war. Dem ersten Eindruck nach war es weder ein Dorf noch eine Stadt, irgendetwas dazwischen. Sicherlich gab es eine normative Einordnung, vorher festgelegten Kriterien entsprechend. Objektiv. Ich fand es unerheblich. Für mich war es weder das eine, noch das andere, egal, was auf dem Briefbogen stand. Er vermochte mir meine Sichtweise nicht zu nehmen.

Das Zentrum des Ortes bildete ein großer Kreisel. Er hatte vier Ausfahrten, angeordnet wie ein Kreuz. Direkt angrenzend lag ein öffentlicher Park, wenn auch ein kleiner. Ein Tor signalisierte den Eingang. Mehr hatte es nicht zu tun. Ich bezweifelte, dass es je geschlossen wurde. Es war einfach nur da. Existierte. Mehr nicht. Es war jeder Bedeutung beraubt.

Wir fuhren einmal durch den gesamten Ort. Wir wollten uns ein Bild machen, um dann zu entscheiden, ob wir bleiben wollten. Es war offensichtlich, dass der Tourismus eine große Rolle spielte. Nicht mehr zu dieser Jahreszeit, eher im Sommer. Aber die Geschäfte deuteten darauf hin. Sehr viele Pensionen, Hotels, Läden, die Souvenirs und Postkarten feil boten. Von allem zu viel. Und zu aufdringlich.

Wir beschlossen dennoch dort zu bleiben, uns eine Unterkunft zu suchen, die eine Buchung auf unbestimmte Zeit zuließ. Wir bevorzugten beide eine Privatunterkunft. Kein Hotel. Man fühlte sich dann nicht so ganz wie ein Tourist. Individueller. Es war absurd. Die Motive von Touristen waren schließlich mannigfaltig. Ich war auch nur einer von ihnen.
Der Gedanke war nur kurz aufgeflackert. Die Vorstellung etwas individuelles zu tun. Etwas einzigartiges. Es waren schon andere Leute vor mir aus den gleichen Beweggründen hierher gekommen. Wahrscheinlich. Ich unterschied mich von vielen. Niemals von allen.

Wir klapperten mehrere Pensionen ab. Entweder hatten sie nur ein Zimmer, oder vermieteten in dieser Jahreszeit überhaupt nicht. Doch nach einigen Fehlschlägen fanden wir eine, die unseren Vorstellungen entsprach. Und wir denen der Besitzerin.
Wir nisteten uns in unseren jeweiligen Zimmern ein. Luisa insistierte nochmal auf den Abendplänen und befahl mir mich 'herauszuputzen', wie sie es nannte. Als würde ich sonst wie ein Landstreicher herumlaufen. Ich nahm es ihr nicht übel. Ich wusste, dass sie es so nicht gemeint hatte.
In meinem Zimmer roch es muffig. Es war offensichtlich, dass es nicht auf Besuch vorbereitet gewesen war. Es war mir aber nicht sonderlich wichtig. Ich öffnete erst die Fenster und anschließend meinen Koffer. Ich hatte ihn auf das Bett geworfen, welches dies

mit einem Knarzen quittiert hatte. Ich rollte die Augen. Ich setzte mich neben den Koffer und kramte darin. Ich sank ein. Ich konnte auf weichen Matratzen nicht schlafen. Ich würde mich betrinken müssen, um ein Auge zumachen zu können, dachte ich in diesem Moment, noch nicht ahnend, was mir an diesem Abend noch bevorstand.

Ich kramte eine Hose, die Luisa für mich ausgesucht hatte, aus dem Koffer. Ich entfernte das Preisschild. Ich duschte, machte mich zurecht.

Es klopfte an der Tür. Ich öffnete.

Sie sah bezaubernd aus. Ich hatte sie schon, seit dem Moment, als ich sie das erste Mal gesehen hatte, hübsch gefunden. Aber sie war keine offensichtliche Schönheit gewesen. Sie hatte sie auch nicht akzentuiert.

Ich glaube, ich sah sie das erste Mal geschminkt. Nicht viel. Kajal, ein bisschen Rouge. Das war's. Aber es genügte. Ihr Haar trug sie offen. Eine zierliche Halskette lag schwerelos auf ihrem Schlüsselbein.

Sie trug ein Kleid. Es fiel einfach an ihr herab. Als gehörte es gar nicht zu ihr. Nur am Bauch schien es sie zu berühren.

Sie musterte mich. Ihr Blick wanderte an mir hinab. Und wieder nach oben. Blieb an meinen Augen hängen. Sie lächelte.

„Genehmigt!", sagte sie.

„Sie sehen hinreißend aus, Luisa!"

Ihr Lächeln wurde breiter.

„Danke, lieb von ihnen!"

Wir verließen das Zimmer. Das Stockwerk. Die Pension.

Sie hielt mir ihren Arm auffordernd entgegen. Ich hakte mich ein. Wir gingen zu Fuß. Es war windig.

52

Die Straßenlaternen gingen an. Wir schlenderten mehr, als dass wir gingen. Obwohl ich Hunger hatte, hatte ich nichts dagegen.

Der Himmel war weiterhin hinter Wolken verborgen. Wenige andere Menschen kreuzten unseren Weg. Sie bemerkten uns nicht, waren zu sehr mit sich beschäftigt. Schlichen willkürlich durch die Straßen. Aus unserer Sicht betrachtet. Es war nicht nötig, sie zu beschreiben. Man vergaß sie ohnehin sofort wieder. Sie waren Kulisse.

Luisa suchte ein Restaurant aus. Wir bekamen einen Tisch zugeteilt. Bestellten Getränke. Und Essen. Als es serviert wurde, gesellte sich ein Kellner zu uns mit einer gigantischen Pfeffermühle in beiden Händen und sah uns fragend an. Ich nickte. Danach ließ er uns in Ruhe.

„Spielen wir ein Spiel!", schlug Luisa vor, als sie ihr Besteck aus der Serviette befreite.

„Ein Spiel? Jetzt? Beim Essen?"

„Ja. Es ist ganz einfach. Ich sage ein Wort. Und Sie antworten sofort darauf. Ohne nachzudenken. Das erste Wort, dass Ihnen dazu einfällt." Sie sah mich herausfordernd an.

Ich trieb das Messer in mein Steak, zuckte mit den Schultern und bedeutete ihr mit einer Handbewegung anzufangen. Ich war nicht begeistert von der Idee, aber ich hatte auch kein Problem damit. Es war auch eine Form der Unterhaltung.

„Ich fange mit etwas Einfachem an. Zum warm werden."

„Dann schießen sie mal los!" Totes Tier wanderte in meinen Mund. Ich kaute. Man musste es nicht so beschreiben. Und tat es üblicherweise auch nicht. Aber letztlich war es genau das. Es war ebenso makaber wie natürlich.

„Dezember!"

„Weihnachten!", antwortete ich. Ich zögerte nicht. Sie nickte.

„Mond!"

„Nacht!"

„Kaffee!"

„Schwarz!"

Sie unterbrach ihr Feuerwerk um einen Bissen in Ruhe zu kauen. Ich tat es ihr gleich. Der Pfeffer passte gut zum Steak.

„Traum!"

„Schlaf!"

„Buch!"

„Seite!"

„Sie sind nicht sonderlich kreativ!"

„Wie soll ich kreativ sein? Ich soll Ihnen doch ad hoc antworten."

„Sie assoziieren nun mal sehr naheliegende Dinge."

Ich aß und dachte darüber nach. Vielleicht tat ich das. Aber es lag ja auch nahe, naheliegend zu denken.

„Ich nenne Ihnen jetzt abstraktere Begriffe. Vielleicht können Sie damit mehr anfangen!"

Ich warf ihr einen gespielt eingeschnappten Blick entgegen. Sie schmunzelte.

„Heimat!"

Mir fiel nichts ein. Ich überlegte ein paar Sekunden. Was war Heimat für mich? Vielleicht hätte ich vor nicht allzu langer Zeit mit 'Familie' geantwortet. Aber es drängte sich mir in diesem Moment nicht auf. Spontan erst recht nicht.

„Die Zeit ist abgelaufen", sagte Luisa in einem Tonfall, als würde sie eine Quizshow moderieren.

„Was hätten sie denn geantwortet?", wollte ich wissen.

„Meinen Heimatort natürlich. Wo ich geboren wurde und aufgewachsen bin."

„Hm." An einen Ort hatte ich überhaupt nicht gedacht. Ich bestellte noch ein Glas Wein. Luisa blieb beim Wasser.

„Mutter!"

„Tot!"

„Zukunft!"

„Spekulation!"

„Glauben!"

„Jedem das Seine!"

„Das waren drei Wörter!"

„Privatsache!"

„Entweder antworteten Sie abweisend, oder unkonkret. Meistens beides auf einmal."

„Was wollen Sie denn hören?"

„Darum geht es doch nicht!" Sie legte sich die Serviette auf den Schoß.

„Aber Sie geben mehr über sich preis, als sie glauben."

„Tue ich das? Sie hätten Psychologie studieren sollen!"

„Das wollte ich auch. Und auch wieder nicht. Ich wollte einfach nicht studieren. Das ist mir alles zu wissenschaftlich. Ich wollte arbeiten nach der Schule. Aber glauben sie nicht, dass es irgendjemand verstanden hätte, als ich beschlossen hatte, eine Ausbildung zur KFZ-Mechanikerin zu machen."

„Weil Sie in deren Augen ihr Talent verschwendeten?"

„Genau." Luisa trank einen Schluck Wasser. Ich nippte an meinem Wein. Ich merkte bereits den Alkohol. Obwohl es erst das zweite Glas war. Ich horchte in meinen Kopf. Kein Pochen.

„Was habe ich Ihnen denn preisgegeben?" Ich überlegte, ob es unhöflich war, das Gespräch wieder auf mich zu lenken. Aber sie hatte ja damit begonnen mich auszufragen. Auch wenn sie nichts fragte. Streng genommen.

„Sie sind reserviert. Analytisch. Sie halten sich an vage Formulierungen. Vermutlich, weil Sie so nicht enttäuscht werden können."

„Das ist ein bisschen weit hergeholt, finden Sie nicht?"

„Sie reden nicht gerne über sich, oder? Sicher, Sie erzählen Geschichten von sich. Sie philosophieren auch vor sich hin. Aber Sie blocken ab, wenn es darum geht, was Sie bewegt. Ihre Gefühle. Ihre Ängste."

Ich empfand das Gespräch zunehmend als unangenehm. Griff häufiger zur Gabel, oder zum Glas. Zur Ablenkung. Vielleicht hatte sie sogar Recht mit ihrer Einschätzung. Aber so etwas warf man jemandem doch

nicht einfach so an den Kopf! In aller Öffentlichkeit.
Beim Essen.

„Es tut mir leid. Das stand mir nicht zu. Vergessen Sie
es. Manchmal schieße ich übers Ziel hinaus."

„Kein Grund sich zu entschuldigen. Ich habe Sie
schließlich gefragt. Sie haben geantwortet.
Nächstes Wort!" Sie überlegte kurz, was ich damit
meinte, dann verstand sie.

„Regen!"

„Bogen!"

„Tod!"

„Staub!"

„Aufbruch!"

„Veränderung!"

„Fliegen!"

Meine Gedanken stockten. Nicht, weil mir nichts
einfiel. Ich hatte sofort eine Assoziation. Aber meine
Gedanken hielten nicht an. Vielmehr rasten sie weiter.
Kehrten wieder an ihren Ursprung zurück und über-
flogen ihren zurückgelegten Weg ein weiteres Mal.
Dann sprach ich meinen letzten Gedanken laut aus.

„Wie weit ist der nächste Flughafen entfernt?"

53

Luisa sah mich entgeistert an.

„Wo wollen Sie denn jetzt schon wieder hin? Wir sind doch grade erst hier angekommen."

Ich nippte am Wein.

„Irgendwo hin, wo ich noch nie war." Ich wusste selbst nicht, was ich da redete. Der Gedanke war mir ja erst wenige Augenblicke vorher gekommen. Zuwenig Zeit, um meine eigene Motivation verstehen zu können.

„Hier waren Sie doch auch noch nicht!", wehrte Luisa ab.

„Na ja, nicht direkt, nein. Aber ich war an Orten, die sich kaum von diesem unterscheiden. Die gleiche Landschaft, die gleichen Leute, die gleiche Kultur. Nur die Namen sind anders."

„Und was haben Sie jetzt vor?"

„Auf wie vielen Kontinenten waren Sie bereits?", fragte ich sie.

Luisa überlegte kurz. „Zwei. Streng genommen. Sie?"

„Auf vier."

„Welcher fehlt Ihnen noch?"

Ich sagte es ihr.

„Und da wollen Sie jetzt ernsthaft hin? Mit mir?"

„Wieso nicht?"

„Ich denke darüber nach."

„Danke."

Wir widmeten uns wieder unserem Essen. Es war nicht so gut, wie es teuer war. Aber gut, nichtsdestotrotz.

Luisa stocherte unmotiviert in den Resten. Sie wirkte unkonzentriert, abwesend. Ihre Augen starrten durch den Teller hindurch. Fixierten einen Punkt in ihren Gedanken.

„Darf ich überhaupt fliegen?", fragte sie nach einer Weile und kehrte damit in die Realität zurück.

Ich verstand ihre Frage nicht. Ich überlegte und sagte nichts. Sie kam mir zuvor.

„Wegen der Schwangerschaft, meine ich."

„Darf man nicht fliegen, wenn man schwanger ist?" Die Möglichkeit war mir gar nicht in den Sinn gekommen. Ich überlegte, ob wir geflogen waren, als meine Frau mit unserer Tochter schwanger gewesen war. Bildete mir aber ein, dass dem sehr wohl so gewesen war.

„Ab einem gewissen Zeitpunkt nicht mehr, meine ich gelesen zu haben", dachte Luisa laut.

„Hm."

Wir bestellten keinen Nachtisch. Keiner von uns wollte einen ganzen essen. Auf einen gemeinsamen konnten wir uns nicht einigen.

Wir bezahlten. Ich bezahlte. Wir wurden verabschiedet. Wir verabschiedeten uns zurück.

Wir standen vor dem Restaurant. Sahen uns an.

„Und jetzt?"

„Jetzt gehen wir tanzen!"

„Und wo?" Zu meiner Ernüchterung musste ich feststellen, dass sie es nicht vergessen hatte.

„Ich weiß es nicht. Aber unser Taxifahrer weiß es bestimmt."

Sie hakte sich erneut ein und wir gingen in Richtung des großen Kreisels. Unweit von diesem hatten einige Taxis herumgestanden. Zu viele für zu wenig Kundschaft. Die Wagen warteten geduldig. Die Fahrer vielleicht nicht. Aber die Wagen.

Wir wählten das erste in der Reihe. Der Mann hinter dem Steuer schien überrascht, als ich an sein Seitenfenster klopfte. Er hatte scheinbar nicht mit uns gerechnet. Also mit uns sowieso nicht. Aber auch mit Fahrgästen an sich nicht.

Er ließ die Scheibe hinunter. Ich erklärte ihm unser Ziel. Er lachte. Dann rieb er sich die Augen. Er überlegte laut, welchen Wochentag wir hatten und beantwortete sich die Frage selbst.

Er seufzte, stieg aus und sagte, dass er mal seine Kollegen fragen würde. Er ging die Taxis ab und unterhielt sich kurz mit den Fahren. Aus zwei ertönte ebenfalls Gelächter. Nicht überhörbar.

Luisa und ich sahen uns an und kamen uns vor wie der Gegenstand einer Pointe, was wir vermutlich auch waren.

Der Fahrer kam zurück und versuchte so ernst zu schauen, wie es ihm möglich war. Es gelang ihm kaum. Seine Mundwinkel zuckten zu offensichtlich. Er teilte uns mit, dass er uns zu einem Club fahren könne, welcher aber eine knappe halbe Stunde Fahrt entfernt läge und er sich nicht sicher sei, ob er überhaupt geöffnet hatte.

Luisa sah kurz zu mir, dann zuckte sie mit den Schultern und sagte: „Egal!"

Ich beugte mich. Wir stiegen ein.

Wir fuhren die Küste entlang. Landstraße. Ich sah aus dem Fenster, was eigentlich unsinnig war. Es war stockfinster. Man konnte kaum mehr als die Straße erkennen. Die Fahrbahnmarkierungen. Alles außerhalb des Lichtkegels, den die Scheinwerfer warfen, wurde von der Dunkelheit verschlungen. Rechts von uns lag das Meer. Das wusste ich. In allen anderen Richtungen könnte alles mögliche liegen. Mit unterschiedlichen Wahrscheinlichkeiten.

Wir fuhren schnell. Der Taxifahrer hätte eigentlich froh sein müssen, dass überhaupt jemand in seinem Taxi saß, der ihn bezahlte. Er war es nicht. Er drehte die Musik grade so weit auf, dass man nicht auf die Idee kam, ein Gespräch zu beginnen.

Die Zeit verging schleppend. Wir erreichten eine etwas größere Stadt, schlängelten uns noch eine Weile durch ihre Straßen. Scheinbar willkürlich bogen wir mal rechts, mal links ab. Dann hielten wir.

Ich würde also tanzen gehen. Der Club war geöffnet.

54

Wir stiegen aus. Vor dem Eingang standen zwei Männer in Anzügen. Sie waren wohl Türsteher. Ich hatte sie mir anders vorgestellt. Breiter. Sie wirkten gelangweilt. Sie standen ja auch nur da. Regungslos. Wie ein Möbelstück.

Als wir auf sie zugingen, traten sie einen Schritt zur Seite. Sie hatten uns kurz gemustert. Ansonsten zeigten sie keine Regung.

Bereits vor der Tür spürte man den Bass hämmern. Es erinnerte mich an das Pochen meiner Kopfschmerzen. Ich horchte in mich hinein. Nichts.

Direkt hinter der Tür führte eine enge Treppe nach unten. Wohin, sah man zunächst nicht. Nach ein paar Metern machte sie einen Knick. Nach rechts.

Die Lautstärke der Musik überlagerte alles. Jeden anderen Sinn. Sie war elektronisch. Monoton. Kein Gesang.

Luisa grinste. Sie hatte mein Zögern bemerkt. Meine Unsicherheit. Es gefiel ihr.

An sich wusste ich, wie ich mich zu verhalten hatte. Im Restaurant, in einem Gespräch. Situationen, die ich kannte, in denen ich mich wohl fühlte. Antrainiertes Verhalten eben. Wie ein Hund.

Aber als wir die Treppe hinabstiegen, kam ich mir vor wie ein kleiner Junge, an dem Tag seiner Einschulung, der nicht wusste, was auf ihn zukam. Oder, was von ihm erwartet wurde.

Als ich das letzte Mal in einem Club gewesen war, hatte man es noch Disco genannt. Oder sogar Diskothek. Die Musik war eine andere. Und vor allem, ich selbst war ein anderer. Ich war selbst jung gewesen. Teil der Generation, die ausging. Um zu tanzen, sich zu amüsieren. In einen Club.

Jetzt kam ich mir vielmehr vor wie Voyeur. Ein Spion. Ein schlecht getarnter obendrein.

Der ganze Club lag im Keller. Es war ein alter Gewölbekeller. Zweckentfremdet.

Am Ende der Treppe saßen zwei junge Frauen auf Barhockern hinter einem Stehtisch. Darauf lag eine Kasse.

Sie musterten uns mit einer Mischung aus Skepsis und Amüsement.

Eine der beiden hob beide Hände und spreizte alle Finger ab. Mit den Lippen formte sie die entsprechende Zahl. Ob tatsächlich Laute ihren Mund verließen, vermochte ich nicht zu beurteilen. Sie wären ohnehin untergegangen.

Wir bezahlten. Wir bekamen noch einen Stempel auf den Handrücken. Als Bestätigung, als Quittung. Die Tinte formte einen tanzenden Affen. Zumindest sah es so aus.

Wir betraten den Raum. Er war kleiner, als ich ihn erwartet hatte. Von uns aus links, einige Meter entfernt, lag, oder stand die Bar. Wie auch immer. Einige Leute standen davor und warteten darauf, bedient zu werden. Alle wirkten ungeduldig. Viele von ihnen rauchten.

Zwischen Bar und uns standen kleine Holztische an den Wänden. An jedem zwei Stühle.

Rechts von uns war die Tanzfläche. Sie nahm den größten Raum ein. Sie war weit davon entfernt, voll zu sein, aber ein paar tanzten dennoch. Manche für sich, manche miteinander, manche hatten die Augen geschlossen. Wahrscheinlich fiel es ihnen so leichter, woanders zu sein, sich wegzudenken.

Zwei küssten sich innig, während sie sich im Takt bewegten. Ein Junge und ein Mädchen. Ich registrierte diesen Fakt bewusst, was ich seltsam fand.

In diesem Moment kam mir der Gedanke, dass das alles eigentlich gar nicht so verschieden wirkte, zu dem wie es war, als ich noch regelmäßig Diskotheken besucht hatte.

Ja, die Musik war anders, man tanzte anders, irgendwie hypnotischer, sogar die Getränke waren anders, bunter, aber im Grunde war es genau das selbe. Das selbe Prinzip.

Nur das Offensichtliche unterschied sich.

Luisa winkte mich in Richtung der Bar. Sie beugte sich mir entgegen und fragte, was ich trinken wolle. Zumindest vermutete ich, dass sie das fragte. Verstanden hatte ich es nicht.

Ich zuckte mit den Schultern. Sie bedeutete mir zu warten.

Ich sah mich so lange weiter um. Ich war mit Abstand die älteste Person im Raum. Auf mich folgte wohl einer der Barkeeper. Aber auch er war deutlich jünger.

Die Beleuchtung tauchte die Tanzfläche in wechselnde Farben. Unregelmäßig. Mal schneller, mal langsamer.

Mein Schuh war offen. Ich band ihn. Als ich mich wieder aufrichtete, stand Luisa vor mir und hielt mir ein Glas hin. Der Inhalt sah aus wie Whisky. Ich nahm es und nippte daran. Es war Whisky. Luisa sah mich verärgert an. Sie hielt mir ihr Glas entgegen. Irgendetwas durchsichtiges mit Kohlensäure.

Wir stießen an. Ich nahm einen weiteren Schluck. Dann noch einen.

55

Luisa schloss sich den jungen Leuten auf der Tanzfläche an. Ich setzte mich an einen der Tische. Beobachtete abwechselnd mein Glas und sie. Wie sie tanzte. Wie sie sich bewegte. Erstaunlich grazil und betörend. Feminin. Etwas, das ansonsten nicht eines ihrer vordergründigen Merkmale war. Nicht, dass sie grobschlächtig oder ähnliches war. Vielleicht verwechselte ich es auch mit ihrer unprätentiösen Art. In jedem Fall fiel es mir auf.

Der Club füllte sich zusehends. Das Publikum war heterogen. Nicht vom Alter. Von der Art. Von der Kleidung.

Plötzlich setzte die Musik aus. Ich war überrascht. Meine Ohren pfiffen. Wahrscheinlich hatten sie schon die ganze Zeit gepfiffen, aber jetzt konnte ich sie auch hören. Keine drei Sekunden später setzte die Musik umso lauter wieder ein, der Bass umso härter. Es war ein seltsames Gefühl. Ich hörte so etwas ja sonst nicht. Aber die Musik war eigentlich nebensächlich. Die ganze Atmosphäre begann mich zu verschlucken. Wie Treibsand. Langsam, aber stetig. Der Rauch waberte in den Lichtstrahlen, die die Tanzfläche beleuchteten. Ich rauchte. Legte den Kopf in den Nacken und atmete aus. Ich beobachtete, wie der Rauch aufstieg. Ich wippte mit dem Fuß.

Ich stand auf, ging zu Luisa und fragte sie, ob sie noch etwas zu trinken wolle. Sie nickte, gab mir ihr Glas und deutete mit dem Finger darauf. Sie blieb nicht stehen, sondern tanzte weiter.

Ich zuckte unschlüssig mit den Schultern.

„Gin Tonic!", brüllte sie mir entgegen.

Ich ging an die Bar. Ich bestellte Luisas Getränk, zögerte, und nahm dann das selbe. Aus Neugier.

Der Barkeeper füllte hektisch aber geschickt unsere Gläser. Er tanzte auch ein wenig. Bewegte sich zumindest im Takt. Dann schrie er mir eine Zahl entgegen, die ich nicht verstand. Ich gab ihm deutlich mehr. Er gab mir die Differenz zurück. Ich warf das Geld ungezählt in meinen Geldbeutel. Es spielte ja keine Rolle, was es genau kostete. Ich müsste zählen, für eine Erkenntnis, die mir egal war. Zeitverschwendung.

Ich drehte mich um und sah, dass der Tisch, an dem ich gesessen hatte, mittlerweile besetzt war. Nicht mein Stuhl, der war noch frei. Auf dem anderen aber saß ein junger Mann. Auf ihm eine junge Frau. Sie küssten sich. Ich wollte nicht stören.

Ich ging zu Luisa und gab ihr ihren Drink. Ich wusste nicht wohin mit mir. Also blieb ich.

Ich tanzte. Ein wenig zumindest. Eigentlich schwankte ich mehr wie ein Baum im Wind. Ich wechselte das Standbein im Takt. Ich war mir nicht ganz sicher wie ich für jemand anderen aussah, bezweifelte aber, dass ich ein besonders gutes Bild von mir zeichnete.

Ich begann den Alkohol zu spüren. Es war ein gutes Gefühl. Ich fühlte mich zugehöriger, je mehr ich trank. Als würde mich Gin Tonic jünger machen.

Mir fiel auf, dass man weniger miteinander tanzte als zu meiner Zeit. Man sah sich an. Man kam sich nah. Aber man berührte sich nicht. Hatte die Hände bei sich selbst. Man tanzte überhaupt mehr für sich selbst. Man tanzte, wie man lebte. Allein in Gesellschaft.

Ich musste auf die Toilette. Ich versuchte es Luisa in Form von Gesten klar zu machen, was mir gelang. Es waren keine offensichtlichen Gesten.

Ich quetschte mich durch den Raum, was gar nicht so einfach war. Die Leute standen dicht gedrängt. Ein Schluck Bier landete auf meiner Schulter. Ich war weniger verärgert, als vielmehr erstaunt darüber, wie groß der Mann war, der es verschüttet hatte. Er hielt es einfach vor sich. Es war auf meiner Schulter gelandet. Es musste umständlich sein, so groß zu sein, dachte ich, während ich mich weiter Richtung Toilette vorarbeitete und dabei mir einer Hand versuchte das Bier zu verreiben, viel mehr die Tropfen, die noch nicht eingezogen waren, davon zu schleudern.

Ich sah auf meine Schulter. Kein großer Fleck. Ich bemerkte, dass ich ein Doppelkinn bekam, wenn ich den Kopf soweit drehte. Ich drehte ihn zurück. Meine eigene Eitelkeit überraschte mich.

Es war eine Schwingtür. Ich fand es unpassend für eine Toilette. Zu öffentlich.

Es gab vier Pissoirs. Drei waren belegt. Ich ging an das freie. Stellte mein Getränk darauf ab. Als ich fertig war, wusch ich mir die Hände und betrachtete mich im Spiegel. Der Fleck auf meinem Jackett. Die Hände.

Ringlos. Meine Falten. Tränensäcke. Bartstoppeln. Ich war zufrieden damit. Nicht glücklich. Aber zufrieden.

56

Der Gin Tonic schmeckte nicht einmal schlecht. Ich holte mir einen weiteren. Mein Tisch war wieder frei. Das junge Paar, falls es überhaupt ein solches war, küsste sich nun auf der Tanzfläche. Sie wirkten wie ein einziger Organismus. Verschlungen. Ob sie die Musik wahrnahmen? Oder überhaupt etwas um sie herum?

Ich setzte mich, trank. Ich suchte die Tanzfläche nach Luisa ab. Nach einer Weile entdeckte ich sie. Sie tanzte mit einem Mann, ungefähr in ihrem Alter. Sie sprachen nicht miteinander. Wie auch. Sie schienen dennoch übereingekommen zu sein, miteinander tanzen zu wollen.

Irgendjemand setzte sich an meinen Tisch. Ich stand auf. Mein Kopf pochte ein wenig. Entweder wegen der lauten Musik, dem Alkohol oder dem ruckartigen Aufstehen. Es gab zu viele naheliegende Erklärungen um besorgt zu sein.

Ich bestellte zwei weitere Gin Tonics und ging wieder zu Luisa. Ihr Tanzpartner war verschwunden. Ich wollte ihr das Glas geben, stellte aber fest, dass sie bereits ein volles in der Hand hielt. Ich sah sie fragend an. Sie zuckte mit den Schultern und lächelte.

Ich sah mich um, tippte einem jungen Mädchen auf die Schulter. Sie drehte sich zu mir um, musterte mich wenig freundlich. Ich drückte ihr einen Gin Tonic in die Hand. Sie rümpfte die Nase und schüttelte den Kopf, nahm das Getränk und drehte sich wieder um.

Ich fand es unhöflich, aber verständlich. Es muss aufdringlich gewirkt haben. Dabei wollte ich nur nicht in beiden Händen ein Getränk halten – das sah ja aus, als bekäme man gar nicht genug!

Luisa beugte sich vor und gab mir einen Kuss auf die Wange. Unvermittelt. Ich wusste nicht so recht, was ich davon halten sollte. Aber es fühlte sich trotzdem gut an. Sie war meine Verbindung zur Realität. Ohne sie hätte ich mich in diesem Club gänzlich deplatziert gefühlt. So ging es. Ich akklimatisierte mich sogar ein wenig. Ich bewegte mich wieder auf eine Art, die Tanzen nicht unähnlich war.

Die Musik begann mir sogar zu gefallen. Sie hämmerte nicht mehr einfach nur im Hintergrund vor sich hin. Ich begann eine Melodie zu erkennen. Sphärisch. Sie gewann mich immer mehr für sich.

Nach einer Weile schwitzte ich sogar ein wenig. Ich war erstaunt von meiner Fähigkeit mich zu assimilieren.

Luisa holte eine weitere Runde Getränke. Ich sah auf die Uhr. Es war spät. Ich konnte mich nicht erinnern, so lange ausgegangen zu sein. Nicht mal an Silvester.

Ich spürte eine Berührung. An meiner Hüfte. Ich sah nach unten. Es war eine Hand. Ich drehte mich um. Eine Frau sah mich an. Die Hand, die noch eben an meiner Hüfte gewesen war, hatte sie gehoben und winkte mir.

Ich war verwirrt. Ich winkte zurück. Ich ahnte, dass ich dämlich dabei aussah. Unmännlich. Es schien sie nicht zu stören. Sie lächelte. Und tanzte. Auch ein bisschen mit mir.

Ich musterte sie. Sie war deutlich jünger als ich, aber dennoch älter als alle anderen hier. Sie trug ein enges, schwarzes Oberteil, dass zu viel von ihren Brüsten preisgab. Für meinen Geschmack zumindest. Dazu eine schwarze Jeans. Sehr eng. Sehr.

Eine goldene Kette, die ihr fast bis zum Bauchnabel reichte. Dazu blonde Locken und auffällig roter Lippenstift. Sie war keine Schönheit, niemand der auf Anhieb verzauberte. Sie versuchte es mit Aggressivität wett zu machen. Mit vordergründiger Sexualität.

Sie stieß mit mir an. Kam mir dabei nahe. Was wollte sie von mir? Das Licht tauchte ihr Haar in wechselnde Farben. Sie bewegte sich überzogen sinnlich. Es war mir bewusst, aber störte mich nicht.

Luisa kam zurück. Sie gab mir ein weiteres Getränk. Sie sah mich stirnrunzelnd an, wandte sich dann ab und tanzte. Für sich selbst.

Ich wusste, dass ich nicht weiter trinken sollte. Ich tat es dennoch.

Die Frau, die mich betanzte, brüllte mir irgendetwas ins Ohr. Ich verstand es nicht. Gleichzeitig schlang sie einen Arm um meinen Hals. Ich spürte ihre Brüste an mir. Mir wurde nicht grade schwindlig, aber ich musste meinen Stand mit einem Schritt zur Seite festigen. Der Gin entfaltete seine Wirkung. Schlagartig. Sie löste sich von mir. Ihr Blick blieb auf mich gerichtet. Ich verstand den ganzen Vorgang nicht. Sie schien mich zu mögen. Aber wir hatten doch noch nicht ein Wort miteinander gewechselt! Sie mit mir. Aber nicht miteinander.

Sie sah mich erwartungsvoll an. Ich reagierte nicht. Ich wusste auch nicht wie. Sie nahm mich an einem Arm und deutete mit ihrem anderen in eine Richtung hinter sich. Ich folgte mit meinem Blick ihrer Geste. Deutete sie auf die Bar? Nicht wirklich. Aber sie konnte unmöglich auf die Toilette deuten!

Luisa packte mich am anderen Arm. Sie deutete auf den Ausgang. Unmissverständlich. Ich wusste nicht so recht. Sah erst die Frau mit den zur Schau gestellten Brüsten, deren Namen ich nicht kannte an, dann Luisa.

Ich löste mich von beiden und stolperte Richtung Ausgang.

57

Ich erwachte voll bekleidet. Das Zimmer hatte keine
Uhr. Ich sah auf die an meinem Arm. Ich hatte sie nicht
ausgezogen. Ungewöhnlich. Es war früher Morgen. Ich
schielte aus dem Fenster. Dämmerung.
Nebenbei bemerkte ich, dass mein Jackett über einem
Stuhl hing. Immerhin das hatte ich abgelegt.
Ich richtete mich auf. Mein Kopf dröhnte. Vibrierte.
Wie ein Becken, auf das geschlagen wurde.
Ich ging auf die Toilette. Auf dem Weg dahin rieb ich
mir die Augen. Sie waren verkrustet. Ungewohnt stark.
Führte Alkohol zu verkrusteten Augen? Der Zusammen-
hang erschloss sich mir nicht.
Ich stellte mich vor den Spiegel. Das selbe wie gestern.
Die selben Hände. Ringlos. Die selben Falten. Vielleicht
ein paar mehr. Wie immer nach dem Aufstehen. Die
selben Tränensäcke. Nur tiefer. Die selben Bartstoppeln.
Nur ein bisschen länger. Immer noch ich. Der selbe
Mensch, wie wenige Stunden zuvor. Und doch erkannte
ich mich selbst nicht wieder. Als wäre ich über Nacht
um zehn Jahre gealtert. Ich gefiel mir nicht in dieser
Rolle. Eine durchzechte Nacht wollte nicht recht zu mir
passen.
Ich versuchte mich an die Geschehnisse der vergangenen
Nacht zu erinnern. Wir hatten getrunken, Luisa hatte
getanzt, ich auch ein bisschen. Und dann war da noch
diese Frau gewesen, die, aus mir unerklärlichen
Gründen Gefallen an mir gefunden hatte. Die mich

berührt hatte. An der Hüfte. Und ihren Arm um mich geschlungen hatte. An viel mehr erinnerte ich mich nicht mehr. Ihr Aussehen, ihre ganze Physiognomie veränderte sich ständig, bei jedem Gedanken. Mal hatte sie so ausgesehen, mal so.

Ich erinnerte mich allerdings sehr wohl an Luisas wenig begeisterten Ausdruck, als sie mich förmlich aus dem Club gezogen hatte. Ebenso, dass sie mir auf der Rückfahrt nur widerwillig geantwortet hatte. So knapp wie es nur eben möglich war. Der Taxifahrer hatte nur geschwiegen. Er war ein stummer Richter unserer gezwungenen Konversation gewesen.

Ich fühlte mich Taxifahrern gegenüber stets verpflichtet. Man konnte sie einfach nicht ignorieren. Ich redete lieber mit ihnen, als in ihrer Gegenwart mit jemandem. Es war, als wurde man belauscht.

Als wir an der Pension ankamen, hatten wir auch nicht mehr viel geredet. Wir hatten einander eine gute Nacht gewünscht. Das war's. Ich hatte sie umarmen wollen. Sie war ausgewichen. Dann waren wir in unsere Zimmer gegangen. Und dann war ich aufgewacht.

Ich stand immer noch vor dem Spiegel, der über dem Waschbecken hing. Ich sah mich an. Ich gefiel mir weiterhin nicht. Ich beschloss duschen zu gehen.

Ich warf einfach alles von mir und stieg in die enge Kabine.

Ich ließ mich berieseln. Stand einfach nur da und beobachtete, wie das Wasser an mir herablief. Wie es von meiner Nase floss, um dann auf dem kalten

Porzellanboden zu zerplatzen, sich wieder zu vereinigen und gen Ausfluss zu rinnen. Und für immer aus meinem Blickfeld zu verschwinden. Mikroskopisch kleine Teile von mir als Beute davon tragend.

Ich betrachtete meine Zehen. Sie waren behaart. Alle bis auf den kleinen Zeh. Ich spreizte sie. Ich musste an Mr. Spock denken.

Meine Augen wanderten an mir herauf, streiften meine Beine, welche hager waren. Meinen Penis. Der war in Ordnung. Mein Torso war, wie er war. Nichts was Frauen in Ekstase versetzte, aber auch nicht grundsätzlich abstoßend. Sonst konnte ich nichts mit meinem Blick abtasten. Arme waren uninteressant. Sie sahen immer gleich aus.

Ich drehte den Hahn zu. Ich hatte kein Shampoo verwendet. Auch kein Duschgel. Einfach nur Wasser. Es genügte mir. Nicht üblicherweise, aber grade wollte ich es nicht anders. Asketisch.

Ich nahm mir ein Handtuch. Es war riesig. Ich wickelte mich darin ein. Tropfen fielen von meinen Haaren auf den Boden, während ich Richtung Bett ging. Wie bei Hänsel und Gretel. Statt der Brotkrumen.

Ich überlegte, ob ich Luisa wecken sollte. Ich war mir nicht sicher, ob unsere Abmachung auch noch galt, nachdem wir am Meer angekommen waren. Wahrscheinlich nicht. Ich ließ es.

Ich blickte aus dem Fenster. Ein Blick ins Nichts. Sicher, ich sah Häuser, die Straße, sogar einen Fußgänger. Aber nichts von Belang.

Ich setzte mich auf das Bett. Platzierte das Kissen hinter meinem Kopf, so dass ich bequem aufrecht sitzen konnte.

Ich betrachtete die Tapete. Sie war scheußlich. Feldblumen und Getreide. Ich schlief ein.

58

Ich schreckte auf. Es war kein langsames Durchschreiten der Zwischenwelt, die den Schlaf vom Wachsein trennte. Vielmehr abrupt. Ich setzte mich auf. Blickte auf die Uhr. Ich hatte noch ein paar Stunden von allem verpasst. Von allem, das auch immer geschehen sein mochte in dieser Zeit.

Ich trug immer noch lediglich das große Handtuch. Ich bemerkte, dass auf eine Ecke eine Schildkröte gestickt war. So groß wie ein Handteller. Zumindest wie meiner. Warum ausgerechnet eine Schildkröte?

Ich stand auf, zog mich an. Musterte mich erneut im Spiegel. Wenig besser.

Ich verließ mein Zimmer und schloss ab. Ich ging zu Luisas. Ich zögerte kurz. Ich erinnerte mich an das Ende des gestrigen Abends. Oder der heutigen Nacht. Je nachdem.

Sie war verärgert gewesen. Wohl ob meines Intermezzos mit der anderen Frau. Dabei hatte ich gar nichts getan. Ich war ja nur dagestanden. Ich hatte mich zwar nicht gewehrt gegen ihre Annäherungsversuche, aber ich hatte sie auch nicht unterstützt. Ich war neutral geblieben.

Und überhaupt, wir waren ja kein Paar. Sie war Teil ihres eigenen Paars. Ich nicht mehr. Höchstens rechtlich. Ich hatte ja nicht vorgehabt mit dieser Person irgendetwas zu tun. Aber selbst wenn? Ich war niemandem Rechenschaft schuldig. Auch Luisa nicht. Letztlich bildeten wir nur eine Reisegemeinschaft.

Ich klopfte. Wartete. Eine Minute. Exakt. Eine Uhr hing über der Treppe. Ich klopfte erneut. Der letzte Schlag meiner Faust gegen die Tür ging ins Leere. Luisa hatte sie aufgezogen. Sie sah mich verschlafen an. Sie trug ein T-Shirt, dass ihr viel zu groß war und beinahe bis an die Knie reichte. Trotz ihres Bauchs. Sonst nichts. Zumindest nichts, das ich sah. Sie legte den Kopf auf die Seite. Gähnte, zog die Augenbrauen nach oben.

„Ja?" Mehr sagte sie nicht.

„Wollen Sie mich begleiten? Frühstücken?"

Ich fühlte mich sofort schuldig. Ich wusste noch nicht einmal weswegen. Wobei, ich wusste weswegen, aber ich sah es nicht ein.

Sie sah mich prüfend an. Als ob sie überlegte, ob sie es mit sich vereinbaren konnte, mit mir zu frühstücken.

„Geben Sie mir fünf Minuten. Ich klopfe dann bei Ihnen." Schon während sie das sagte, drehte sie sich um und verschwand im Bad.

Ich lehnte ihre Zimmertür an. Ich überlegte, ob ich im Gang warten sollte.

„Sagen wir zehn Minuten", rief sie mir aus dem Bad entgegen.

Ich ging in mein Zimmer zurück.

Ich setzte mich auf mein Bett und sah die Tapete an. Bei Tageslicht war sie noch hässlicher. Man erkannte die vergilbten Schatten, die ihr die Zeit zugefügt hatte, noch deutlicher. In einer Ecke waren leichte Spuren von Schimmel zu erkennen. Es war ein trostloser Anblick.

Ich fühlte mich wie die Tapete.

Ich tat wahllos sinnlose Dinge, um die Zeit totzuschlagen. Ich putzte mir die Zähne. Erneut. Schüttelte mein Bett auf, auch wenn es nicht meine Aufgabe war. Ich zog eine andere Hose an. Ich sah aus dem Fenster. Auf die Straße. Ein Mann wechselte den Reifen an seinem Auto. An einem Auto zumindest. Ob es seines war, wusste ich nicht. Vermutlich. Ich musste an den Volvo denken, den ich verkauft hatte. Ich hatte ihn beinahe zehn Jahre gefahren. Und ich hatte ihn einfach verkauft. Ohne mit der Wimper zu zucken. Für ein Cabrio. Die Erinnerungen, die in dem Wagen steckten, hatte ich gleich mit verschleudert.

Meine Frau und ich waren einige Male damit in den Urlaub gefahren. Ich war gefahren. Immer. Sie hatte sich über meinen Fahrstil beschwert. Immer. Wir hatten trotzdem stets eine gute Zeit gehabt. Niemanden sonst außer ihr, hätte ich so lange an meiner Seite ertragen ohne übellaunig zu werden.

Als ich darüber nachdachte, vermisste ich sie ein wenig. Vermisste es, mich mit ihr zu unterhalten. Von ihr unterhalten zu werden.

Sie hatte mir immer vorgelesen, wenn wir in den Urlaub gefahren waren. Und sich selbst auch. Sie hatte stets einen kurzen Roman mitgenommen, um uns während der Fahrt zu unterhalten. Ich hatte das großartig gefunden. Wie ihre Stimme Geschichten erzählt hatte. Als wären sie ihr in diesem Moment eingefallen. Es waren intime Momente gewesen. In denen wir uns sehr nahe gewesen waren. Ich ihr, auf jeden Fall.

Es klopfte.

59

Wir verließen die Pension und begannen mit der Suche nach einer Frühstücksmöglichkeit. Wir gingen zu Fuß. Zunächst schweigend. Jeder hing seinen eigenen Gedanken nach, auch wenn ich keine hatte. Selbstredend dachte ich irgendetwas.

Es blieb ja nicht aus zu denken. Man konnte es sich nicht aussuchen. Nicht nicht denken. Von sich selbst wurde man nie in Ruhe gelassen.

Aber ich hatte keine zusammenhängenden Gedanken. Keine konkreten.

Ich bemerkte, dass ich über das Nachdenken nachdachte. Wie unnötig.

Ein Mann stolperte uns entgegen. Er hatte eine Bierdose in der Hand. Er sah verwahrlost aus. Sein Dreitagebart war unregelmäßig. Mal länger, mal kürzer. Seine Augen wirkten glasig und müde. Er sah mich an, als wir aneinander vorbei liefen. Unterschiedliche Richtungen, unterschiedliche Ziele.

Ich hielt seinem Blick nur kurz stand. Ich bemitleidete ihn, ohne es zu wollen. Ich sah in seinem Blick, dass er es wusste, dass er es nicht anders gewohnt war. Ich fragte mich, ob man sich an so etwas überhaupt gewöhnen konnte. Ob man sich irgendwann mit der Rolle arrangierte, die einem zugeteilt worden war. Oder, ob es einen jedes Mal wieder traf. Blicke, wie meiner.

Ich musste an den gestrigen Abend denken. Ich hielt es für kein gutes Zeichen, dass der Anblick dieses Mannes diese Assoziation auslöste. Zumindest empfand ich eine gewisse Beunruhigung dabei.

Aus dem Nichts heraus hakte sich Luisa bei mir ein und sah mich an. Sie verzog einen Mundwinkel. Falls es so etwas wie vorwurfsvolle Zuneigung gab, war es das, was sie ausdrückte.

„Ich möchte, dass Sie mit mir hier sind!", sagte sie, nachdem ich sie zunächst irritiert angesehen hatte.

„Bin ich das nicht?"

„Doch. Sicher." Sie hielt kurz inne. „Aber als Sie gestern mit dieser Frau geflirtet haben, kam ich mir ein wenig überflüssig vor. Als könnten Sie genauso gut auch alleine durch die Welt reisen."

„Ich habe nicht mit ihr geflirtet!" Es war keine reine Verteidigungsstrategie. Ich glaubte mir selbst.

Ich hatte ja nicht ein einziges Wort zu ihr gesagt. Konnte man überhaupt wortlos flirten? Vielleicht. Ich konnte es jedenfalls nicht. Da war ich mir sicher. Zumindest nicht absichtlich. Hatte ich versehentlich geflirtet?

„Sie haben mich zumindest nicht mehr wahrgenommen!"

„Ich denke, ich hatte vielleicht einen Gin Tonic zu viel." Wir gingen eine Weile ohne, dass ich weiter redete. Oder sie antwortete.

„Ach, vergessen Sie es einfach. Eigentlich habe ich kein Recht sie zu vereinnahmen. Ich weiß auch nicht.

Es hat mir nicht gefallen, sie mit ihr zu sehen. Noch dazu war sie nichts für Sie."

Ich beschloss nichts dazu zu sagen.

„Als ich gestern Nacht im Bett lag und versucht habe einzuschlafen, habe ich darüber nachgedacht," fuhr sie fort. „Da wusste ich schon, dass ich keinen Grund hatte, sauer zu sein."

„Als ich Sie geweckt habe, hat man ihnen diese Erkenntnis aber nicht angemerkt."

„Ich kann den Modus nicht so schnell ändern."

„Den Modus?"

„Von wütend auf nicht wütend. Es dauert ein wenig, bis ich verinnerliche, nicht sauer zu sein. Selbst wenn ich es nicht einmal hätte sein sollen. So eine Art Übergangsphase.

Das konnten Sie ja nicht wissen. Tut mir leid. Das alles." Sie gab mir einen Kuss auf die Wange. Als Siegel ihrer Entschuldigung. Als Unterschrift.

„Sie sind seltsam!", stellte ich fest, ohne sie dabei anzusehen. Wir gingen nebeneinander. Immer noch eingehakt.

„Vielleicht ein bisschen, ja. Zu sehr für Sie?"

Ich überlegte.

„Nein, grade richtig!" Ich gab ihr ebenfalls einen Kuss auf die Wange.

Wir frühstückten. Ereignislos.

Anschließend gingen wir an der Küste spazieren. Ich rauchte. Luisa fotografierte eine Eidechse. Sie war erstaunlich langsam. Wahrscheinlich war es zu kalt für sie.

Ein Motorboot rauschte an uns vorbei, im Schlepptau jemand, der Wasserski fuhr. Ich fragte mich, wie man so etwas freiwillig tun konnte. Es sah gefährlich aus. Schnell.

„Sie sollten das mal probieren! Ich würde es sofort machen, wäre ich nicht schwanger!", sagte Luisa zu mir und deutete auf den Mann auf den Skiern. Oder die Frau. Das konnte man nicht erkennen.

Ich zeigte ihr einen Vogel.

Als ich mich wenig später in den engen Neoprenanzug presste, fragte ich mich, ob ich den Verstand verloren hatte.

Eine knappe Stunde später war ich mir sicher.

60

Der Anzug saß eng und war unbequem. Der Mann, der das Boot fuhr, hatte, als er mir alles Notwendige in die Hand gedrückt hatte, gesagt, dass ich Glück habe, da sie den letzten Tag geöffnet hatten, bevor sie für die Wintermonate schlossen. Ich dachte mir, dass dies nicht unbedingt meiner Definition von 'Glück haben' entsprach.

Luisa hielt mir andauernd ihr Handy entgegen und schoss Bilder. Ich bat sie, das zu unterlassen. Sie ging nicht darauf ein.

Ich zupfte den Anzug zurecht, während ich, angeführt von dem Mann zum Boot watschelte. Luisa lief hinter uns. Ich drehte mich zu ihr um. Wieder hatte sie das Handy auf mich gerichtet. Mit ausgestrecktem Arm. Wie eine Waffe. Als müsste sie nur abdrücken, um mich zwar nicht meines Lebens, aber stattdessen meiner Würde zu berauben.

„Hören Sie auf, Fotos von mir zu schießen!", rief ich ihr zu und versuchte verärgert auszusehen. Ich war ja auch verärgert. Ich wollte es nur deutlich machen. Überakzentuieren.

„Ich fotografiere Sie überhaupt nicht!", sagte sie lachend.

„Sicher tun sie das. Schluss damit!"

Ich streckte ihr den Zeigefinger entgegen. Während ich watschelte. Ich war mir durchaus bewusst, dass sie mich nicht ernst nahm. Ich konnte es ihr nicht einmal verübeln.

„Ich mache keine Bilder von Ihnen. Versprochen!" Sie lachte immer noch. Sie schien sich kaum noch beherrschen zu können.

„Nehmen Sie das Ding runter. Was machen Sie denn sonst damit, wenn sie nicht fotografieren?"

„Ich filme Sie!" Sie prustete vor Lachen. Stützte sich auf ihre Oberschenkel. Sie wurde richtiggehend erschüttert. Sie vibrierte.

Ich drehte mich um und ging auf sie zu.

„Geben Sie mir sofort Ihr Handy!" Ich beschleunigte meinen Schritt. Sie bemerkte es, drehte sich ebenfalls um und rannte vor mir weg. Kleine Steinchen stoben in alle Richtungen davon. Kleine Kiesel. Sie lachte weiterhin und hielt das Handy über ihre Schulter, um mich weiter filmen zu können. Während ich sie verfolgte.

Sie rannte schneller, als ich watscheln konnte. Wir mussten einen grotesken Anblick abgegeben haben.

Eine schwangere Frau, die vor einem Mann in einem Neoprenanzug wegrannte. Als Kulisse das Meer. Und bewölkter Himmel. Beide betrachteten uns humorlos.

Luisa steuerte auf einen größeren Stein zu. Sie setzte sich auf ihn und schnappte nach Luft, was sie nicht davon abhielt, das Handy weiterhin auf mich zu richten. Erst als ich sie fast erreicht hatte, steckte sie es rasch in ihre Jacke.

Ich kam kurz vor ihr zum Stehen. Ich schnaufte. Kleine Lichtblitze zuckten vor meinen Augen. Oder in ihnen. Wie auch immer.

„Wieso -?" Ich unterbrach meine Frage, um nach Luft zu schnappen. Waren das bereits die ersten Nebenwirkungen vom Rauchen?

„Wieso?" Ich beschloss, dass das genügen musste. Den Rest konnte sie sich ohnehin denken.

„Haben Sie sich nicht so!" Sie lächelte. „Sie sehen sehr liebenswürdig aus in Neopren!"

„Na danke!" Ich musste gegen meinen Willen schmunzeln.

„Ihr Fahrer wartet."

„Gut, dass Sie mich daran erinnern. Ohne Sie hätte ich glatt vergessen, wieso ich mich in dieses enge Teil gezwängt habe.

Gehen wir!"

Ich ging Richtung Boot. Nach wenigen Metern hielt ich inne und drehte mich zu Luisa um.

„Sie gehen vor!"

61

Ich klammerte mich an den Haltegriff am Ende des Seils. So war es mir erklärt worden. Der Fahrer drehte sich im Sitz um und hob einen Daumen und fuhr erst langsam, aber dann rasch beschleunigend an.

Luisa saß neben ihm, filmte. Gnädigerweise nicht mehr mich. Vielmehr die Küste, das Wasser, das am Boot vorbei zog, die Gischt.

Wir fuhren parallel zur Küste. Immer geradeaus. Zu meinem eigenen Erstaunen konnte ich mich tatsächlich auf den Ski halten. Es war nicht das erste Mal, dass ich auf welchen stand. Jedoch das erste Mal, dass sich darunter kein Schnee befand. Langlauf konnte ich etwas abgewinnen. Es war eine friedliche, beinahe meditative Sportart. Nicht so wie das hier.

Meine Frau hatte immer alpin bevorzugt. So waren wir uns auch nie in die Quere gekommen.

Wasserski stellte sich nicht als gemütlich und erst recht nicht als meditativ heraus. Das hatte ich auch nicht erwartet.

Ich musste mich die ganze Zeit darauf konzentrieren, dass nicht eines meiner Beine eine andere Richtung einschlug, als der Rest von mir. Es machte dennoch Spaß, was mich erstaunte.

Nach einer Weile gestikulierte der Fahrer in meine Richtung. Es gelang mir nicht zu dechiffrieren, was er mir mitzuteilen versuchte.

Das Boot legte sich in die Kurve. Jetzt verstand ich.

Die Wellen, die es hinter sich herzog, als würde es sie aussondern, kreuzten mich. Oder ich sie. Sie hoben mich aus. Nicht sonderlich hoch. Aber hoch genug.

Ich landete eine Sekunde später. Vielleicht zwei. Auf den Ski. Aber nur kurz. Dann verriss es mir den linken und ich kippte zur Seite, schlug mit der Wange auf der Wasseroberfläche auf. Härter als erwartet. Schmerzvoller als erwartet. Dann war nur noch Meer um mich. Ich schluckte eine Portion. Hustete, sofern das unter Wasser möglich war.

Ich versuchte die Orientierung wiederzuerlangen. Die horizontale war mir egal. Ich wollte nur herausfinden, wo sich Oben befand. Es gelang mir. Ich mühte mich zurück an die Oberfläche und fragte mich, wieso ich keine Schwimmweste trug. Ich ruderte mit den Armen und drehte mich auf der Stelle, bis ich das Boot ausfindig gemacht hatte.

Luisa winkte mir belustigt. Ich war nicht belustigt. Ich wäre es jedoch wohl auch gewesen, wäre ich nicht ich gewesen. Aber ich war ich. Eine der wenigen Dinge, bei denen ich mir sicher war. Ich war ich, soweit man man sein konnte.

Sie steuerten auf mich zu und halfen mir ins Boot, als sie mich erreicht hatten.

Ich bat um einen Schluck Wasser. Mein Mund schmeckte nach Meer. Es gab kein Wasser. Meine Lippen brannten.

Ob ich eine weitere Runde drehen wolle, fragte der Fahrer mich. Ich sah ihn entgeistert an. Mehr nicht. Es genügte ihm.

Wir fuhren wieder zurück an die Küste. Meine Wange schmerzte ein wenig. Wie nach einer Ohrfeige.

Luisa gab mir einen aufmunternden Klaps auf die Schulter. Zwei, um genau zu sein.

„Ich hätte nicht gedacht, dass Sie das tatsächlich machen!"

„Wieso nicht?"

„Nun ja, Sie sind eben nicht so recht der Typ für derartig rasante Sportarten."

Wirkte ich wirklich so? Sicher, sie hatte ja durchaus Recht. Ich konnte es nicht nachvollziehen, warum man sich freiwillig in Gefahr brachte. Egal, ob man sich, nur an einem Seil befestigt, von Brücken, oder mit einem Fallschirm auf dem Rücken aus Flugzeugen stürzte. Es gab mir keinen Kick, wie offenbar so vielen anderen. Zumindest konnte ich es mir nicht vorstellen.

Es störte mich auch nicht, dass es mich nicht reizte, dass ich nicht der Typ dafür war, wie Luisa es ausgedrückt hatte.

Aber ich wollte es auch nicht unbedingt ausstrahlen. Das war nämlich etwas völlig anderes. Das hieß nichts anderes, als dass ich zu gemütlich, oder gar zu langweilig dafür sei.

Ich wollte nicht so wirken, wie ich war.

62

Ich schälte mich aus dem Neoprenanzug. Es war ähnlich kompliziert, wie in ihn zu gelangen.

Ich traf mich mit Luisa vor dem Laden. Nachdem ich den Mann bezahlt hatte. Es war erstaunlich teuer, sich zum Affen zu machen. Zumindest auf diese Art.

Die Mittagszeit war vorbei. Die Sonne sah uns aus einem anderen Winkel zu, als noch vor ein paar Stunden. Als schliche sie um uns herum, um uns von allen Seiten begutachten zu können.

Wir beschlossen, ein wenig am Strand spazieren zu gehen. Es war kein richtiger Strand. Es gab keinen Sand. Möglicherweise war das nicht erheblich, um den Rand des Meeres als Strand zu definieren. Für mich schon. Sonst war es Küste.

Wir gingen dort spazieren, wo das Meer das Land berührte. Sich ihm ergab. Wie auch immer man es bezeichnete.

Diesmal hakte sie sich nicht ein. Stattdessen nahm sie meine Hand. Nicht wie es verliebte Paare zu tun pflegen, die Finger über Kreuz. Vielmehr wie ein nicht enden wollender Handschlag. Ich ließ mich darauf ein.

Eine Möwe schwebte an uns vorbei. Scheinbar ziellos. Es war windstill. Felsen und Steine lagen auf unserem Weg. Den größeren wichen wir aus. Bis wir an eine Stelle kamen, an der wir vor der Wahl standen, die Felskette, die sich uns entgegen stellte zu umwandern, oder darüber zu klettern. Wir diskutierten kurz, dann zogen wir Schuhe und Socken aus und krempelten unsere Hosen nach oben.

Wir gingen ufernah durch das Wasser. Es war eisig kalt. Schon nach wenigen Schritten brannten meine Waden. Erst am Vorabend hatte Luisa ihre Beine im Meer baumeln lassen. Sie hatte nicht gewirkt, als würde es ihr etwas ausmachen. Ich wunderte mich, sagte aber nichts.

Die Felskette erstreckte sich nicht weit. Nach wenigen Minuten waren wir an ihr vorbei gewatet und gingen wieder an Land. Ich setzte mich auf die Steine, legte Schuhe und Socken neben mich. Es war nicht sonderlich bequem. Aber es war auszuhalten.

Meine Beine waren nass. Ihre selbstverständlich auch. Sie nahm neben mir Platz.

„Sie haben recht!", sagte sie unvermittelt.

Ich versuchte einen Zusammenhang zu ihren Worten herzustellen. Es gelang mir nicht. Mir fiel nichts ein, bei dem ich recht haben könnte. Nichts was sich aufdrängte zumindest.

„Womit?"

„Hier ist nichts. Wir sind am Meer, gut. Aber sonst? Es ist wie in einer Geisterstadt hier."

Ich dachte über ihre Worte nach. Sie hatte nicht unrecht. Es war die richtige Entscheidung gewesen ans Meer zu fahren. Zweifellos. Wohin auch sonst? Es war, wie einer anderen Welt entgegen zu fahren. Als könnte man sich durch die Horizontlosigkeit und den Rand des Festlands aller Ketten, die einen an die eigene Existenz fesselten, entledigen.

Dieses Gefühl war sehr präsent gewesen. Wie ein Drang, wie ein Magnet, der einen anzog. Es zwang einen schneller zu fahren. Es ließ einen überhaupt weiter fahren. Und doch war es unbefriedigend, angekommen zu sein. All die Erwartungen, die sich aufgebaut hatten, alles wofür man das Meer missbraucht hatte, als Sehnsucht, als Metapher für Freiheit, für Losgelöst-Sein, all dem schien es nicht gerecht werden zu können. Nicht sobald man tatsächlich da war. Wenn man es das erste Mal sah, ja, für einen Moment. Dann tauchte man die Füße hinein, wachte neben ihm auf und schon schien es, als hätte man ihm seine Magie genommen. Seine Ausstrahlung. Und es wurde zu dem was es war. Salziges Wasser. Viel davon.

„Wollen Sie nach Hause fahren?", fragte ich sie letztlich.

„Nein!", antwortete sie beinahe reflexartig. „Sie?"

Ich dachte darüber nach. Ich brauchte nicht lange, um zu dem Ergebnis zu kommen, dass ich es nicht wollte. Überhaupt nicht. Es waren erst ein paar Tage vergangen, seit ich mich von allem, was mich schon so lange tagein, tagaus beschäftigt hatte, entfernt hatte. Bewusst zur Seite geschoben hatte. Kein Teil mehr von dem Ich sein wollte, das ich mir all Jahre zurecht konstruiert hatte. Ich war noch nicht bereit zurückzukehren.

„Ich auch nicht", sagte ich schlicht.

„Sie haben gesagt, dass Ihnen noch ein Kontinent fehlt!"

Sie ließ es so wirken, als dachte sie lediglich laut.

„Ja."

„Wir sollten einen Arzt aufsuchen."

„Einen Arzt?"

„Ich möchte wissen, ob ich noch fliegen darf." Sie lächelte. Ich ebenso.

Ich küsste sie.

Auf die Wange.

63

Der Rest des Tages war es nicht wert, über ihn zu berichten. Wir taten Dinge, die man überall anders ebenso hätte tun können. Auch ohne Meer. Es war einfach nur der Hintergrund, vor dem wir standen.
Wir faulenzten. Wir aßen. Unterhielten uns über belangloses Zeug. Dann schliefen wir.
Am nächsten Morgen standen wir früh auf. Wir frühstückten im gleichen Lokal wie am Tag zuvor. Obwohl wir nicht allzu spät ins Bett gegangen waren, fühlte ich mich unausgeschlafen. Ich versuchte diesen Zustand in Kaffee zu ertränken, wie andere Leute Abende in Alkohol, um vergessen zu können, um schlafen zu können. Ich tat das Gegenteil, obwohl es irgendwie auch das gleiche war. Das Gegengift.
Manchmal ärgerte ich mich über mich selbst. Über meine Gedanken. Darüber, dass ich den Kaffee nicht einfach sein lassen konnte, was er war. Kaffee eben. Man trank ihn. Fertig. Es bot sich nicht an Vergleiche zu ziehen, darüber nachzudenken. Ihm eine Bedeutung zuzumessen.
Es war früher auch nicht meine Art gewesen. Es war nicht nötig gewesen, über Dinge nachzudenken. Es war ja alles geregelt. Strukturiert. Irgendwann hat man mal über alles nachgedacht. Blieb alles dauerhaft wie es war, ohne Veränderung, war man irgendwann damit fertig. Hatte den Status quo abgearbeitet.

Ich dachte an den Tag, als meine Frau und ich geheiratet hatten. Mir kam es so vor, als wäre ich grade aufgewacht und plötzlich war es gut fünfundzwanzig Jahre später. Ein viertel Dornröschen. Nur, dass ich auch um so viele Jahre gealtert war.

Was war in dieser Zeit passiert? Sicher, wir hatten eine Tochter großgezogen. Das war noch das berichtenswerteste.

Ein Haus hatten wir gekauft, gearbeitet hatten wir. Die Welt bereist, zumindest Teile. Aber wen interessierte das? Wer fragte danach? Was kam dabei heraus, wenn man das alles addierte? Ein großer Haufen Belanglosigkeit plus eine Tochter. Ist gleich?

Noch nicht einmal gemerkt hatte ich es. Es war ja auch eine gute Zeit gewesen. Irgendwie. Sorgenfrei. Ich könnte auch nicht sagen, wie alles wäre, könnte ich noch einmal zurück und alle Entscheidungen nochmal treffen. Die kleinen, wie die großen.

Es waren letztlich auch alles Entscheidungen, die dazu geführt hatten, dass ich jetzt hier saß. Am Meer. Mit Luisa.

So viele kleine Nuancen, die darüber entschieden, ob man einander begegnete, oder nicht. So etwas banales wie ein platter Reifen genügte.

Wäre ich überhaupt weiter gefahren, hätte ich sie nicht kennen gelernt? Wäre ich überhaupt auf die Idee gekommen?

Plötzlich fiel mir Luisas Vater ein und mit ihm auch der Briefumschlag, den er mir gegeben hatte, an dem Tag, an dem wir aufgebrochen waren. Er ruhte immer noch unberührt in meinem Jackett. Ich hatte ihn völlig vergessen. Dass ich ihn zum richtigen Zeitpunkt öffnen solle, hatte er zu mir gesagt. Ich fand das unnötig kryptisch. Woher sollte ich wissen, wann ein Zeitpunkt für etwas richtig war, von dem ich nicht einmal wusste, was es war? Und ob es überhaupt einen gab.

Ob ich Luisa von dem Umschlag erzählen sollte? Irgendwie hatte ich das Gefühl, dass es ihm nicht gefallen würde. Er wird schon einen Grund gehabt haben, ihn mir unter vier Augen zu übergeben. Ich wollte ihn nicht hintergehen.

Was Luisas Vater wohl dazu sagen würde, wüsste er, dass wir planten in ein Flugzeug zu steigen und den Kontinent zu verlassen. Wohl nicht viel. Er hatte wortkarg gewirkt. Ich glaubte, dass er zu der Sorte Mensch gehörte, die zu gar nichts viel sagten. Er würde es durch Präzision wett machen. In seiner Wortwahl. Und ich war mir recht sicher, dass er präzise erklären würde, dass er es für keine gute Idee hielt. Für eine äußerst schlechte um genau zu sein.

Und ich würde ihm zustimmen müssen. Aber es war niemand da, der meiner Vernunft auf die Sprünge half. Alleine hatte ich keine Chance gegen mich. Sehnsucht dominierte die Vernunft nach Belieben, wenn es darum ging, was mein Handeln bestimmte. Nicht meine Gedanken. Die verhielten sich neutral. Sie wussten sowohl von der Sehnsucht, als auch von der Vernunft. Doch diese wurde herausgefiltert, bevor ich handelte, bevor ich sprach. Wie von einer semipermeablen Membran. Übrig blieb nur die Sehnsucht. Danach in

Bewegung zu bleiben. Danach, dort zu sein, wo ich grade nicht war.

Weiterhin war es nicht so, dass ich irgendwo sein wollte. Auch wenn es der letzte Kontinent war, auf den ich noch keinen Fuß gesetzt hatte. Das diente auch nur als Ausrede mir selbst gegenüber. Als Legitimation auf eine Art zu handeln, deren Triebfeder eigentlich eine ganz andere war.

Lediglich zu Hause wollte ich noch weniger sein, als dort, wo ich grade war. Zu Hause würde die Endstation meines Ausbruchs sein. Unausweichlich. Etwas, dass ich noch eine Weile hinauszuzögern gedachte. Früh genug würden meine Verpflichtungen wie Tentakel nach mir zu greifen beginnen. Mich an diesen Ort – Zuhause – fesseln. Binden.

Es war schwieriger in Bewegung zu bleiben, wenn man sich nicht bewegte. Wenn man nur an einem Ort verweilte.

64

Es gab offenbar keinen vernünftigen Arzt im Umkreis von fünfzig Kilometern. Sofern man der Aussage der Frau, die die Pension, in der wir schliefen, Glauben schenken konnte. Allgemeinärzte gab es natürlich zuhauf. Ich hielt nichts von ihnen. Ich konnte es nicht wirklich erklären. Ich hatte aber stets das Gefühl, dass sie mit allem, was über einen Husten hinausging überfordert waren.

Luisa bemühte nach diesem wenig aufschlussreichen Gespräch ihr Handy. Es war eines dieser Geräte, mit denen man überall Zugriff auf das Internet hatte. Ich hatte noch ein älteres Modell gehabt, bevor ich es auf die Straße geworfen hatte. Mit Tasten. Man konnte telefonieren damit. Ich nutzte es auch nur dafür.

Sie tippte wild auf dem Bildschirm herum. Strich darüber. Es wirkte faszinierend und bedrohlich zugleich. Ich empfand es als befremdlich, jederzeit auf jede Information zugreifen zu können. Alles wissen zu können. Wenn man es wollte.

Ich genoss den Zustand der Unerreichbarkeit. Niemand wusste, wo ich war. Niemand konnte Kontakt zu mir aufnehmen. Als hätte ich alle Ketten abgeschüttelt. Verbindungslos. Es half mir, nicht über all das, was ich eigentlich zu Hause zu tun hätte, nachzudenken. Nicht einmal die Tatsache, dass mich niemand anrief. Vielmehr, dass es auch niemand konnte. Selbst wenn es noch so wichtig war. In ihren Augen.

„Wo ist der nächste, etwas größere Flughafen?", fragte Luisa, während sie auf ihrem Rührei herum kaute. Ich konnte das Rührei sehen, während es in ihrem Mund herum geschoben wurde. Ich widmete ihr einen missbilligenden Blick. Sie nahm ihn nicht wahr.

Ich antwortete ihr.

„Sicher?", fragte sie zweifelnd.

Ich mochte es nicht, wenn man mir eine Frage stellte, um anschließend die Antwort anzuzweifeln. Wieso fragte man dann überhaupt? Außerdem hatte sie ja ohnehin ein Telefon, welches das sofort herausfinden konnte. Ich konnte mich nur auf meine ungefähre Orientierung verlassen. Sie hatte einen verdammten Satelliten. Warum fragte sie mich also überhaupt?

„Wenn Sie einen Arzt in diesem Ding finden, finden sie auch einen Flughafen!" Luisa rümpfte die Nase.

Wir fuhren zurück in die Pension, packten unsere Koffer. Routiniert ging ich das Zimmer ab, um zu überprüfen, ob ich etwas vergessen hatte. Entsetzlich pedantisch. Aber ich konnte nicht anders. Ich hatte das immer so gehandhabt. Es war zu tief in mir verwurzelt. Da konnte ich mich häuten, wie ich wollte.

Ich hatte nichts vergessen. Wie auch. Ich hatte ja kaum etwas ausgepackt. Ich entnahm dem Koffer immer nur die Dinge, die ich benötigte. Alles andere empfand ich als Zeitverschwendung. Ich war entsprechend früher fertig als Luisa.

Ich klopfte an ihrer Zimmertür. Sie bat mich herein. Ich stellte meinen Koffer in den Flur und setzte mich auf ihr Bett. Es knarzte weniger als meines.

Sie wuselte um mich herum, als wäre sie eine einzelne Biene in einem Stock, schoss zwischen Bad und Bett hin und her. Sie packte unstrukturiert. Es passte zu ihr. Irgendwie. Ich musste schmunzeln. Unfreiwillig.

Ihre Reisetasche quoll über. Als hätte sich ihre Kleidung gepaart und vermehrt während unseres Aufenthalts. Ich konnte nicht anders, als es mir bildlich vorzustellen. Man hatte ja auch keine Wahl. Was man sich vorstellte und was nicht.

Ich überlegte, was wohl dabei herauskam, wenn sich ein Kleid und ein Jackett paarten. Innerlich schüttelte ich den Kopf. Wer dachte so etwas? Es war absurd.

Vermutlich ein Hosenanzug.

65

Dann saßen wir auf einmal wieder im Auto. Natürlich nicht einfach so. Ohne, dass wir wussten, wie uns geschah. Es fühlte sich dennoch wie eine Flucht an. Wir waren ja eigentlich grade erst angekommen.

Luisa seufzte zufrieden. Ich schielte zu ihr hinüber, während ich den Motor startete.

„Ach, irgendwie ist es gut, wieder im Auto zu sitzen. Ich weiß noch nicht einmal warum."

Ich dachte darüber nach. So falsch lag sie nicht. Als wären wir nicht ans Meer gefahren, um am Meer zu sein, sondern um da gewesen zu sein. Die Faszination, die es ausübte, war der eines Wunschs ähnlich, dem sie nur so lange inne wohnt, bis er erfüllt wurde.

Es folgte eine beinahe vierstündige Autofahrt, auf der nichts geschah, was es Wert gewesen wäre niedergeschrieben zu werden. Auch wenn ich mich fragte, ob es der Rest dieser Reise war. Sie war wohl so interessant, wie alles andere auch. Es oblag schließlich niemandem zu entscheiden, was interessant war und was nicht.

Ich kann nicht leugnen, dass mir unwohl ist, während ich schreibe. Es ist, als erlebe ich alles noch einmal. Und doch ist es ungleich schlimmer. Alle Entscheidungen sind bereits getroffen. All jene, die zu dem Ende geführt haben, das die Reise genommen hat. Ich treffe sie ein zweites Mal, doch diesmal weiß ich bereits vorher, dass sie falsch sind. Eigentlich fühle ich mich selbst viel mehr als Leser dieser Zeilen, als dass ich sie schreibe.

Als wir den Flughafen erreichten, hatte es zu regnen begonnen. Ich fuhr den Wagen in ein Parkhaus.
Ich nahm Luisas Reisetasche, schwang sie mir über die Schulter und nahm meinen Koffer in die andere Hand. Er hatte keine Rollen. Luisa bedankte sich.
Wir folgten den Schildern. Nach schier endlosen Treppenhäusern und Gängen gelangten wir in die Haupthalle.
Unzählige Menschen strömten durcheinander wie Fische in einem Schwarm. Dazwischen Gepäckstücke. Alles wirkte heterogen. Schreiende Kinder. Angestellte an den Schaltern, die im Akkord Reisende abfertigten. Ein Mann schlief auf seiner Reisetasche. Gongschläge läuteten nahezu ununterbrochen Durchsagen ein.
Wir steuerten zunächst den Informationsschalter an. Ein kleiner Mann mit Brille empfing uns mit einstudiertem Grinsen. Er schien einen Job zu bekleiden, der zwar nicht von Maschinen erledigt werden konnte, ihn aber in eine solche verwandelte. Ich sagte ihm, dass wir einen Flug suchten. Als Ziel nannte ich nur den Kontinent. Keine Spur Verwunderung ob des ungewöhnlichen Anliegens war in seinem Gesicht zu erkennen. Routiniert erklärte er uns die Möglichkeiten und an wen wir uns zu wenden hatten.
Wir bedankten uns und folgten seinen Anweisungen.
Im Weggehen hörte ich noch, wie der kleine Mann die Dame begrüßte, die hinter uns in der Schlange

gestanden hatte. Die gleiche Wortwahl, mit der er auch uns empfangen hatte.

Wir gingen an einen Schalter, der wohl auch als Reisebüro fungierte, ohne, dass es ihm auf den ersten Blick anzusehen war.

Eine junge Frau lächelte uns an. Sie trug einen roten Blazer, war akkurat frisiert und geschminkt. Sie lächelte nicht ganz so mechanisch, wie der Mann an der Information.

So recht wusste sie aber nichts mit unserem Anliegen anzufangen. Wir müssten ihr eine Stadt nennen. Zumindest ein Land, meinte sie. Ich sagte, dass es egal sei. Egal könne sie nicht in die Suchmaske eingeben, entgegnete sie.

Sie solle sich einfach eines aussuchen, schlug Luisa vor.

Die Frau sah uns weiterhin entgeistert an. Dann zuckte sie jedoch mit den Schultern, schüttelte den Kopf und begann auf die Tastatur vor ihr einzuhacken.

Minuten verstrichen. Sie nahm kein einziges Mal die Augen vom Bildschirm. Immer wieder strich sie sich eine Strähne ihres Ponys aus der Stirn. Postwendend fiel sie in ihre ursprüngliche Position zurück. Das Schauspiel wiederholte sich alle paar Sekunden. Ich bezweifelte, dass sie es bemerkte.

Ohne Einleitung las sie eine Liste aus vier Städten vor. Dorthin wären heute, respektive morgen noch Plätze frei, ließ sie uns wissen. Sie hatte tatsächlich respektive gesagt. Ich hatte es mir gemerkt, weil ich es ungewöhnlich fand. Oder unpassend. Respektive.

Ich sah Luisa fragend an. Die immer noch irritiert wirkende Frau hinter dem Tresen drehte den Bildschirm zu uns, so dass wir die Städtenamen lesen konnten. Offenbar traute sie uns kein besonders gutes Kurzzeitgedächtnis zu.

Luisa wollte lieber heute als morgen fliegen.

Blieben noch drei Optionen.

Ein Ziel schied aus, weil mir die politische Lage zu unsicher war.

Ich überließ Luisa die Entscheidung.

Sie tippte mit dem Zeigefinger auf den Bildschirm. Kleine Wellen bildeten sich auf der Oberfläche um ihre Fingerkuppen herum. Ähnlich denen, die ein Stein, der in einen Teich plumpst, auslöst. „Dahin!", sagte sie.

Ich nickte und gab der Frau mit einer Geste zu verstehen, dass wir uns entschieden hatten.

„Warum?", fragte ich Luisa.

„Der Flug ist eine viertel Stunde kürzer", sagte sie und grinste.

Ich bezahlte. Mit Karte.

„Sie können nicht die ganze Zeit für alles bezahlen", wehrte sie sich halbherzig.

„Doch, das kann ich sehr wohl. Sie brauchen ihr Geld noch mal irgendwann. Ich wüsste sonst ohnehin nichts damit anzufangen." Sie schüttelte entnervt den Kopf.

66

Vier Stunden galt es danach totzuschlagen. Wir beschlossen uns noch einmal zu trennen. Der Flug würde lang genug dauern. Wir würden also noch genügend Zeit zusammen gepfercht sein. Wir wollten uns nicht auf den Geist gehen. Es gab keine Anzeichen. Aber die gab es ja nie. Nicht bevor man sich nicht schon zumindest ein bisschen auf den Geist ging. Dann war es meist ohnehin zu spät.

Wir beschlossen präventiv zu handeln.

Luisa steuerte ein Fastfood-Restaurant an.

Ich setzte mich schlicht auf eine Bank. Keine richtige Bank. Eher eine Reihe von Sitzschalen. Aus Metall. Engmaschige Gitter bildeten Sitz- und Rückenfläche. Fürchterlich unbequem. Wer dachte sich so etwas aus? Niemand konnte ernsthaft der Meinung sein, dass so etwas gemütlich sei.

Ich stellte Luisas und mein Gepäck vor mich und legte meine Beine darauf. Es half wenig. Ich begann den Mann zu verstehen, der komplett auf seinem geschlafen hatte.

Ein Junge sprang auf die Schale neben mir und sah mich mit weit aufgerissenen Augen an. Ich schätzte ihn auf vier, vielleicht fünf Jahre. Er sagte hallo. Ich sagte hallo zurück. Eine Frau in den Dreißigern, ich vermutete die Mutter des Jungen, setzte sich neben ihn. Sie telefonierte. Er puffte sie in die Seite. Sie wedelte mit der Hand, um ihm zu signalisieren, sie in Ruhe zu lassen. Er wandte sich wieder mir zu.

„Ich bin Philipp. Und wer bist du?", fragte er mich, während er mir auf die Schulter tippte. Zu lange.

Ich sagte ihm meinen Namen.

„Wohin fliegst du?"

Ich antwortete ihm wahrheitsgemäß, nachdem ich kurz überlegen hatte müssen. Ich hatte es beinahe schon wieder vergessen. Ich schüttelte den Kopf. Es war ein bisschen grotesk. Die ganze Situation.

„Wo ist das?", fragte er weiter.

Ich erklärte es ihm mit wenigen Worten. Ich bezweifelte, dass er etwas damit anfangen konnte.

„Hm", sagte er nur.

Er blickte sich um. Mit raschen Bewegungen, so dass seine verwuschelten Haare durcheinander flogen.

„Wollen wir Mensch-ärger-dich-nicht spielen?", fragte er mich.

Ich war irritiert. Mit mir? Schüchtern war der Junge eindeutig nicht. Ich schielte zu seiner Mutter. Sie telefonierte immer noch. Ihr Gesprächspartner kam kaum zu Wort. Oder er redete gleichzeitig, das wusste ich ja nicht.

Ohne meine Antwort abzuwarten, kramte der Junge in seinem Rucksack. Es waren Dinosaurier darauf abgebildet. Kurz darauf förderte er eine Miniaturform des Brettspiels zu Tage.

Ich fand keinen plausiblen Grund, nicht gegen ihn zu spielen. Auch wenn ich es versucht hatte. Es war, als hätte ich eine Argumentation gegen mich selbst verloren. Sang- und klanglos.

Also spielten wir. Ich verlor. Ich ärgerte mich.

Danach verabschiedete ich mich. Ich kaufte mir eine Cola und trank sie, ohne abzusetzen. Beim Bezahlen fiel mir auf, dass wir kein Geld hatten. Also, selbstverständlich hatten wir Geld. Jedoch keines, mit dem man an unserem Zielort bezahlen konnte.

Ich ging das zweite Mal zu dem Mann an der Information.

Die selbe Begrüßung. Das gleiche unprätentiöse Abarbeiten von mir. Ich wechselte Geld. Es sah merkwürdig aus. Wie Spielgeld. Wahrscheinlich war es einfach, ungewohntes, oder unbekanntes seltsam zu finden. Fremdes. Dabei verknüpft an sich jeder mit 'normal' etwas anderes. Es gibt keine ultima ratio. Keinen gemeinsamen Nenner. Niemanden, der normal ist und niemanden der es nicht ist. Wir alle sind einfach irgendetwas für irgendjemanden.

Ich setzte mich erneut in eine dieser Schalen. Ein gutes Stück weit entfernt von wo ich vorhin gesessen hatte. Ich wollte nicht Gefahr laufen, eine weitere Runde Mensch-ärger-dich-nicht spielen zu müssen. Erstens wollte ich meine Ruhe. Zweitens wollte ich nicht erneut verlieren, um mich anschließend darüber zu ärgern, dass ich mich ärgerte. Einmal ließ sich mit Pech erklären. Wie oft der Junge eine Sechs gewürfelt hatte! Gegen jede Wahrscheinlichkeit.

Ich beobachtete ein Paar, dass mir gegenüber saß. Sie küssten sich innig. Es wäre zu innig, um als normal angesehen zu werden, wenn es so etwas gäbe.

Beide waren attraktiv. Sie schmachteten sich prädesillusioniert an. Vielleicht würden sie auch für immer beieinander bleiben. Eine Frage der Wahrscheinlichkeit. Wie eine Sechs zu würfeln beim Mensch-ärger-dich-nicht. Wie alles.

Meine Gedanken schweiften ab. Wanderten unstet umher.

Ich ging die Cola loswerden. Danach sah ich mich im Spiegel an und stellte fest, dass ein Teil meines Hemdkragens unter meinem Pullover steckte, der andere nicht. Ich korrigierte den Umstand. Auch wenn es eigentlich egal war.

Ich sah auf die Uhr. Luisa und ich hatten einen Treffpunkt ausgemacht. Und eine Zeit. Ich hatte noch zehn Minuten. Ich wusch mir die Hände. Neun Minuten.

67

Nachdem wir uns wieder zusammengefunden hatten, ließen wir Passkontrolle und die Sicherheitsschleuse über uns ergehen. Anschließend schlenderten wir noch ein wenig durch den Duty-Free-Bereich. Wir widerstanden beide der Versuchung irgendetwas, dass niemand brauchte, zu kaufen. Es fiel schwer. Mir zumindest.

Nach nicht enden wollender Trödelei, wurde unser Flug aufgerufen. Natürlich eingeleitet von einem Gong.

Wir begaben uns zum Gate und stellten uns in der Schlange an, gingen dann durch einen Schlauch in das Flugzeug. Ich überließ Luisa den Platz am Fenster. Popmusik lief leise im Hintergrund.

Wir setzten uns. Auf dem Platz am Gang machte es sich ein Mann bequem. Er sah aus, als käme er von unserem Zielort. Oder zumindest aus der Umgebung. Er trug einen Schnurrbart. Sonst gab es nichts zu ihm zu sagen.

Eine Familie machte ein Bild von sich im Gang und hinderte damit alle anderen Passagiere daran, zu ihren Plätzen zu gelangen. Wie kam man nur auf so eine Idee? Niemand sagte etwas. Vereinzelt wurde demonstrativ geseufzt, oder den Kopf geschüttelt. Aber kein Wort.

Ich beschloss, dass es mir egal war. Ich saß ja bereits.

„Sind Sie aufgeregt?", fragte mich Luisa.

„Ich bin schon oft geflogen, ich habe keine Angst davor." Wieder eine Frage der Wahrscheinlichkeiten.

„Das meine ich nicht. Ich habe es eher auf das bezogen, was nach dem Flug kommt." Sie klopfte mir mit der flachen Hand auf den Oberschenkel. „Ihr letzter Kontinent!" Als gratulierte sie mir.

„Nein, aufgeregt bin ich nicht. Ich freue mich darauf." Das stimmte auch. „Und Sie?"

„Ich habe ja keine Ahnung, was uns erwartet. Ich bin ein bisschen nervös. Ein bisschen Angst habe ich auch. Aber am ehesten freue ich mich doch."

Es wurden Kaugummis gereicht. Ich nahm keinen.

Anschließend spulten Kapitän und Kabinencrew ihr übliches Programm ab, bevor das metallene Ungetüm sich langsam in Bewegung zu setzen begann. Beton unter uns. Und um uns herum. Braunes Gras dazwischen.

Mir ist bewusst, dass es keinen Komparativ von tot gibt. Dennoch hätte es nicht toter aussehen können. Ja, unzählige Menschen befanden sich an diesem Ort. Und doch wirkte er brach. Unnatürlich. Vielleicht auch deshalb.

Eine Weile fuhren wir noch ungelenk über die Rollbahnen. Dann hielten wir kurz an. Links und rechts blinkten Lichter. Plötzlich heulten die Motoren auf. Die Beschleunigung presste mich in den Sitz. Dann der Moment, in dem man den Kontakt zum Boden verliert. Als ließe die Erde einen gehen, wie ein Kind einen Ballon.

Wir flogen einen Halbkreis um den Flughafen herum. Alles wurde kleiner. Und verschwand dann endgültig.

IV

68

Die Zeit verging nicht wie im Flug. Eher das Gegenteil war der Fall. Es passierte ja auch nichts. Stoisch bahnte sich der Jet seinen Weg durch die Luft. Zu Beginn zog noch Landschaft unter uns vorbei. Dann nur noch das Blau des Ozeans, das am Horizont nahtlos in den Himmel überging. Keine Wolke. Nur Blau.
Es gab Getränke. Später Essen. Es war genießbar.
Luisa schlief. Ich beneidete sie. Ich war nicht müde.
Auf einem kleinen Bildschirm über den Sitzen lief ein Film. Er interessierte mich nicht. Außerdem hasste ich Kopfhörer.
Ich musste auf die Toilette.
Ich finde es befremdlich, dies in öffentlichen Verkehrsmitteln zu tun. Während man sich bewegt.
Ich wusste nichts mit mir anzufangen. Der Mann mit dem Schnurrbart tippte unentwegt auf sein Smartphone. Er trug einen goldenen Ehering. Seine Hand war behaart. Die andere natürlich auch.
Ich lugte über Luisa hinweg aus dem Fenster. Es gab weiterhin nichts zu sehen. Ich hielt eine vorbeilaufende Stewardess auf und bestellte einen Whisky. Irgendwas musste ich ja tun. Warum also nicht trinken?
Der Schnurrbart hob den Kopf, sprach zur Stewardess in einer anderen Sprache, die ich nicht verstand. Aber

das Wort Whisky kam vor, das verstand ich. Ich musste schmunzeln. Er sah mich an und schmunzelte zurück. Er streckte mir die Hand entgegen und stellte sich vor. Ich nahm sie. Er hatte einen bestimmten Händedruck. Wir einigten uns auf Englisch als Sprache, in der wir uns am ehesten verständigen würden können.

Er erzählte ein wenig von sich, nicht ohne dennoch ab und an einen Blick auf sein Handy zu werfen. Er kam tatsächlich unmittelbar aus der Nähe der Stadt, die das Flugzeug ansteuerte. Er nannte sich selbst Businessman, ohne es genauer zu erklären. Ich fragte ihn. Er erzählte etwas anderes. Er hatte fünf Töchter und würde nicht eher aufhören Kinder in die Welt zu setzen, bis ein Junge dabei sei. Er lachte. Ich war mir nicht sicher, ob er es ernst meinte. Er würde die Strecke häufiger fliegen, meinte er. Wieder wegen 'business'.

Wie er sich die Zeit vertreibe, wollte ich von ihm wissen. Die Stewardess brachte unsere Whiskys. Wir stießen an. Damit, sagte er und lachte. Kehlig. Er zeigte mir seine Familie auf seinem Smartphone. Und sein Haus. Dann ein Bild mit ihm, ein Gewehr in der einen, einem großen, toten Vogel, den ich nicht zuordnen konnte, in der anderen Hand. Seine buschigen Augenbrauen hoben sich beim Anblick des Fotos. Er schmunzelte. Ein guter Tag sei es gewesen, sagte er. Er gehe gelegentlich mit Freunden jagen. Sie rauchten Zigarren und wenn sie Glück hätten, schossen sie ein Tier. Ich fragte ihn, ob das nicht verboten sei. Darauf lachte er noch lauter. Verboten sei in seinem Land etwas nur, wenn man nicht genug Geld hätte, um anschließend die Polizei zu bestechen. Ich sollte mir das merken und nicht vergessen, fügte er noch an.

Ich merkte es mir. Ob ich es vergessen würde, würde die Zeit zeigen.

Was mein Ziel sei, wollte er wissen. Ich sagte ihm, dass wir das erst vor Ort entscheiden würden. Dass wir sehr spontan aufgebrochen wären und noch nicht recht wüssten, was wir vorhatten.

Er musterte mich skeptisch. Als ob er versuchte herauszufinden, ob ich ihm die Wahrheit erzählte. Indem er mich ansah. Dann dozierte er eine Weile über alles mögliche, was wir uns unbedingt ansehen müssten. Der Stolz auf seine Heimat war unüberhörbar.

Sein Handy vibrierte. Er entschuldigte sich. Ich nahm es ihm nicht übel. Kaum vorstellbar, dass Menschen mal ohne diese Dinger überleben konnten. Ich hatte mich zurückentwickelt und fühlte mich gut dabei.

Vielleicht sollte ich tatsächlich darüber nachdenken, was wir nach unserer Ankunft tun könnten? Ich grübelte eine Weile vor mich hin, ohne allzu konkrete Ideen zu Tage zu fördern. Ich beschloss zu warten, bis Luisa wieder wach sein würde.

Ich nippte an meinem Whisky. Er schmeckte komisch. Vielleicht schmeckte der zweite besser.

69

Nach dem vierten wurde ich dann doch ein bisschen müde. Aber nicht müde genug, um schlafen zu können. Ich hatte es versucht. Kurz war es mir gelungen zu dösen. Eine Durchsage des Kapitäns riss mich aber sofort wieder zurück.

Ich schreckte im Sitz auf. Rieb mir das Gesicht. Meine Augen schmerzten und waren schwer.

Ich klappte den Tisch vor mir nach oben. Mein Glas war bereits verschwunden. Ich bedeutete dem Schnurrbart mit einer Geste und einem Halbsatz, dass ich aufstehen wollte. Er räumte seinen Sitz.

Ich wollte lediglich meine Beine ausstrecken und ein paar Schritte gehen. Meine Gelenke knackten. Vor allem die Knie. Ich ging den Gang entlang. Das Flugzeug lag ruhig in der Luft. Kein Wackeln. Seit beinahe vier Stunden. Man konnte nur ahnen, dass wir uns überhaupt fortbewegten. Es sah ja alles gleich aus um uns herum.

Viele Passagiere schliefen. Andere sahen fern. Hin und wieder schnappte ich Gesprächsfetzen auf. Eine Dame schwadronierte über den Weltfrauentag.

So etwas nutzloses! Nicht, weil es dabei um Frauen geht. Geht es ja auch eigentlich nicht. Um nichts geht es. Warum einem Tag ein Etikett anhängen? Egal, ob Frauen, Mütter, Väter oder sonst irgendwas. An diesen Tagen passierte ja letztlich doch überall das gleiche, wie an jedem anderen Tag auch.

Zwei ältere Herren unterhielten sich offenbar über den gemeinsamen Chef. Über einem Glas Rotwein. Auf den Tischchen vor ihnen standen Laptops. Auf den Bildschirmen Tabellen. Man kann ja mittlerweile überall arbeiten. Und jederzeit. Es stört mich genauso, wie jederzeit erreichbar zu sein.

Es ist ja auch nicht so, dass man es tun will, weil man es kann. Vielmehr muss man es, weil man es kann. Alle anderen machen es ja auch.

Ich ging auf die Toilette. Nicht, um zu urinieren. Ich warf mir nur Wasser ins Gesicht. Ich horchte in mich hinein. Wartete auf ein Echo. Horchte erneut. Suchte nach dem Pochen in meinem Kopf. Aber da war nichts. Ich hatte das Gefühl, dass es sich anbahnte. Ich konnte mir nicht erklären warum, aber es war so. Als hätte es sich nur ausgeruht, als bündelte es nun erneut seine Kräfte, um bald zuzuschlagen, über mich zu kommen.

Vielleicht war es auch lediglich der Whisky.

Ich trocknete mir das Gesicht mit Papiertüchern ab. Sie stanken muffig.

Eine Durchsage kündigte Turbulenzen an. Man solle an seinen Platz zurückkehren, sich anschnallen und etwaige Getränke leeren.

Ich kam der Anweisung nach und sah grade noch den Schnurrbart einen letzten großen Schluck Whisky hinunterstürzen. Er verzog das Gesicht, dann sah er mich näher kommen. Er schälte sich aus seinem Sitz.

Luisa war wach. Wahrscheinlich hatte sie die Durchsage geweckt. Sie sah mich an, als ich mich neben sie setzte.

„Gut geschlafen?", fragte ich sie. Ich schnallte mich an.

Sie schaute auf ihr Handy.

„Zu kurz!", sagte sie dann und gähnte. „Wo sind wir?"

„Irgendwo!", antwortete ich. Mehr wusste ich ja auch nicht. „Keine Ahnung!", schob ich hinterher.

Dann wackelte das Flugzeug. Nicht besonders stark, aber es genügte, um einige Gespräche zu ersticken. Als müsste man sich darauf konzentrieren, den nächsten Wackler zu erwarten.

Also wartete das Flugzeug. Nur geschah nichts. Gar nichts.

Nach zwanzig Minuten erloschen die Zeichen über uns, die besagten, dass man angeschnallt sein müsste. Kommentarlos.

70

Die nächsten vier Stunden verliefen genauso ereignislos, wie die zuvor. Ich wünschte mir beinahe den Jungen mit seinem Brettspiel zurück. Beinahe.

Dann endlich Land. Wir überflogen die Küste und bald schon war alles grün unter uns. Nicht mehr blau. Wir bewegten uns also tatsächlich fort. Nachweislich.
Ich freute mich darauf, das Flugzeug endlich verlassen zu können. Ich freute mich auf eine Zigarette und auf frische Luft. Das widersprach sich auch nicht.
Ich fragte den Schnurrbart nach dem Wetter vor Ort. Heiß und stickig, ließ er mich wissen und kratzte sich hinter dem Ohr. Er lachte kehlig. So bekleidet wie jetzt, könne ich da nicht herumlaufen, fügte er an.
Wie es mit Hotels aussähe, wollte ich wissen. Es gäbe viele, entgegnete er. Das sei kein Problem. Ein vernünftiges zu finden schon eher.
Danach schwiegen wir eine Weile. Luisa starrte unentwegt aus dem Fenster. Ich hatte den Eindruck, dass wir an Höhe verloren. Gewollt. Die Motorengeräusche waren auch etwas leiser geworden.
Ich kramte mein Ticket aus meinem Jackett hervor. Waren wir pünktlich? Ich hatte keine Ahnung. Falls ja, würden wir gegen zehn Uhr abends ankommen.
Wahrscheinlich wäre es sinnvoll, die erste Nacht in einem Hotel am Flughafen zu übernachten. Falls es so etwas gab.

Ich fragte den Schnurrbart. Er sei sich nicht ganz sicher, glaube aber schon. Ob es freie Zimmer gab, sei natürlich etwas anderes. Wenn die Rezeption behauptete, es gäbe keine mehr, sollte ich sie bestechen. Das würde meistens funktionieren.

Er überlegte kurz.

„Wissen Sie was? Kommen Sie doch einfach mit zu mir. Meine Frau macht uns etwas zu essen. Wir trinken einen Schnaps auf der Veranda zusammen. Selbst gebrannt. Von meinem Bruder.

Ich erzähle Ihnen alles, was sie über mein Land wissen müssen. Sie können im Gästezimmer schlafen. Dann können Sie morgen in Ruhe ihre Sachen erledigen. Was sagen Sie?"

Ich war zunächst überrascht. Ich wusste nicht, was ich sagen sollte. Oder denken.

Einerseits wusste ich nicht so recht, worauf ich uns da einlassen würde. Ich kannte den Mann ja nicht. Es war dennoch verlockend, würde es uns doch vermutlich einige Schwierigkeiten ersparen.

Ich bedeutete ihm mit einer Geste kurz zu warten und wandte mich Luisa zu. Sie reagierte nicht. Ich tippte ihr auf die Schulter. Sie zuckte kurz zusammen. Sie sah mich entgeistert an. Sie schien in Gedanken vertieft gewesen zu sein. Hatte das Hier und Jetzt verlassen und nur ihre Hülle war an Ort und Stelle geblieben.

Ich schilderte ihr den Vorschlag des Schnurrbarts.

„Entscheiden Sie! Ich habe mich ja nicht mit ihm unterhalten. Wenn Sie meinen, dass er in Ordnung ist, klingt das nach einer guten Idee", entgegnete sie mir, als ich meinen Vortrag schloss.

Luisa aß ein Bonbon. Ich nahm auch eins.

„Macht es Ihnen und Ihrer Familie nicht zu viele Umstände?", fragte ich den Mann. „Wir finden bestimmt ein Zimmer."

„Reden Sie keinen Unsinn! Sonst hätte ich Sie ja nicht gefragt. Ich gebe meiner Frau Bescheid." Er hatte entschieden, nicht ich.

Er lehnte sich halb über mich, reichte Luisa die Hand und stellte sich vor. Dann zückte er sein Handy.

„Dürfen Sie jetzt telefonieren? Hier?", fragte ich ihn. Skepsis in meiner Stimme. Und in meinem Kopf.

„Nein, Internet. Vom Flugzeug!", antwortete er mir.

Internet. Vom Flugzeug. Ich kam mir in diesem Moment wie ein Zeitreisender vor. Aus der Vergangenheit.

71

Wir schlugen mehr auf, als dass wir landeten. Ein Raunen ging durch die Kabine. Der Schnurrbart grinste. Offenbar war das nichts ungewöhnliches.

„Kurze Piste!", sagte er mir.

Als wir ausstiegen, schlug mir die Hitze entgegen. Von einer auf die andere Sekunde war alles anstrengend. Schweißtropfen bildeten sich auf meiner Stirn. Dabei war die Sonne längst untergegangen.

Wir gingen ein paar Meter über das Rollfeld, um ins Flughafengebäude zu gelangen. Es war klimatisiert. Zumindest ein wenig.

Wir warteten auf unser Gepäck. Man brauchte Geduld.

Gegen elf Uhr gingen wir durch den Hauptausgang. Oder Eingang. Je nach Sichtweise.

Es war immer noch sehr warm. Der Asphalt unter unseren Füßen hatte die Hitze des zurückliegenden Tages gespeichert und gab sie nur langsam ab. Wie eine Fußbodenheizung.

Wir folgten dem Schnurrbart in Richtung eines riesigen Parkplatzes. Er plapperte dabei unentwegt in sein Handy. Gedämpftes Licht von Laternen. Moskitos und ähnliches Getier schwirrten um sie herum. Ein Hupen von irgendwo. Ich sah in die Richtung, in der ich den Ursprung vermutete. In einiger Entfernung winkte eine Frau aus einem Pick-Up. Sie wirkte winzig in dem Gefährt. Sie fuhr uns entgegen, hielt neben uns und stieg aus. Den Motor ließ sie laufen.

Auch außerhalb des Autos wirkte sie eher zierlich. Ein gutes Stück jünger als der Schnurrbart war sie obendrein.

Wir verstauten das Gepäck. Luisa und ich nahmen auf den hinteren Sitzen Platz. Es war mäßig gemütlich.

Die Beiden vor uns unterhielten sich unentwegt. Ich verstand kein Wort. Nur unsere Namen, die das eine oder andere Mal fielen. Dabei drehte er sich jedes Mal um und lächelte. Als wollte er uns beruhigen.

Auf der Fahrt blickten Luisa und ich die meiste Zeit aus dem Fenster. Von der Stadt ließ sich nicht wirklich viel erkennen. Wir umfuhren das Zentrum in einigem Abstand. Zudem war es dunkel. Die Landschaft war erstaunlich karg. Ganz im Widerspruch zu dem, was wir aus dem Flugzeug gesehen hatten. Hier dominierte Braun. Oder grau. Nicht grün. Die wenigen Häuser jedoch, die man zu sehen bekam, waren aus weißem Stein.

Der Schnurrbart öffnete das Seitenfenster und steckte sich eine Zigarre an, die er sich vorher aus dem Handschuhfach geangelt hatte. Aus einer kleinen Holzschachtel. Seine Frau rümpfte die Nase und sagte irgendetwas zu ihm. Ihr Tonfall klang verärgert.

Er zuckte nur mit den Schultern. Dann drehte er sich zu uns um und fragte, ob es uns störte. Wir verneinten unisono.

Ich beschloss eine Zigarette zu rauchen. Während des Flugs hatte ich ein Verlangen danach verspürt. Kaum waren wir gelandet, hatte ich es vergessen.

Nach der Hälfte schmiss ich sie aus dem Fenster. Es machte keinen Spaß im Auto. Es gab mir nichts, wenn ich nicht selbst fuhr. Ich verband es mit nichts.

Nach einer knappen halben Stunde verließen wir die Hauptstraße und gelangten in eine Art Vorort, so schätzte ich.

Wir bogen noch ein paar Mal nach links oder rechts ab. Die Fahrt endete in einer Garage. Zwei Autos hatten Platz in ihr. Es gab einen Vorgarten. Das Haus wirkte groß, gar ein bisschen beeindruckend. Business-man zu sein, als der er sich selbst beschrieben hatte, schien einträglich zu sein.

Unsere Taschen sollten wir einfach im Eingangsbereich abstellen. Wir folgten dem Schnurrbart nach draußen auf eine Art Veranda. Vielleicht war es auch eine Terrasse. Ich war mir da nie ganz sicher.

Ein großer Tisch mit allerlei Schälchen und Tellern stand für uns bereit. Dunkles Holz. Drumherum viel Grün, welches im fahlen Licht grau war.

„Essen Sie was und soviel Sie wollen. Probieren Sie alles!", sagte er, setzte sich, um im selben Moment bereits über eines der Schüsselchen herzufallen.

Wir befolgten seinen Befehl.

72

Ich probierte tatsächlich von allem ein wenig, auch wenn ich keinen großen Hunger hatte. Eher war ich neugierig. Manches hatte ich noch nie gesehen. Anderes noch nie so serviert. Lecker war alles.

Als wir alle fertig waren und nur noch lustlos und gelegentlich zugriffen, drückte unser Gastgeber auf einer großen Fernbedienung herum. Als Ergebnis wurde die Außenbeleuchtung gedimmt. Ein anderer Knopf. Leise Musik begann uns zu begleiten. Er legte sie weg und lehnte sich im Stuhl zurück. Er sah zufrieden aus. Dann griff er doch noch einmal nach ihr, drückte einen weiteren Knopf. In diesem Moment kam seine Frau durch die offene Tür. Ich hoffte, dass kein Zusammenhang bestand. Sonst geschah allerdings auch nichts.

Sie setzte sich zu uns. Beide sprachen kurz miteinander, dann stand sie erneut auf, ging ins Haus und kam kurz darauf mit einer Flasche und vier Gläsern zurück. Es war Rum. Es waren kleine Gläser. Sie schenkte ein. Luisa schüttelte den Kopf und deutete auf ihren Bauch.

„Ach, was soll's. Eins geht!", sagte sie dann aber plötzlich.

Wir stießen wortlos an. Der Rum war großartig. Brauner.

Danach verabschiedete sich die Frau des Schnurrbarts. Sie sei müde. Sie wünschte uns viel Spaß und gab ihrem Mann einen Kuss auf die Wange, dann verschwand sie.

Wir tranken ein weiteres Glas Rum. Luisa auch. Ich bekam eine Zigarre in die Hand gedrückt. Wir rauchten.

Unbewusst sank ich tiefer in den Stuhl. Mein Körper schien meinem entspannten Zustand Ausdruck verleihen zu wollen. Ich fühlte mich großartig. Auch, oder vielleicht weil sich der Moment so surreal anfühlte. Ich dachte zurück. Wie es dazu gekommen war, dass ich hier war. Auf diesem Kontinent. In diesem Land. In diesem Garten. Rum trinkend, Zigarre rauchend. Im Hintergrund fragte sich David Bowie, ob es Leben auf dem Mars gab.

Was meine Frau wohl grade tat? Oder Luisas Vater? Das lief ja alles parallel weiter. Es läuft schließlich immer alles parallel ab. Ob man es nacheinander erzählte, oder nicht. Es gibt keine Pausen. Keine Schnitte. Keine Werbeunterbrechungen. Nichts ruhte.

Ich dachte darüber nach, was alles getan wurde, während ich saß, wo ich saß. Wie viele Leute wohl in der gleichen Sekunde Sex hatten? Wie viele nahmen sich das Leben? Wie viele warteten einfach nur auf den Bus? Und wie viele saßen, genau wie ich, im Garten, tranken Rum und rauchten Zigarre?

Wieder flackerte dieser Gedanke in mir auf. Bedeutungslos zu sein. Egal was ich tat. Aber anders als zuvor, drang er nicht richtig in mich vor. Zog seine Schlinge nicht um mich. Ich genoss den Moment zu sehr, als dass ich mir selbst gegenüber angreifbar war. Wie aus der Zeit gerissen. Ich war glücklich. Wahrscheinlich war das das Geheimnis. Wie man alles aushielt. Man musste nur glücklich sein.

Der Himmel war sternenklar.

„Wo soll ich Sie morgen absetzen?", fragte der Schnurrbart und riss mich aus meinen Gedanken. Ich zögerte.

„Wir wissen ja noch nicht mal, was wir morgen vorhaben."

„Was sollen wir machen?", fragte Luisa.

„Morgen ist ein großer Markt im Zentrum. Vielleicht interessiert Sie das? Oder Sie gehen einfach mal so durch die Stadt!", schlug er vor. Er nannte uns ein paar Viertel, die wir dabei auslassen sollten. Dort seien wir nicht Touristen, sondern Beute.

„Klingt nicht schlecht", sagte ich.

„Klingt aber auch ein bisschen langweilig", fand Luisa.

„Sie können ja gerne auf Bärenjagd gehen, wenn ihnen das nicht aufregend genug ist!", schlug ich Luisa vor.

Sie verzog missbilligend das Gesicht.

„Nehmen Sie sich ein Boot. Fragen Sie einfach einen der Fischer im Hafen. Der fährt Sie eins, zwei Tage den Fluss hoch und wieder zurück. Da haben Sie ein bisschen mehr Abenteuer und sehen gleichzeitig auch noch was von der Umgebung." Der Schnurrbart drückte seine Zigarre aus.

„Auch wenn Sie kaum einen finden werden, der englisch spricht", fügte er an.

„Das finde ich schon viel interessanter", konstatierte Luisa in meine Richtung.

Ich seufzte.

252

Der Schnurrbart stand auf, ging ein Stück in den Garten und schielte nach oben. In Richtung des Hauses.

Er kam mit einem zufriedenen Lächeln auf den Lippen zurück.

„Das Licht im Schlafzimmer ist aus. Sehr gut!" Er hinterließ fragende Blicke bei uns und ging ins Haus.

Kurz darauf kam er zurück.

„Rauchen Sie Marihuana?", fragte er.

73

Ich war mir nicht sicher, wie ich darauf antworten sollte. Rauchte ich Marihuana? Früher, ja. Das lag jedoch schon so weit zurück, dass es sich anfühlte, als wäre es in einem anderen Leben gewesen.

„Auf jeden Fall!" Luisa nahm mir die Antwort ab.

Ein paar Minuten später zog ich tatsächlich an einem Joint. Ich konnte es selbst kaum glauben. Wir reichten ihn herum.

„Wie lange haben Sie noch?", fragte der Schnurrbart Luisa.

„Gut drei Monate", erwiderte sie.

„Und dann machen Sie noch mal so eine anstrengende Reise? Wären sie meine Frau, hätte ich Sie nicht fliegen lassen!"

„Ich habe meinen Mann nicht gefragt. Er weiß nicht einmal, dass ich hier bin. Er würde es nicht verstehen."

Er hob die Augenbrauen, nahm einen Zug und reichte mir den Joint. Ich tat es ihm gleich.

„Er weiß es noch nicht mal? Er wird sich Sorgen um Sie und das Kind machen."

„Ich habe ihm gesagt, dass ich für eine Weile wegfahren würde. Aber auch, dass ich auf jeden Fall zurückkommen werde.

Ich musste einfach noch mal raus aus allem, bevor das Kind kommt. Luft schnappen."

Mir war schwindlig. Nicht so, wie man sich fühlt, wenn man zu viel getrunken hat. Anders. Nicht so, dass sich alles um einen herum drehte. Viel mehr drehte ich mich. Rotierte. Der Abstand zwischen meinen Füßen und meinen Augen schien zu variieren. Als dehnte ich mich und zog mich wieder zusammen. Wie eine Ziehharmonika.

Ich hielt es dennoch für unwahrscheinlich, dass dem tatsächlich so war. Der Gedanke war beruhigend. Mein Verstand spielte mir Streiche. Aber immerhin konnte ich sie noch als solche identifizieren. Ich schob es auf den Joint.

„Als meine Frau mit unserer ältesten Tochter schwanger war – das ist jetzt fast zwanzig Jahre her – war sie am Denguefieber erkrankt. Wissen Sie, was das ist?", fragte der Schnurrbart. Ich nickte. Hektisch. Ich bemerkte es und nickte betont langsam weiter. Luisa schüttelte den Kopf.

„Es ist nicht ungefährlich. Selbst, wenn man nicht schwanger ist. Man hat sehr hohes Fieber. Alles tut einem weh. Außerdem kann es sich auf das Kind im Mutterleib übertragen.

Ich hatte große Angst damals. Um beide. Vor allem, weil ich nichts tun konnte, nur hoffen. Ich war völlig ohnmächtig.

Aber ich bin nicht von ihrer Seite gewichen. Ich wollte da sein für sie, auch wenn ich ihr nicht helfen konnte.

Verstehen Sie die Angst, die ich hatte?", fragte er in Luisas Richtung.

„Ja, natürlich", antwortete sie und fixierte dabei einen Punkt in weiter Ferne. Zumindest sah es so aus. Ich fixierte gar nichts mehr. Ich versuchte es, aber es gelang mir nicht.

Der Schnurrbart schenkte sich ein weiteres Glas Rum ein.

„Dann wissen Sie auch, wie es ihrem Mann grade geht!"
Er leerte das Glas mit einem Schluck.

Luisa schluckte auch. Ohne zu trinken.

„Das ist doch etwas völlig anderes!", sagte sie. Fast ein wenig trotzig.

Allerdings bin ich mir nicht mehr ganz sicher. Meine Erinnerungen an das Ende des Abends sind verzerrt und schwammig.

„Für Sie vielleicht. Für ihn nicht", sagte er.

Dann schwiegen wir alle eine Weile. Ich überlegte, was ich sagen könnte. Irgendetwas. Mir fiel nur dummes Zeug ein. Also ließ ich es. Eine Vogel schrie in die Stille. Bowie begleitete uns zwar immer noch, aber ich hörte nicht hin. Eine Mücke stach mich. In den Arm. Ich schlug nach ihr und traf sie zu meiner eigenen Überraschung auch. Hoffentlich übertrug sie kein Denguefieber. Oder sonst etwas.

„Wieso muss man sich immer rechtfertigen, wenn man etwas nur für sich tut? Warum kann man nicht einmal etwas machen, ohne Rücksicht auf alles und jeden zu nehmen? Hat man denn immer Verantwortung? Es kotzt mich an!" Luisa sah erschöpft aus. Ausgezehrt. Von einem Moment auf den anderen. Sie griff nach dem Rum und schenkte sich ein.

74

„Sie haben jemanden, auf den es sich lohnt Rücksicht zu nehmen. Wieso sehen Sie es nicht so?", fragte der Schnurrbart Luisa. An mir zog der Dialog weiterhin vorbei. Ich fühlte mich nicht in der Lage etwas beizusteuern. Es war, also ob ich einen Film schaute. Ich war Zuschauer, nicht mehr.

„Hm." Pause. „Ich möchte nicht mehr darüber reden. Außerdem bin ich müde."

Ich pflichtete Luisa bei. Mein erstes Lebenszeichen seit einer Weile. Er zeigte uns das Zimmer. Es war groß, geschmackvoll eingerichtet und sauber.

Es gab ein Doppelbett. Es störte mich nicht. Luisa machte auch nicht den Eindruck, als wäre es ihr unangenehm. Immerhin gab es zwei Decken. Wir wünschten einander eine gute Nacht und drehten uns beide voneinander weg. Nicht symbolisch. Einfach so.

Hinter mir hörte ich bald Luisas gleichmäßigen Atem. Ich dagegen lag wach. Zwar drehte ich mich nicht mehr, dafür taten es meine Gedanken. Im Kreis.

Nirgendwo war eine Uhr. Ich zählte Sekunden und überlegte, wie genau ich war. Ich drehte mich auf den Rücken, verschränkte meine Hände, meine Finger über meiner Brust. Keine Geräusche waren zu vernehmen. Meine Zehen lugten unter der Decke hervor. Ich sah nur die Konturen, beleuchtet vom fahlen Licht der Straßenlaternen, das durch die Vorhänge blinzelte. Ich betrachtete sie eingehend. Ein großer Zeh war schief.

Ich hatte ihn mir als Jugendlicher gebrochen. Seitdem sah er so aus. Es störte mich nicht. Es war ja nur ein Zeh.

Luisa zuckte, drehte sich und lag nun mir zugewandt. Dann drückte sie mir ihre Hand ins Gesicht, die Finger ausgestreckt. Ihr Ringfinger lag auf meinem Auge, ihr Handballen quetschte meine Nase. Ich war perplex und reagierte zunächst nicht. War sie wach? Ich hoffte, dass nicht. Vorsichtig nahm ich ihre Hand und legte sie auf die Decke. Ich sah zu ihr und stellte fest, dass sie schlief. Ich schüttelte innerlich den Kopf, falls so etwas möglich war.

Der Mückenstich juckte. Ich versuchte, nicht daran zu denken. Es ging nicht. Man muss sich ja dessen, das man zu verdrängen gedenkt, bewusst sein. Ein Oxymoron in sich.

Der Mückenstich juckte.

Irgendwann, nachdem ich mich unzählige Male im Bett gewälzt hatte, schlief ich letztlich ein. Ich träumte ungewöhnlich.

Als ich im Traum erwachte, lag ich in einem Bett. Auf dem Rücken. Das Zimmer war weiß. Neben dem Bett standen eine Frau und ein Mann. Beide in weißen Kitteln. Ich befand mich in einem Krankenhaus. Dem Aussehen der beiden nach zu urteilen war ich nicht wieder zu Hause, sondern immer noch hier.

Ich sah an mir herab und wurde stutzig. Mein Bauch war dick und aufgebläht. War ich schwanger? Ich fand es seltsam. Noch nicht mal, weil ich ein Mann war, was eigentlich der näherliegende Widerspruch gewesen wäre, sondern, weil ich mich nicht erinnern konnte, im letzten Jahr Sex gehabt zu haben. Ich dachte darüber nach, während ich im Bett lag. Es geschah auch sonst nichts. Die beiden Personen standen regungslos neben mir. Ausdruckslos.

Etwas trat mich. Oder schlug mich. Von innen gegen meine Bauchwand. Ich war tatsächlich schwanger.

Dann tauchte Luisa in meinem Sichtfeld auf. Sie trug keinen Kittel. Nur ein Sommerkleid. Es war weiß mit blauen Kornblumen darauf. Sie war nicht schwanger. Hatten wir getauscht? Sie kniete sich zwischen meine gespreizten Beine, dann sah sich mich an. „Dann wollen wir mal!", sagte sie.

„Dann wollen wir mal was?", fragte ich zurück.

„Na, es ist soweit. Pressen Sie so fest Sie können!" Dann verschwand sie wieder zwischen meinen Beinen. Pressen? Wohin denn? Und wo durch vor allem?

Plötzlich übernahmen meine Instinkte die Kontrolle und ich presste. Ohne genau beschreiben zu können, was das genau bedeutete. Oder wo es hinführen sollte. Ich hatte keine Schmerzen. Es war ein unbequemer Zustand, aber schmerzlos.

Aus dem Nichts dann Babygeschrei. Luisa hielt ein Neugeborenes im Arm und lächelte mich an. „Danke!", sagte sie und begann zu weinen.

Dann verschwand sie. Sie verließ nicht das Zimmer. Sie verblasste auch nicht langsam. Sie war einfach nicht mehr da. Von einer auf die andere Sekunde. Das Geschrei verstummte sofort.

Mein Bauch war wieder flach.

Der Mann im weißen Kittel kam auf die andere Seite des Bettes. Beide standen sich nun gegenüber. Zwischen ihnen lag ich.

Sie nickten, nahmen die Decke und zogen sie mir über den Kopf.

Dann erwachte ich. Schweißgebadet.
Der Mückenstich juckte.

75

Draußen war es noch dunkel. Ich konnte also nicht lange geschlafen haben.

Ich hatte noch nie einen Traum analysiert. Und ich tat es auch in dieser Nacht nicht. Ich wunderte mich darüber, das schon, aber ich fand es idiotisch, unseriös, eine Bedeutung darin zu sehen. Ich verstand Menschen nicht, die alles mögliche in Träume hineingeheimnisten. Es geschah ja nicht tatsächlich. Es war ein Film, in dem man selbst mitspielte. Nicht mehr.

Über diesen Gedanken schlief ich ein. Traumlos.

Die Sonne schoss genau durch den kleinen Spalt zwischen beiden Gardinen in mein Gesicht und weckte mich. Ich war beinahe blind. Mein Kopf hämmerte. Ich blinzelte unentwegt und rieb mir mit beiden Händen das Gesicht. Ich zog mir die Decke über den Kopf. Besser. Dann musste ich an meinen Traum denken und schlug sie reflexartig zurück. Im nächsten Moment ärgerte ich mich über meine Reflexe und schlüpfte wieder unter die Decke. So blieb ich einige Minuten liegen. Sammelte mich. Wie ein Computer, den man anschaltete. Ein Prozess nach dem anderen wurde gestartet. Und erst am Ende war er in der Lage zu tun, was er sollte.

Ich krabbelte aus dem Bett. Luisas Seite war verlassen. Ich hatte nicht einmal mitbekommen, dass sie aufgestanden war.

Ich griff wahllos in meinen Koffer und zog mich an. Dann verließ ich das Zimmer.

Ich steuerte die Terrasse an, da mir im Haus niemand begegnete. Ich wollte nicht willkürlich irgendwelche Türen öffnen.

Dort fand ich dann auch alle drei, Luisa, den Schnurrbart und seine Frau. Jeder saß auf dem selben Platz wie am Vorabend. So schnell entstand Routine.

Sie frühstückten. Der Tisch lag noch im Schatten, was gut war, da es bereits erdrückend heiß war.

Man begrüßte mich mit süffisantem Schmunzeln und den gleichen Sätzen, mit denen jeder empfangen wird, der aus einer Gruppe als letztes aufsteht. Da konnte man am anderen Ende der Welt sein, es machte keinen Unterschied.

Der Kaffee war stark und heiß und beschleunigte das Hochfahren meines Systems.

Wir plauderten belangloses Zeug.

Nach dem Frühstück duschten wir noch, bevor wir uns von der Frau verabschiedeten und in das Auto des Schnurrbarts stiegen, der darauf bestand uns in die Stadt zu fahren.

Ich fragte ihn, ob wir uns in irgendeiner Art und Weise erkenntlich zeigen könnten und zückte meinen Geldbeutel. Er machte eine abwehrende Handbewegung.

„Sie waren mein Gast. Mehr gibt es nicht dazu zu sagen!", sagte er.

„Mir ist unwohl dabei, mich nicht erkenntlich zu zeigen", erwiderte ich.

Er sah mich zu lange an, für jemanden der ein Auto steuerte. Dann kramte er in der Mittelkonsole herum und förderte eine Visitenkarte zu Tage. Er gab sie mir.

„Wenn Ihnen irgendwann mal etwas einfällt, etwas, bei dem sie denken, dass es mir oder meiner Frau eine Freude bereiten würde – schicken Sie es mir! Und damit meine ich definitiv kein Geld!"

Ich sah die Karte verdutzt an und wusste nicht so recht, was ich damit anfangen sollte, steckte sie dann aber in meinen Geldbeutel und nickte.

Luisa saß auf der Rückbank. Ihr Haar wehte im Fahrtwind. Sie trug eine Sonnenbrille und strich sich gelegentlich das Haar aus dem Gesicht. Ich konnte trotz Brille erkennen, dass sie die Augen geschlossen hatte. Sie wirkte zufrieden. Genoss den Moment. Verzichtete dabei auf einen ihrer Sinne. Vielleicht, weil sie ihn nicht brauchte, um zu wissen, dass alles gut war, wie es war.

Je näher wir dem Zentrum kamen, desto enger wurde der Abstand zwischen den einzelnen Wagen. Verkehrsregeln schienen eine untergeordnete Rolle zu spielen. Ampeln wurden eher als Empfehlung, denn als Verpflichtung interpretiert. Es wurde häufig gehupt. Ich verstand so gut wie nie, warum.

„Ich setze Sie vor einem Hotel, nahe des Zentrums ab. Es ist ein gutes Hotel. Sauber. Gutes Essen. Versuchen Sie dort ein Zimmer zu bekommen!"

„Vielen Dank. Für alles", antwortete ich lediglich.

Wir quälten uns noch einige Zeit durch die Straßen, ehe der Schnurrbart an die Seite fuhr und den Wagen anhielt.

„Wir sind da!", sagte er.

Wir entluden unsere Sachen. Wir gaben uns zum Abschied die Hand und umarmten uns auf eine männliche Art. Luisa bekam jeweils einen Kuss auf beide Wangen. Dann stieg er wieder in den Pick-Up.

„Passen sie auf sie auf!", rief er uns noch durch das Fenster zu. Ich hatte an dem Tag verstanden, dass er „passen Sie auf sich auf" gerufen hatte. Aber das hatte er nicht.

Er hat es später noch einmal gesagt. Als ich ihn das nächste Mal sprach.

76

Wir bekamen tatsächlich noch zwei Zimmer. Wir ließen unser Gepäck dort und gingen wieder vor die Tür. Schauten uns um. Schauten einander an. Und mussten lachen. Da waren wir also. Hatten keine Ahnung, wo sich irgendwas befand, oder wo wir waren. Sicher, ich konnte meinen Finger auf eine Landkarte setzen und da waren wir. Aber das half uns auch nicht weiter.

„Rechts oder links?", fragte ich Luisa. Sie sah in beide Richtungen. Überlegte kurz.

„Rechts!", entschied sie.

Es war ungewöhnlich, wie viele Gebäude aus weißem Stein erbaut waren. Wohnhäuser, Kirchen, Geschäfte. Egal. Alles in allem besser situiert, als ich vorher erwartet hatte. Der Verkehr war weiterhin entsetzlich. Wir hatten Schwierigkeiten die Straße zu überqueren.

Ich bereute es, dass ich keine kurze Hose angezogen hatte. Oder überhaupt eingepackt. Allerdings hatte ich nicht damit gerechnet, dass ich eine benötigen würde. Oder damit, überhaupt so lange unterwegs zu sein. Eigentlich hatte ich mit gar nichts gerechnet. Ich hatte ja auch nicht nachgedacht.

Trotz all der Betriebsamkeit wirkte niemand gehetzt. Oder getrieben. Betrachtete man die Straße und die Bürgersteige als ganzes, wirkte das Gesamtbild hektisch und chaotisch. Jeder Einzelne für sich jedoch irgendwie nicht. Es war schwer zu beschreiben.

Wir gingen eine Weile ziellos durch die Straßen, bogen hin und wieder ab. Ohne System. Ohne Plan. Ich hatte mir an der Rezeption des Hotels dessen Adresse aufschreiben lassen. Es wäre also nicht so schlimm, wenn wir es nicht von selbst wiederfänden.

Überall um uns herum sprachen Menschen miteinander. Wir verstanden kein Wort. Ich zumindest nicht. Es war ein seltsames Gefühl. Als wäre mir von einem auf den anderen Moment die Fähigkeit zu kommunizieren verloren gegangen. Die Fähigkeit, Sprache zu verstehen. Das Menschlichste überhaupt. Ich kam mir vor wie ein Fremdkörper. Gleichzeitig war ich dankbar, dass Luisa da war. So waren wir zumindest gemeinsam verloren.

Irgendwann stießen wir tatsächlich auf den Markt, von dem der Schnurrbart erzählt hatte. Er füllte die ganze Straße. Stand an Stand. Planen aus etwas, das aussah wie Segeltuch, waren zwischen ihnen gespannt worden. Zwar verhinderten sie, dass die Sonne direkt auf einen herab brannte, dafür war die Luft stickig und schwer.

Verkauft wurde alles mögliche. An vielen Ständen wurden Lebensmittel feilgeboten. Gemüse, Nüsse, Obst. Die Auslagen waren bunt. An anderen gab es Stoffe, Tücher, Kleidung, oder einfach nur wertlosen Tand. Billige Uhren, oder Schmuck. Selbst Stände mit Büchern gab es.

Die Händler feilschten wild gestikulierend mit ihren Kunden. Das erkannte ich sogar, ohne zu verstehen, was sie sagten.

Der Markt schlängelte sich um mehrere Blöcke durch das ganze Viertel. Bis in die kleinsten Seitenstraßen hinein. Der Schnurrbart hatte nicht zu viel versprochen. Es war tatsächlich beeindruckend.

Ein junger Mann quetschte sich auf einem knatternden Mofa durch die Massen. Es kam nicht schneller voran, als wenn er zu Fuß gegangen wäre. Eher im Gegenteil. Zudem stank es abscheulich nach Abgasen. Ich fühlte mich leicht benebelt, nachdem er an mir vorbei gekommen war.

Luisa blätterte durch Kleider, die an einer Stange vor einem der Stände hingen. Sie nahm eines heraus, hielt es vor mich und sah mich fragend an. Ich überlegte. Sie neigte den Kopf zur Seite. Ich nickte und hob den Daumen. Sie kaufte es und bekam es in einer durchsichtigen Plastiktüte überreicht.

Ich erstand am nächsten Stand etwas, das ich für Obst hielt. Ich hatte es zuvor noch nie gesehen und war neugierig.

Ich biss hinein. Es schmeckte sauer. Das Fleisch war weiß, voller kleiner Kerne. Ich hatte sie den restlichen Tag zwischen den Zähnen.

Insgesamt verbrachten wir gut zwei Stunden auf dem Markt, widerstanden aber der Versuchung, weitere kulinarische Experimente zu wagen. Stattdessen aßen wir in einem eher auf Touristen abzielenden Restaurant, mit einer kaum lokal geprägten Speisenkarte. Dafür war es teuer. Aber das spielte auch schon keine Rolle mehr. Ich hatte schon längst den Überblick verloren, was mich die ganze Reise bisher gekostet hatte. Es war mir auch gleich. Warum darauf sitzen, wie ein Drache auf seinem Schatz?

Ich hatte stets vernünftig hausgehalten. Man muss ja immer vorsorgen. Sparen auf irgendetwas. Für ein Auto, ein Haus, fürs Alter. Allein schon dieser Begriff. Alter. Was soll das sein? Wann beginnt es? Ich verstehe das Konzept nicht mehr. Man verschiebt alles weiter und weiter nach hinten. Alles Positive. Es ist wie bei dem Bild mit dem Esel, dem man eine Karotte vor die Nase bindet. Nur binden wir sie uns selbst um. Man muss sie sich abnehmen und hinein beißen. Mit dieser Reise tat ich das.

77

Nachdem wir gegessen hatten, erkundeten wir weiter die Stadt. Irgendwann kamen wir an einer Art Palast vorbei. Es war ein monumentaler Bau. Wachen standen zu Dutzenden um das Gebäude herum verteilt. Wie so viele andere Bauten hier, war er auch nahezu ausschließlich aus glattem, weißen Stein erbaut. Luisa machte Fotos mit ihrem Handy. Ich war mir nicht einmal sicher, ob das erlaubt war. Eine Wache blickte kritisch in unsere Richtung, unternahm aber nichts. Es musste ein sterbenslangweiliger Job sein. Es passierte ja nichts. Ich musste an die Türsteher von dem Club denken. Abgesehen von den Maschinengewehren konnte ich keinen großen Unterschied ausmachen.
Es war deutlich, dass man nicht hinein durfte, also zogen wir weiter.
In einem kleinen Laden kauften wir eine Flasche Wasser. Die Hitze war dennoch kaum auszuhalten. Wir beschlossen, einen schattigen Fleck aufzusuchen und eine Pause einzulegen. Bereits nach ein paar Minuten stießen wir auf eine Art Café oder Bar. Vielleicht wollte es auch beides sein. Es grenzte an einen kleinen Platz. Man konnte draußen sitzen. Große Schirme waren um die Tische herum aufgebaut und spendeten Schatten. Wir nahmen Platz und stöhnten beide, als wir uns setzten. Meine Füße brannten. Ich zog die Schuhe aus.
Ein Kellner kam und plapperte auf uns ein. Ich versuchte ihm begreiflich zu machen, dass ich ihn nicht

verstand. Es dauerte etwas, da er mich nicht zu Wort kommen ließ.

Luisa fiel ihm letztlich ins Wort, als er ein weiteres Mal begonnen hatte auf uns einzureden. „Gin! Tonic!" Sie hob zwei Finger der rechten Hand und deutete mit der anderen darauf. Erst wirkte er irritiert. Dann trollte er sich.

„Sie sollten nicht so viel trinken", sagte ich.

„Halten Sie die Klappe!" Sie lachte dabei.

Ich zuckte mit den Schultern.

„Ach!" Luisa seufzte. Zufrieden. „Ich könnte das ewig machen! Einfach in den Tag hinein leben. Und durch die Welt reisen."

Ich dachte darüber nach. Unsere Getränke wurden gebracht. Es war tatsächlich Gin Tonic.

„Ich glaube, es wäre nicht das selbe", sagte ich.

„Wie meinen Sie das?"

„Es ist, was es ist und wie es ist, weil es endlich ist. Weil wir wissen, dass wir zurück müssen. Ein zeitlich begrenzter Triumph der Unvernunft über den Alltag. Aber ohne diesen wäre es nichts besonderes." Wir stießen an.

„Ich glaube das nicht. Ich bräuchte das alles nicht. Ich bin doch nicht deshalb glücklich hier, weil ich es woanders nicht bin. Haben Sie nie darüber nachgedacht, wie es wäre, alles hinter sich zu lassen? Sich alles ein bisschen einfacher zu machen? Ein Leben ohne Bausparverträge, ohne Steuererklärungen, ohne Krebsvorsorgeuntersuchungen, ohne den ganzen Scheiß."

„Lange Zeit habe ich darüber nicht nachgedacht, nein. Es bleibt einem ja auch nicht so recht Zeit darüber nachzudenken, eben weil man mit dem ganzen Scheiß beschäftigt ist, wie Sie ihn genannt haben. Es ist eine Art Wachkoma.

Und ein bisschen haben Sie auch Recht. Aber Sie können nie allem entkommen. Es ist ein schönes Gedankenspiel, ja, aber nicht mehr.

Wie gesagt, es ist nicht lange her, da habe ich solche Gedanken überhaupt nicht gehabt. Jetzt kommen sie von selbst. Und ich frage mich auch, was ich mit meinem Leben angefangen habe. Und vor allem, ob ich es einfach so weiter laufen lassen möchte. Ich habe dafür einige Jahre länger gebraucht, als Sie."

Luisa sah mich nachdenklich an. „Sie haben gesagt, dass Sie glücklich waren bisher."

„Ich war es auch. Zumindest glaubte ich, dass ich es war. Ich weiß nicht, ob es einen Unterschied macht, ob man es nur glaubt, oder tatsächlich ist. Grade fühlt es sich befremdlich an. Alles ist so an mir vorbeigerauscht. Wie Wagen auf der Autobahn. Aber man bemerkt es nicht, wenn man selbst fährt." Ich leerte mein Glas, schnippte nach dem Kellner, der in Sichtreichweite an der Tür lehnte. Noch im selben Moment ärgerte ich mich über meine überhebliche Geste.

„Aber wo hat Sie das alles hingeführt? Sie sitzen hier mit mir und denken über das Leben nach, das Sie bisher geführt haben. Und ich merke, dass Sie vieles davon nicht mehr so erstrebenswert finden, vielleicht sogar bereuen. Gleichzeitig sagen Sie mir, dass man das alles so hinnehmen müsse. Alles andere wären nur Gedankenspiele. Das passt doch nicht zusammen!"

Sie rückte ihren Stuhl zurück in den Schatten, den die Bewegung der Sonne vertrieben hatte. Oder vielmehr die der Erde.

„Ich glaube nicht, dass wir immer die Wahl haben, die wir gerne hätten. Irgendwann haben wir uns zu dem gemacht, was wir sind. Und im Regelfall bleiben wir es. Bis wir gar nicht mehr sind."

„Müssen Sie immer so pathetisch daher reden?", fragte mich Luisa und schlug sich eine Strähne aus dem Gesicht. Sie wirkte etwas genervt.

Die zweite Runde Gin Tonics wurde serviert. Es blieb nicht die letzte.

78

Auch wenn die Sonne nicht direkt auf unsere Köpfe schien, spürte ich den Alkohol nach dem dritten Glas deutlich. Jedoch noch nicht auf eine unangenehme Weise. Ich beschloss, eine Runde Wasser dazwischen zu schieben. Zur Sicherheit.

„Verspüren Sie einen Drang zurückzukehren?", fragte ich Luisa nach einer Weile, in der wir beide geschwiegen hatten. „Ich meine nicht den Wunsch. Den hege ich nicht. Es ist mehr so, dass ich zu mir selbst sage, ich sollte zurück. Und die Stimme wird täglich lauter. Eigentlich war sie schon deutlich zu hören, bevor wir ins Flugzeug gestiegen sind."

„Wir *sollten* überhaupt nicht hier sein. Sie nicht und ich erst recht nicht. Soviel dazu, was wir sollten.

Ich möchte einfach noch ein paar Tage so tun, als ob ich nicht zurück müsste. Danach können wir gerne nach Hause fahren. Ich weiß selbst, dass wir das müssen."

Ich zündete mir eine Zigarette an. Der erste Zug einer jeden war immer noch besonders. Kein weiterer kam ihm gleich.

„Was fangen wir mit diesen Tagen an?", fragte ich, während ich Rauch in die warme Luft blies. Er wurde sofort davon getragen.

„Es ist schade, dass wir hier nicht am Meer sind, nicht am Strand sein können."

„Wir waren doch erst am Meer!", stellte ich fest. Auch wenn sie das natürlich auch wusste.

„Hier würde es einfach besser hin passen. Eine Flasche Rum, Strand, Meer. Mehr bräuchte ich gar nicht."

„Sie haben merkwürdige Gedanken heute. Trotzdem klingt es nicht schlecht."

Eine ärmlich gekleidete Frau kam an unseren Tisch, hielt uns einen Becher hin und murmelte etwas unverständliches mit ihrem zahnlosen Mund. Nicht, dass wir es verstanden hätten, hätte sie Zähne gehabt. Ich warf eine vage Menge Münzen hinein. Sie bedankte sich. Der Kellner verscheuchte sie.

„Vielleicht finden wir tatsächlich jemanden, der uns den Fluss entlang fährt", überlegte Luisa laut. Diesen Vorschlag des Schnurrbarts hatte ich bereits wieder vergessen. An sich war die Idee nicht schlecht, wie ich fand. Es klang gemütlich. Außerdem müssten wir uns nicht schon wieder in ein Auto setzen, um etwas von der Umgebung zu sehen.

„Wir können uns ja morgen mal umhören. Auch wenn wir nicht viel verstehen werden." Luisa schmunzelte.

Die Sonne stand mittlerweile so tief am Himmel, dass sie begann, hinter den Häusern zu verschwinden und der Platz sich langsam mit Schatten zudeckte.

Aus dem Inneren der Bar drang plötzlich Musik. Jemand schien auf Trommeln oder Bongos zu schlagen. Mehr nicht. Es passte dennoch gut in die Atmosphäre. Zur warmen Luft. Zum Sonnenuntergang.

Luisa nickte auffordernd in Richtung der Musik und stand auf. Wir gingen in die Bar und und setzten uns an einen freien Tisch in der Ecke. Meine Augen mussten sich zunächst an die Lichtverhältnisse gewöhnen.

Dunkle Vorhänge waren vor die Glasfront gezogen worden. Lila Samt. Sie ließen kaum Licht hinein. An der Decke drehte sich ein riesiger Ventilator. Eine große Theke aus dunklem Holz. Dahinter hunderte Flaschen in allen erdenklichen Formen und Farben. Ob es irgendeinen Alkohol nicht gab? Kaum vorstellbar.

Gegenüber stellten ein paar Bretter auf leeren Getränkekästen eine kleine Bühne dar. Darauf trommelte ein junger Mann auf allem möglichen herum. Tatsächlich auf Bongos, aber auch auf einem Topf, einem Eimer und auf einem Stück Blech, das an einer Schnur von der Decke baumelte.

Vor der Bühne tanzte ein Frau. Anmutig. Sie trug ihr langes, schwarzes Haar offen. Es tanzte ebenso.

Luisa bestellte einen weiteren Gin Tonic. Ich sah sie mahnend an. Sie ignorierte mich. Ich schwenkte auf Whisky um.

Nach ein paar Minuten gesellte sich jemand mit einer kleinen Gitarre hinzu, einer Charango, wie ich später lernte. Er sang auch. Die Frau tanzte unentwegt. Ich begriff, dass sie dazu gehörte. Sie war Teil des Auftritts.

Die Musik war laut, schnell und fröhlich. Man konnte kaum feststellen, wann ein Lied endete und ein neues begann. Falls es überhaupt einzelne Lieder sein sollten.

Luisa legte eine Hand auf mein Bein und ihren Kopf auf meine Schulter.

„Ich bin betrunken!", sagte sie und lächelte zufrieden.

„Sollen wir gehen?", fragte ich zurück.

„Bloß nicht!"

Ich legte den Arm um ihre Schulter.

Die Bar füllte sich zusehends. Die Frau unterbrach ihre Tanzeinlage und ging mit einem kleinen Körbchen umher und sammelte Geld. Ich gab ihr welches. Ich hatte keine Ahnung wie viel. Es war mir auch egal. Sie machte einen Knicks und lachte erfreut. Ihre Lippen waren knallrot. Ihre Zähne weiß.

Der Kellner kam vorbei. Ich schüttelte den Kopf.

Ich weiß nicht mehr, wie genau es dazu kam. Ich kann mich nicht mehr an Luisas Bewegungen erinnern. In einem Moment ruhte ihr Kopf noch auf meiner Schulter. Im nächsten küsste sie mich. Nicht auf die Wange. Auf den Mund. Ich war mir unsicher, was ich tun sollte. Sie löste den Kuss auch nicht sofort. Ich beschloss ihn zu erwidern. Zumindest ein bisschen. Dann wich sie ein Stückchen zurück. Strich mir mit der flachen Hand über die Wange. Mein Gesichtsausdruck musste Überraschung widerspiegeln. Ich versuchte den Kuss einzuordnen. Sie sah mir in die Augen und gab mir einen weiteren. Diesmal einen kurzen.

„Danke", sagte sie noch. Sie strich sich mit den Händen über ihr Kleid.

„Ich bin müde", fügte sie an.

Ich bezahlte an der Theke. Wir gingen grob in die Richtung, in der ich das Hotel vermutete. Hand in Hand.

Das erste Taxi, dass wir sahen, nahmen wir. Es fuhr in die Richtung, aus der wir kamen. An der Bar vorbei.

79

Wir hatten uns vor Luisas Zimmertür verabschiedet. Mit einer Umarmung diesmal.

Ich war erschöpft und konnte dennoch nicht sofort schlafen. Der Kuss ging mir nicht mehr aus dem Kopf. Es war kein beiläufiger Kuss gewesen. Wie ihn enge Freunde manchmal einander gaben. Ihre Oberlippe war zwischen meinen Lippen gewesen. Und das für einige Sekunden. Gar nicht beiläufig.

Ich beschloss dem Vorfall keine tiefere Bedeutung zuzumessen. Sie war betrunken gewesen, das hatte sie selbst gesagt. Ein Bekunden von Zuneigung, nicht mehr. Es wäre unschicklich, wäre es anders. Aus vielerlei Gründen hatte es ja nie zur Debatte gestanden, dass wir mehr als einander Reisebegleitung waren. So entstand keine Spannung. Kein ,was-wäre-wenn'. Ich denke, dass das auch ein Grund war, warum wir uns so gut verstanden hatten.

Von mir aus hatten wir Freundschaft geschlossen.

Ich schaltete die Klimaanlage ab. Manuell. Ohne Fernbedienung.

Kurz darauf schlief ich ein.

Wir frühstückten im Hotel. An der Rezeption ließ ich mir das Wort Hafen übersetzen und auf einen Zettel schreiben. Später hielt ich es dem Taxifahrer vor die Nase. Er nickte nur. Luisa saß auf der Rückbank. Ihr braunes Haar wehte im Fahrtwind. Es bildete einen Kontrast zu ihrem weißen Kleid.

Es waren blaue Kornblumen darauf.

80

Es war kühler, als am Vortag. Was auch daran lag, dass es bewölkt war. Nur hin und wieder gelang es der Sonne, eine Lücke in der grauen Wolkenwand zu finden. Wolkendecke war eigentlich treffender.

Wir bogen erstaunlich häufig ab. Ich war mir nahezu sicher, dass der Fahrer uns übers Ohr haute, sagte aber nichts. Was auch? Er würde mich ohnehin nicht verstehen. Außerdem hatte er das Geld nötiger als ich. Ich sah es ihm nach.

Nach einer guten halben Stunden sahen wir tatsächlich Wasser und Boote. Kurz darauf hielt das Taxi vor einigen Stegen. Flussaufwärts erstreckte sich der Hafen.

Wir stiegen aus und schlenderten den Weg entlang. Wir wollten uns erst mal umsehen. Luisa griff nach meiner Hand. Ich nahm sie. Mir war nicht wohl dabei.

Überall am Ufer lagen Schiffe. Aufgereiht wie an einer Perlenkette. Zu Beginn waren es welche, die eher nach Privateigentum aussahen. Keine Jachten. Aber eindeutig ohne kommerzielle Verwendung.

Weiter hinten dann Fischerboote. Viele sah man nicht, die meisten Stege waren verwaist. Wahrscheinlich waren die Fischer längst hinaus gefahren. Auch wenn es noch früh am Tag war. Aus unserer Sicht zumindest.

An einem kleinen Holztisch saßen zwei ältere Männer, spielten Karten und rauchten Zigarre. Sie wirkten wie ein Stillleben. Als gehörten sie zum Hafen wie die Boote und die kleinen Hütten, die, nur wenige Meter vom Ufer aufgereiht, windschief dastanden.

Ich löste mich von Luisa und ging auf die Männer zu. Sie sahen zu mir auf. Ich versuchte es auf Englisch. Nur Kopfschütteln. Und Achselzucken. Ich verabschiedete mich wieder. Sie kehrten sofort zu ihrem Spiel zurück. Ich glaube, selbst, wenn sie mich verstanden hätten, hätten sie so getan, als täten sie es nicht. Sie wollten eindeutig nicht gestört werden.

Ich versuchte es bei weiteren Leuten, die uns über den Weg liefen und entfernt danach aussahen, als hätten sie irgendetwas mit dem Hafen zu tun. Immer mit dem gleichen Ergebnis. Wie hilflos man war, ohne Sprache. Es war das erste Mal in meinem Leben, dass mir das passierte. Häufig war ich mit meiner Frau im Ausland gewesen. Sie sprach ein paar Sprachen mehr als ich. Oder die Leute vor Ort sprachen Englisch. Ich verdrängte den Gedanken an mein Frau.

Wir erreichten eine Stelle, an der der Fluss eine Biegung machte und der Hafen endete. Wir sahen uns fragend an.

„Und jetzt?"

„Ich habe keine Ahnung. Kein Mensch hier versteht uns", antwortete ich. Eine Lösung hatte ich auch nicht zur Hand.

Wir schlenderten den Weg zurück. Und dachten nach. Jeder für sich. Ein unbekanntes Gesicht. Ein weiter Versuch. Ein weiteres Mal vergeblich.

Mir fiel die Visitenkarte ein, die mir der Schnurrbart gegeben hatte.

„Ich habe eine Idee", sagte ich.

„Ich höre?"

„Geben Sie mir Ihr Handy!", forderte ich Luisa auf.

Sie gab es mir stirnrunzelnd.

Ich kramte die Visitenkarte heraus. Nun hatte sie meinen Plan auch durchschaut und streichelte mir über den Rücken.

Sollte ich darüber nachdenken, dass sie mich so oft berührte? Ich ließ es.

Der Schnurrbart ging ans Telefon. Ich schilderte ihm unser Problem. Seine erste Reaktion war schallendes Lachen. Zu laut. Zu bemüht. Als erwartete er es von sich selbst, so zu reagieren.

Nachdem er sich beruhigt hatte, ließ er mich wissen, dass er ein paar Anrufe tätigen und mich danach zurückrufen würde. Er wollte wichtig klingen. Das wurde deutlich. Dass er es vermutlich auch war, tat nichts zur Sache.

Ich legte auf.

Wir setzten uns an den Rand eines Piers, ließen die Beine baumeln und warteten. Luisa hatte zuvor die Schuhe abgelegt. Unter uns tanzten kleine Wellen. Das Wasser war klar. Keine Fische. Keine, die man sah, jedenfalls. Algen saßen an den Stelzen, die den Steg trugen. Dort wo das Wasser sie noch erreichen konnte.

Diesmal war ich es, der den Arm um sie legte. Ich wusste nicht, warum ich es tat, war es mir zuletzt eigentlich zu viel Nähe gewesen. Es waren zwei Stimmen in mir. Eine vernünftige und eine, die den Moment genießen wollte. Letztere gewann.

Das Handy klingelte.

81

Ich hatte es noch immer in der Hand gehalten. Es vibrierte.

Er sagte, dass er jemanden aufgetrieben habe. Er nannte mir eine Uhrzeit, einen Namen und eine Stegnummer. Dort könnten wir ihn treffen und alles Weitere besprechen.

Ich fragte ihn, ob er den Mann kenne. Er nannte ihn darauf einen Bekannten. Ich sollte mir keine Sorgen machen, wir seien in guten Händen. Ein paar Brocken englisch spräche er obendrein. Ich sollte dennoch auf sie aufpassen.

Dann wünschte er uns noch viel Spaß.

Ich gab Luisa das Handy zurück und fasste das Gespräch zusammen.

Wir beschlossen, noch eine Weile durchs Hafenviertel zu spazieren. Es war noch eine Stunde Zeit bis zu unserer Verabredung.

Das Viertel unterschied sich auf den ersten Blick kaum von den anderen, die wir bis dahin gesehen hatten. Besonderes gab es nicht zu sehen. Vielleicht entdeckten wir es auch nur nicht.

An einer Kreuzung versuchte ein Polizist den Verkehr zu regeln. Er hätte es ebenso gut bleiben lassen können. Ich bedauerte ihn. Es musste ihm ja klar sein, dass was er tat sinnlos war. Und er es trotzdem tun musste. Nichts wäre anders, stünde er nicht da. Wäre er nicht da.

„Wir sollten ein paar Dinge einkaufen", sagte Luisa, als wir an einem Supermarkt vorbei kamen.

„Dinge?", fragte ich zurück.

„Eine Kleinigkeit zu essen. Proviant. Getränke."

Ich stimmte ihr zu. So recht wussten wir ja nicht, worauf wir uns einließen.

Wir verließen den Markt mit zwei vollen Plastiktüten. Brot, Käse, Wasser und eine Flasche Rum darin.

Wir machten uns auf den Rückweg. Pier 11, hatte der Schnurrbart gesagt.

Am Hafen angekommen hielten wir nach Schildern Ausschau. Nichts. Es gab keine. Wir sahen einander fragend an. Die alten Herren saßen immer noch an ihrem Platz. Wenn ich es nicht besser wüsste, hätte ich geschworen, dass sie sich nicht bewegt hatten, seit ich sie das letzte Mal gesehen hatte.

„Ha!", rief Luisa aus. Sie deutete auf den Pier vor uns. Ich verstand nicht. Sie rollte die Augen und ging ein paar Schritte darauf zu. Deutete auf den Boden. Ich folgte der unsichtbaren Linie, ausgehend von ihrem Finger. Auf das Holz war mit weißer Farbe eine Nummer gemalt. 5. Nicht groß und bereits etwas verblichen.

Wir gingen weiter bis wir Nummer 11 erreichten. Ein Boot legte in dem Moment an, als wir ankamen. Ich war erleichtert, dass es kein kleiner Fischerkahn war. Es war keine Jacht. Aber es hatte ein Deck auf dem man mehr als drei Schritte gehen konnte. Ein Motorboot. Kein Segel. Aus dem Führerhaus lehnte ein junger Mann. Ich schätzte ihn auf Anfang dreißig. Er trug eine Kappe.

Dazu ein weißes Shirt ohne Ärmel. Er war darauf konzentriert einzuparken. Oder wie auch immer man das bei einem Schiff nannte. Wahrscheinlich anders.

Wir sahen ihm dabei zu. Luisa winkte. Er winkte zurück. Ich sah auf meine Uhr. Sie zeigte eine falsche Zeit an. Ich hatte sie nicht umgestellt, nachdem wir gelandet waren. Ich rechnete sie im Kopf um. Erneut musste ich an meine Frau denken. Wie sie ihre Uhren absichtlich falsch stellte. Wenn ich sie wiedersehen sollte und ihr von dieser Reise erzählte, würde sie mir vermutlich kein Wort glauben. Ich hörte sie in meinen Gedanken sagen, dass mir das gar nicht ähnlich sähe.

Nach ein paar Minuten erstarb der Motor des Bootes gurgelnd. Zwei Seile hatte der Mann vorher um Holzpfosten geworfen. Sie hielten das Boot an der gewünschten Stelle.

Er sprang von Bord auf den Steg und kam mit ausgreifenden Schritten auf uns zu. Er gab uns beiden die Hand. Wir stellten einander vor.

Er kam gleich zum Punkt. Er wollte wissen, was wir vorhätten. Wir sagten es ihm. Den Fluss entlang fahren. Ohne konkretes Ziel. Ein bisschen von der Umgebung sehen. Wie lange wir unterwegs sein wollten? Wir wussten es nicht. Einen Tag. Zwei. Vermutlich nicht länger. Ob wir noch etwas benötigten? Wir hoben die Taschen. Er nickte. Er wollte uns das Boot zeigen. Er führte uns über das Deck. Der Boden war aus Holz. Es glänzte. Ich hatte keine Ahnung von Schiffen, aber es sah so aus, als sei es in gutem Zustand. Es gab ein kleines Unterdeck. Mit zwei Kabinen, die diesen Namen kaum verdienten. Zwei kleine Betten, oder vielmehr Liegen, waren in beiden. Übereinander. Wie ein Stockbett.

Wir gingen wieder nach oben, was gar nicht so einfach war. Die Stufen waren schmal. Luisa hatte sichtbar Schwierigkeiten. Ihr Bauch war nicht gemacht für Bootstouren auf kleinen Schiffen mitten im Nirgendwo.

Mir kam das letzte Mal ein vernünftiger Gedanke. Der Gedanke, das alles sein zu lassen. Luisa zu nehmen, sie und mich in ein Flugzeug zu setzen und nach Hause zu fliegen. Dass es besser gewesen wäre, alleine zu fahren. Nur für mich selbst verantwortlich zu sein. Niemand anderen mit hineinzuziehen. Luisa war ebenso schwanger, wie verheiratet. Offensichtlich keine guten Voraussetzungen, um sich auf eine derartige Reise zu begeben. Weit weg von zu Hause. Weit weg von allem, das sonst wichtig war.

Wahrscheinlich war es der letzte Moment, in dem ich noch hätte eingreifen können. Eine letzte Chance vernünftig zu sein.

Ich ergriff sie nicht.

Zehn Minuten später legten wir ab.

82

Die Stadt zog an uns vorbei. Andere Boote begegneten uns kaum. Der Freund des Schnurrbarts steuerte. Es war nicht viel Arbeit, ging es doch meistens nur geradeaus. Höchstens leichte Biegungen. Er stellte ein Kofferradio auf und es lief Musik. Folklore. Luisa und ich saßen auf größeren Kissen im vorderen Teil des Schiffes.
Dann hörte ich ein Zischen. Ich drehte mich um. Unser Kapitän hatte sich grade eine Dose Bier aufgemacht und prostete uns zu. Ich war mir nicht sicher, ob ich es gut fand. Dann schleifte er eine große Kühlbox aus dem Führerhaus an Deck und rief uns zu, dass wir uns nur bedienen sollten. Ich öffnete die Box. Darin waren nur Eis und Dosen. Bis zum Rand gefüllt. Ich nahm zwei, setzte mich wieder neben Luisa und gab ihr eine.
Nach einer knappen halben Stunde erreichten wir die Stadtgrenze. Zunächst sah man noch zahlreiche kleine Hütten in Ufernähe. Ärmlich. Jede der Hütten war ein Flickenteppich. Zusammengehalten von allem möglichen. Holzlatten, Wellblech. Einige Frauen wuschen Kleidung im Fluss. Sie zogen an uns vorbei. Oder wir an ihnen.
Die Risse in der Wolkendecke wurden größer. Die Sonne brannte wieder häufiger auf uns herab. Das Wasser war ruhig, wirkte schon fast gemütlich. Keine Wellen. Keine Stromschnellen. Ich hatte das Gefühl, dass der Fluss zunehmend breiter wurde. Die Hütten wurden abgelöst von Feldern. Linker Hand Bäume.

Zunächst noch vereinzelt, aber bald schon dichter beieinander stehend. Wahrscheinlich gibt es keine Definition wie lange es Bäume sind und ab wann Wald. Nach einer weiteren halben Stunde war es in jedem Fall Wald. Auf beiden Seiten des Flusses. Vielmehr war es Dschungel. Es gab kein wirkliches Ufer mehr.

Die Wurzeln der Bäume verschwanden im Wasser, das beinahe rhythmisch an die Stämme klatschte. Das Blätterdach war in Höhen, in denen ich es noch nie zuvor gesehen hatte. Die Bäume mussten dort schon eine halbe Ewigkeit stehen. Dichtes Grün, wohin man auch sah. Immer wieder stoben Vögel daraus hervor und flogen über uns hinweg. Der Motor des Bootes brummte laut und sonor. Dennoch drangen durchweg Laute vom Ufer an mein Ohr. Von Affen, Vögeln, oder etwas anderem. Ich konnte sie nicht genau zuordnen.

Der Fluss gabelte sich. Der Hauptarm floss mehr oder weniger geradeaus weiter. Wir bogen ab.

Ich fragte unseren Führer, ob es nicht besser gewesen wäre, den anderen Weg zu nehmen. Er mühte sich, mir auf englisch zu antworten. Ich verstand soviel, dass es in dieser Richtung eine Stelle gäbe, an der man anlegen und ein paar Schritte durch den Dschungel machen könne, ohne nasse Füße zu bekommen.

Ich überlegte, ob ich das überhaupt wollte. Es gab ja allerlei Getier, dem man nicht zu nahe kommen sollte.

Ich fragte Luisa. Sie nickte begeistert. Ich zuckte resigniert mit den Schultern und förderte zwei weitere Bier aus der Box zu Tage.

Der Fluss wurde immer schmaler. Nur noch ein paar Meter in beide Richtungen breit. Ich kannte mich weder hier, noch mit Schiffen aus, aber dennoch wurde mir etwas mulmig zu Mute. Vor meinem inneren Auge liefen wir bereits auf Grund.

„Sehen Sie, da!", rief Luisa. Ich folgte ihrem Finger. Ein paar kleine Äffchen sprangen durch das Geäst. Von Baum zu Baum. Als wollten sie uns begleiten. Wir fuhren langsamer. Der Motor brummte tiefer.

„Sagen Sie nicht, dass das eine schlechte Idee war!" Luisa ließ dabei die Augen nicht von unserer Umgebung.

Ich trank einen Schluck. Ich sagte nichts. Sie bestand nicht auf einer Antwort.

Eine Stunde schlichen wir noch den Fluss entlang. Dann verstummte der Motor. Das Boot drehte nach rechts ab. Eine lichte Stelle im sonst dichten Grün lag vor uns. Wenige Meter lang. Sie war nicht künstlich angelegt. Das sah man. Aber es wirkte so.

Wir glitten näher. Kurz vor der Stelle, wackelte das Boot kurz. Es rumpelte leise. Wir hatten Bodenkontakt.

Ich fragte den jungen Mann, ob das so gewollt war. Er lachte und meinte, es sei alles gut. Er ließ den Anker herab.

Ein langes Brett, das auf Deck gelegen hatte, verwendete er als Planke. Es hatte zwei Löcher, mit denen er es auf zwei kleine Eisenstangen am Rand des Bootes fixierte. Es sah dennoch wacklig aus.

Luisa ging unbeirrt an Land.

Unser Kapitän hantierte im Führerhaus an der Steuerung herum. Ich verstand nicht warum. Wir standen ja.

„Mein Handy!", rief Luisa. Sie war bereits ein paar Schritte vom Boot entfernt.

„Ich will Bilder machen! Können Sie mir mein Handy mitbringen?", fragte sie mich. Ich zuckte mit den Schultern.

„In der Koje. In einer der Tüten." Ich nickte. Luisa hob den Daumen.

Sie sog die Luft ein, hielt den Atem kurz an und seufzte die Luft wieder heraus. Währenddessen hatte sie die Augen geschlossen. Eine Hand ruhte auf ihrem Bauch.

„Hier könnte ich ewig sein!", rief sie mir zu. Ich musste lachen. Sie drehte sich um. Dabei tanzte ihr weißes Kleid. Das mit den blauen Kornblumen.

Ich ging unter Deck, in unsere Koje. Die Tüten lagen auf dem unteren Bett. Ich durchsuchte sie. Kein Handy! Ich sah mich um. Auf dem oberen Bett. Nochmal in die Tüten. Nichts. Wahrscheinlich lag es irgendwo an Deck. Ich schloss die Tür hinter mir.

Dann hörte ich den Schuss. Stille. Ein zweiter Schuss.

V

83

Es war bereits dunkel als ich den Pick – Up auf mich zufahren sah. Der Schnurrbart stieg aus. Er nahm meinen Koffer und Luisas Tasche und lud sie ein. Wortlos. Ich stieg ein. Wortlos. Wir fuhren durch die Nacht. Es war warm.

Ich blickte aus dem Fenster, ohne etwas zu sehen.

Eine Stunde später saßen wir auf der Terrasse. Schon wieder auf dieser Terrasse. Ich hatte die Flasche Rum auf den Tisch gestellt, die Luisa und ich zuvor gekauft hatten.

„Ich möchte, dass wir sie trinken!", sagte ich dem Schnurrbart. Er nickte und holte zwei Gläser. Er gab mir eine Zigarre und zündete sich selbst eine an. Er füllte die Gläser.

„Auf sie!", sagte er und hob sein Glas.

„Auf sie!", sagte ich und hob mein Glas.

Wir tranken. Wir rauchten. Wir blickten in den dunklen Garten. Wir redeten nicht.

Etwas huschte über den Rasen. Nicht groß, aber schnell.

„Ratte!", sagte er.

„Hm."

Ich stand auf. Ging ein paar Schritte in den Garten. Dunkelheit umschloss mich. Nur das unstete Flackern der Kerze, die auf dem Tisch stand, im Rücken. Mein Kopf pulsierte. Ich bemerkte es erst jetzt. Aber er tat es schon seit Stunden. Mit jedem Herzschlag.

Eine Weile stand ich nur da und sah in die Schwärze. Und zog an der Zigarre.

„Wilderer!", sagte ich, ohne mich umzudrehen. „Das hat zumindest Ihr Bekannter gesagt. Er meinte, es war wohl ein Versehen. Sie wären sofort gerannt, als sie es bemerkt hatten. Ich habe es ja nicht gesehen. Nur gehört."

„Ja, ich weiß. Er hat es mir erzählt. Ich konnte es zunächst nicht glauben. Ich weiß nicht, was ich sagen soll.

Es tut mir leid!"

„Sie können nichts dafür!"

Ich setzte mich wieder. Dann erzählte ich ihm alles. Die ganze Geschichte. Von dem Tag, als mich meine Frau verlassen hatte, bis ich in der Gegenwart angekommen war. Auf der Terrasse. Er hörte es sich geduldig an. Und sagte kein Wort.

Erst als ich fertig war. Er schenkte uns beiden ein weiteres Glas Rum ein. Ein letztes. Die Flasche war leer.

Dann sagte er: „Schreiben Sie es auf! Schreiben Sie es für sich auf!"

Ich legte den Kopf in mein Hände und weinte.

Epilog

Der Tag unserer Bootstour jährt sich nun bald zum zweiten Mal. Und ja, ich habe das alles tatsächlich niedergeschrieben. Viele Stunden saß ich in meinem Arbeitszimmer. Mit einem Bleistift und einem Blatt Papier. Es fiel mir nicht schwer. Ich musste mir ja nichts ausdenken. Nur erzählen.

Die Zeit nach meiner Rückkehr erlebte ich wie durch einen Schleier. Ich handelte zwar, aber ich fühlte mich wie ein Zuschauer. Ich funktionierte. Mehr nicht.
Luisas Vater hatte ich noch einmal gesehen. Er hatte nicht mit mir geredet. Er hatte mich nur angesehen. Für ein paar Sekunden. Dann war er an mir vorbei gegangen. Er trug seinen Hut in der Hand.

Ich habe aufgehört zu rauchen. Ich trinke auch nicht mehr. Gar nicht mehr. Ich bin an die Universität zurückgekehrt. Ich unterrichte, als wäre das alles nicht passiert.
Es ist anders als zuvor, es fühlt sich anders an. Nicht schlechter. Nicht besser. Anders. Es ist ok.
Das Cabrio habe ich verkauft. Es war unpraktisch.

Heute war ich auf der Hochzeit meiner Frau. Nicht kirchlich, versteht sich. Sie heiratete ja eine Maria. Ich fand es nicht merkwürdig dort zu sein. Ich mochte sie immer noch gut leiden. Sie war ja ein guter Kerl.

Es war eine gelungene Feier. Die Dogge war nicht dabei. Dafür einige Leute, die ich kannte und andere, die ich noch nie zuvor gesehen hatte. Viele davon waren weiblich.

Der Vater meiner Frau, ein tattriger alter Mann, sprach ein paar Worte. Sie waren gütig und passend.

Ich blickte an mir herab. Ich trug einen Anzug. Maria übrigens auch.

Dann fiel es mir ein. Mein Herz schlug von einer auf die andere Sekunde rasend schnell.

Ich griff in das Jackett. In die Innentasche. Da war er, immer noch. Seit bald zwei Jahren.

Ich nahm den Briefumschlag heraus und betrachtete ihn. Alles andere um mich herum schien in Zeitlupe abzulaufen.

Ich drehte ihn hin und her.

Ich sah zu meiner Frau. Sie war glücklich.

Ich schob den Umschlag zurück in mein Jackett.

Luisas Vater hatte gesagt, ich solle ihn öffnen, wenn der richtige Moment dafür gekommen wäre.

Er würde nicht kommen.

Nach der Feier fuhr ich nach Hause. Im Radio lief `Meet on the ledge. Fairport Convention. Ich schaltete es aus.
Ich stellte den Wagen vor meinem Haus ab und ging den schmalen Weg entlang. Vorbei am Briefkasten. Am Vorgarten.

Ich schloss die Haustür auf.
Die Kuckucksuhr krähte.
Es war zwanzig vor zehn.

Ich legte meine Schlüssel dort ab, wo ich sie immer ablegte. Bewegte mich ins Wohnzimmer und ließ mich in einen Sessel fallen. Ich blätterte mäßig interessiert in der Zeitung vom Vortag. Überall geschahen Dinge. Gute, schlechte. Nur hier geschah nichts. In diesem Raum. In diesem Haus. Mit mir.
Ich schlief ein.

Ich erwachte erst am nächsten Morgen. Immer noch im Sessel. Mein Rücken schmerzte. Ich stand auf. Ging in die Küche. Ich blickte aus dem Fenster.

Eine Amsel pickte auf einem Regenwurm herum. Er wand sich. Er begriff seine Ausweglosigkeit nicht. Sonst hätte er still gehalten. Und es ertragen.